北京師範大學圖書館藏

程乙本

紅樓夢

【一】

曹雪芹／著

無名氏／續

程偉元　高鶚／整理

人民文学出版社

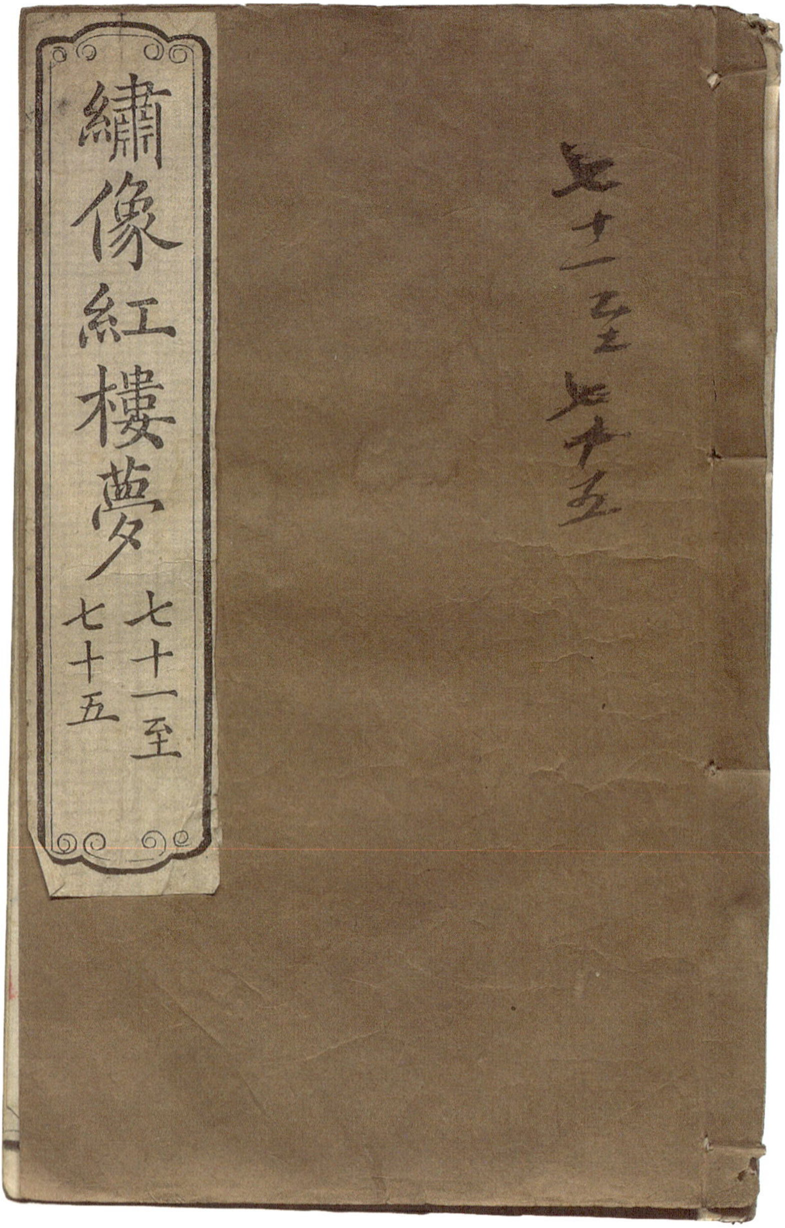

北京師範大學圖書館藏程乙本《紅樓夢》第十五册封面

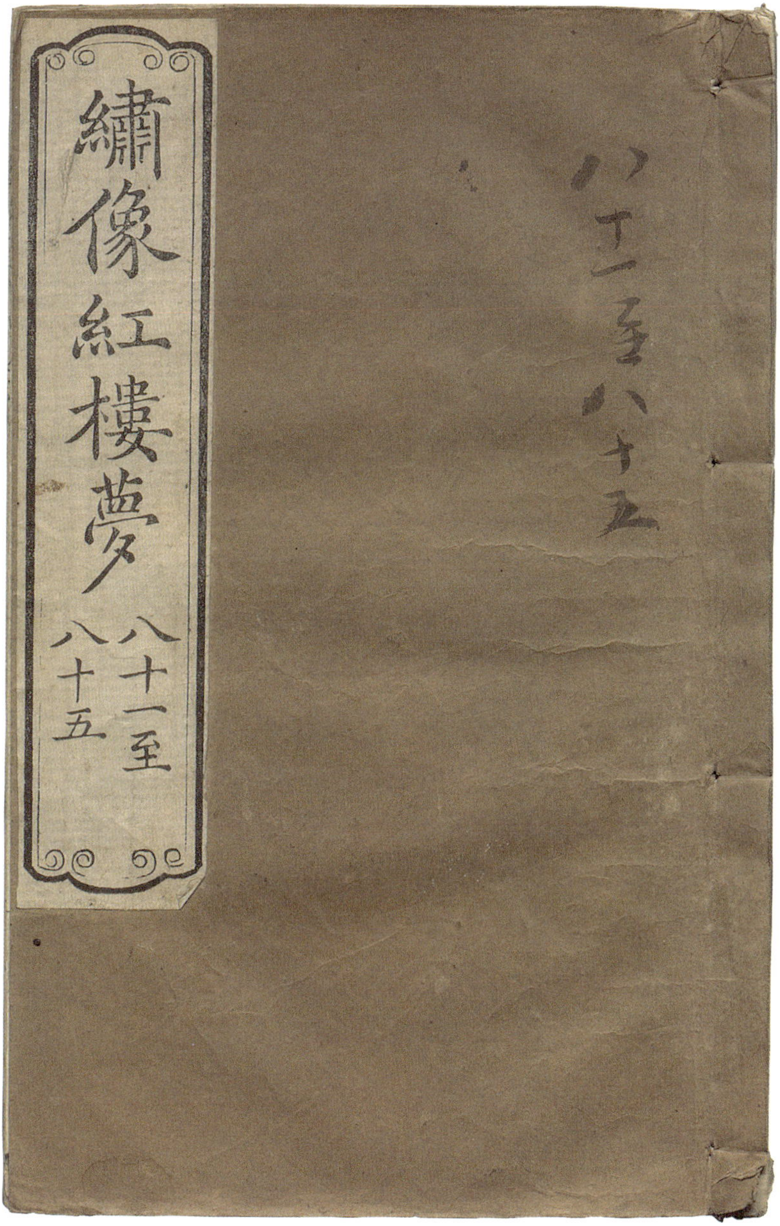

北京師範大學圖書館藏程乙本《紅樓夢》第十七册封面

北京師範大學圖書館藏程乙本《紅樓夢》第二十册封面

繡像紅樓夢

九十六至一百

九十六至百

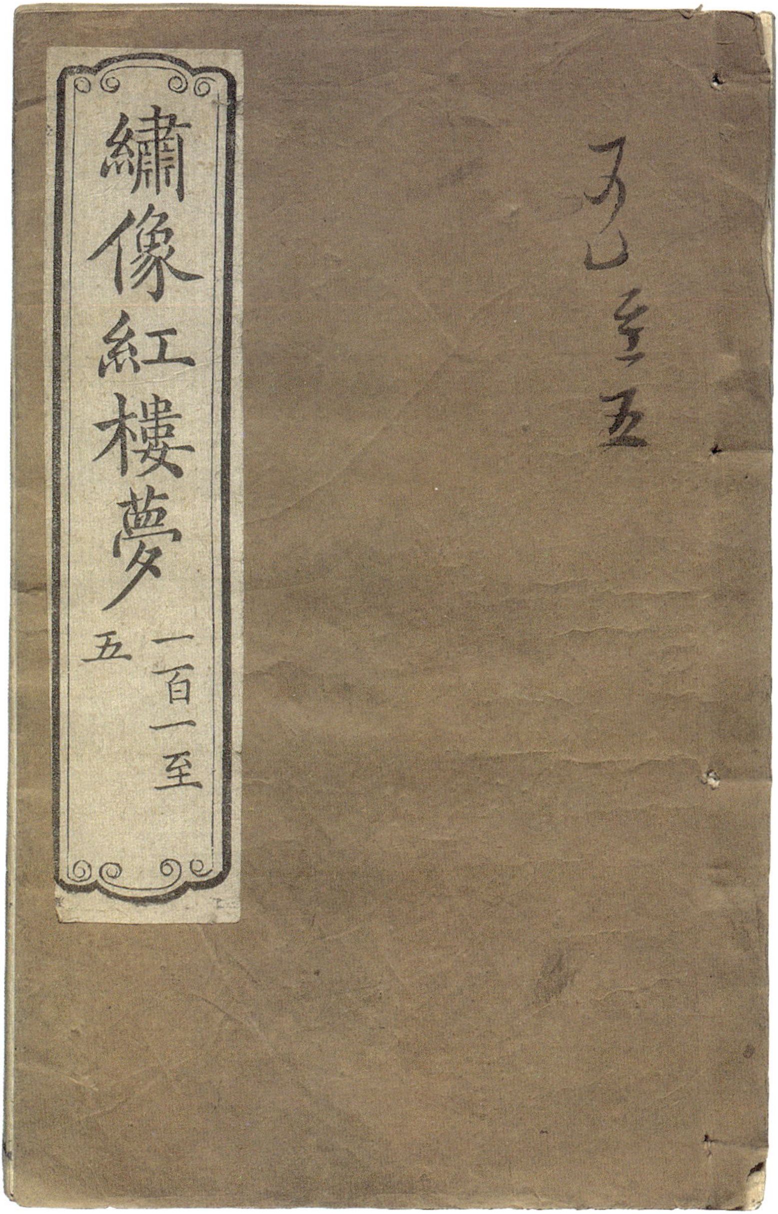

北京師範大學圖書館藏程乙本《紅樓夢》第二十一册封面

北京師範大學圖書館藏程乙本《紅樓夢》第二十三册封面

繡像紅樓夢

一百十一至十五

百十一至十五

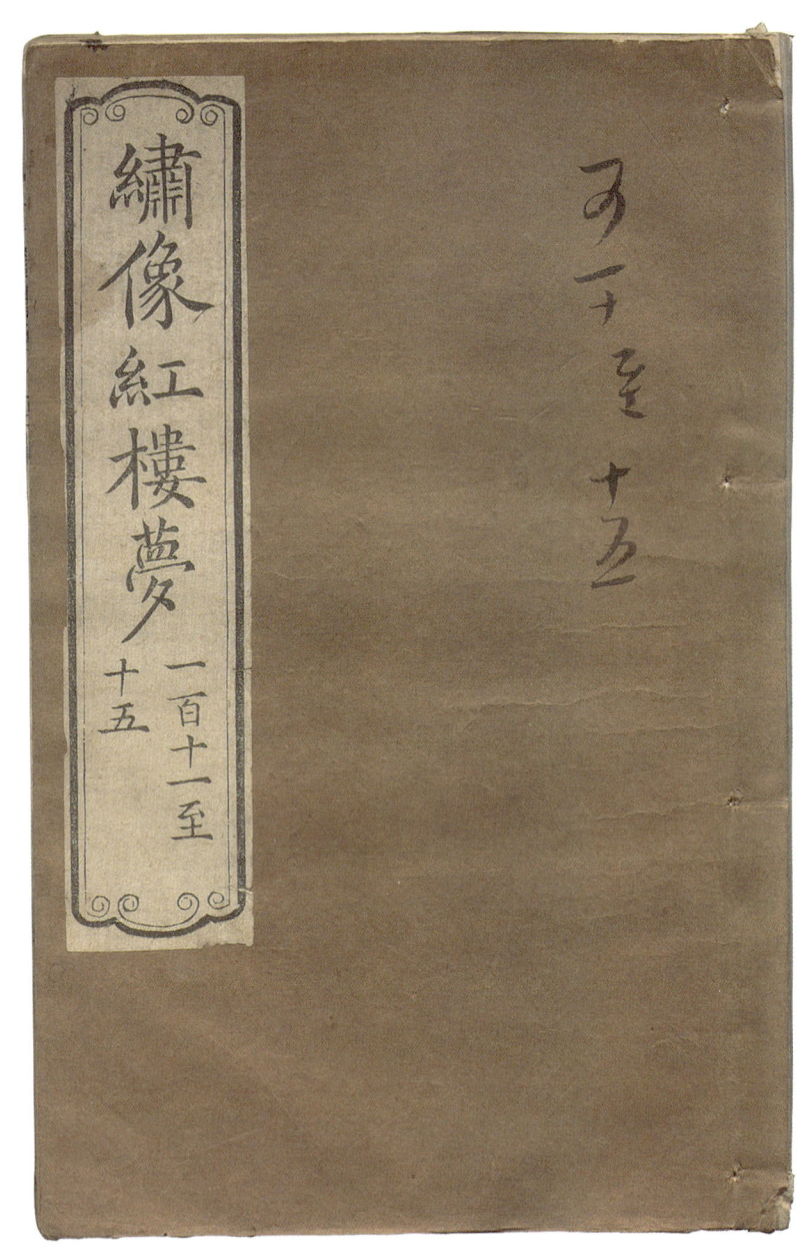

北京師範大學圖書館藏

程乙本紅樓夢

影印北京師範大學圖書館藏乾隆壬子本（程乙本）《紅樓夢》序　曹立波

一、程高木活字本在《紅樓夢》版本史上的價值

人間天上總情癡，
湘館啼痕空染枝。
鸚鵡不知儂意緒，
喃喃猶誦葬花詩。

這首詩始見於乾隆五十六年辛亥（一七九一）本《紅樓夢》——程偉元、高鶚整理刊行並且分別作序的木活字擺印本，次年刊行的壬子（一七九二）本，序像相同。書名題為『繡像紅樓夢』，有二十四幅繡像，前像後贊。而這首吟詠瀟湘館的詩，是為第十五幅『林黛玉』的繡像題寫的詩贊，取材於第三十五回鸚鵡吟詩的情節。如果沿着這首詩的路標找下去的話，沿途不難發現，除了木活字本，還有許多木刻本上都有相同的詩贊，可見其影響之大。

縱觀有清一代百餘年的《紅樓夢》傳播史，隨着活字、木刻，到石印、鉛印，印刷技術不斷更新，讀者對《紅樓夢》的需求量在不斷增大。由白文本，到增評、匯評本，版本內容的逐漸豐富，亦見讀

者對《紅樓夢》理解程度在不斷加深。而諸多印本，都是以一百二十回本的形式出版刊行的。這些刊本的源頭，應為乾隆五十六年（一七九一）木活字初刊的『程甲本』，和次年再版的『程乙本』。

程甲本、程乙本之説，現知其較早見於胡適一九二七年的《重印乾隆壬子（一七九二）本紅樓夢序》（《紅樓夢》，上海亞東圖書館一九二七年發行，第二至三頁）：

程偉元的活字本有兩種。第一種我曾叫做『程甲本』，是乾隆五十六年（一七九一）排印，次年發行的。第二種我曾叫做『程乙本』，是乾隆五十七年改訂的本子。

程甲本，我的朋友馬幼漁教授藏有一部。此書最先出世，一出來就風行一時，故成為一切後來刻本的祖本。南方的各種刻本，如道光壬辰的王刻本等，都是依據這個程甲本的。

但這個本子發行之後，高鶚就感覺不滿意，故不久就有改訂本出來。程乙本的《引言》説：『……因急欲公諸同好，故初印時不及細校，間有紕繆。今復聚集各原本，詳加校閲，改訂無訛。惟識者諒之。』

馬幼漁先生所藏程甲本就是那『初印』本。現在印出的程乙本就是那『聚集各原本，詳加校閲，改訂無訛』的本子，可説是高鶚、程偉元合刻的定本。

這個改本有許多改訂修正之處，勝於程甲本。但這個本子發行在後，程甲本已有人翻刻了；初本的一些矛盾錯誤仍舊留在現行各本裏，雖經各家批注裏指出，終沒有人敢改正。

胡適在命名程甲本、程乙本的同時，指出程甲本『間有紕繆』，程乙本的『許多改訂修正之處，勝於程甲本』。這些判斷，宏觀角度看是有道理的。

從微觀角度看，值得關注的是，人們在翻刻程甲本的時候，是否完全忽視了程乙本？胡適在文中還提及『馬幼漁先生所藏程甲本就是那「初印」本』，據筆者考察，北京大學圖書館藏有馬幼漁先生送給胡適的一部程甲本，扉頁手書『東觀閣原本，繡像紅樓夢，本宅梓行』，在此程甲本上有多處貼改的文字，與東觀閣木刻本相同，而且改文中，不乏與程乙本相同的文字。東觀閣書坊在翻刻程甲本的過程中，同時參考了程乙本，也可以從這部書中找到較為重要的證據（曹立波《『東觀閣原本』與程刻本的關係考辨》，《文學遺產》二〇〇三年第四期）。在對《紅樓夢》木刻本的版本研究中，程乙本的影響因素也應給予考慮。

二、程乙本的改訂工作在文學文獻上的意義

程乙本對程甲本的改訂，大致可從三個視角加以考察，即文學的、文獻的，以及文學與文獻兼顧的角度。

（二）**文學角度**：或更換詞語，讓駢偶句前後呼應；或調整木活字，以求得文通字順；或對全文加

以通盤考慮，瞻前顧後，有所取捨，以避免重複；或對小說情節矛盾加以斟酌，增訂字句，以疏通文意。

例如第二十七回《葬花吟》『獨把花鋤淚暗灑』一句，程乙本將程甲本『淚暗灑』改作『偷灑淚』，

從平仄角度看，由『仄仄平平仄仄仄』改為『仄仄平平平仄仄』，更合乎平仄規則。查其他抄本，甲

戌本作『獨倚花鋤淚暗灑』，列藏本作『獨把香鋤淚暗灑』。庚辰、蒙府、戚序、舒序、甲辰等本為『獨

把花鋤淚暗灑』，與程甲本相同。諸抄本皆為『淚暗灑』，此處楊藏本底文作『淚暗灑』，改文作『偷灑淚』，

與程乙本同。綜上，程乙本此處的改動，或參考楊藏本，或屬獨創。又如第三十七回探春寫給寶玉的書信，

程甲本『忽思歷來古人處名攻利敵之場』一句，『名攻利敵』程乙本作『名攻利奪』，己卯、庚辰、蒙府、

戚序、舒序、列藏、甲辰等本同程甲本。楊藏本底文作『名攻敵』三字，改文作『名攻利奪』，同程乙本。

程乙本將『敵』改為『奪』，名與利、攻與奪，詞性對應更為緊密。

第九十四回賈母解釋十一月海棠開花的原因時，程甲本作『應着小陽春的開花也天氣因為和暖是

有的』，程乙本作『應着小陽春的天氣因為和暖開花也是有的』。程甲本『開花也天氣』，語句不通，

顯然屬於活字排版的時候擺放不當所致。到程乙本中，把『天氣因為和暖』六字，挪到『開花也』之前，

成為：『應着小陽春的天氣，因為和暖，開花也是有的。』這樣一調整，句子就通順了。

第八回寫寶玉眼中的薛寶釵的一段文字，程乙本的改動較大。程甲本2b頁9行至3a頁3行：

寶玉掀簾一步進去，先就看見寶釵坐在炕上作針線，頭上挽着黑漆油光的鬢兒，蜜合色棉襖，玫瑰紫二色金銀鼠比肩褂，葱黃綾棉裙，一色半新不舊，看去不覺奢華。唇不點而紅，眉不畫而翠，臉若銀盆，眼如水杏。罕言寡語，人謂裝愚，安分隨時，自云守拙。

程乙本 2b 頁 9 行至 3a 頁 3 行：

寶玉掀簾一步進去，先就看見寶釵坐在炕上作針線，頭上挽着黑漆油光的鬢兒，蜜合色的棉襖，玫瑰紫二色金銀線的坎肩兒，葱黃綾子棉裙，一色兒半新不舊，看去不見奢華，惟覺雅淡。罕言寡語，人謂裝愚，安分隨時，自云守拙。

因程甲本這裏與第二十八回描寫寶釵面龐眉眼的兩段文字重複，程乙本將程甲本上的四句『唇不點而紅，眉不畫而翠，臉若銀盆，眼如水杏』刪掉。而在第二十八回，對程甲本上的四句，略作增改。程甲本為『臉若銀盆，眼同水杏，唇不點而紅，眉不畫而翠』，程乙本前兩句同程甲本，後兩句改為『唇不點而含丹，眉不畫而橫翠』，與『紅』『翠』相比，『含丹』『橫翠』，雖增『含』和『橫』兩個字，卻變為動賓結構。前兩句為四字句，後兩句改為六字句。詞語和句式，與程甲本相比，都較為典雅。這是對全文加以通盤考慮，有所取捨，避免重複，以求文字精練。

（二）文獻角度：『聚集各原本』的痕跡。

正如程偉元、高鶚在《紅樓夢引言》（程乙本）中所云：『是書前八十回藏書家抄録傳閲幾三十年矣。今得後四十回合成完璧。緣友人借抄爭覩者甚夥，抄録固難，刊版亦需時日，姑集活字刷印。因急欲公諸同好，故初印時不及細校，間有紕繆。今復聚集各原本，詳加校閲，改訂無訛。惟識者諒之。』又云：『書中前八十回抄本，各家互異。今廣集核勘，準情酌理，補遺訂訛。其間或有增損數字處，意在便於披閲，非敢爭勝前人也。』程乙本對程甲本的改訂，除了文學藝術上的因素之外，還有一點是『聚集各原本，詳加校閲，改訂無訛』方面的工作。

例如第五回妙玉判詞，程甲本7b頁10行作『可憐金玉質，終掉陷泥中』，這裏『掉』字選錯了字模，木活字的順序也排錯了。程乙本7b頁10行把『掉』換成『淖』，並與『陷』字調整順序，作『終陷淖泥中』，與甲戌、庚辰、戚序、舒序、甲辰等本相同，蒙府本『淖泥』作『悼泥』；己卯本、楊藏本此句作『落陷污泥中』，卞藏本作『落陷濁泥中』，『落』與『污』，己卯本朱筆旁改為『終』和『淖』，即『終陷淖泥中』。總之，程乙本此句改訂的依據，應存在『聚集各原本』並『廣集核勘』的可能性。

（三）文學與文獻兼顧的角度。

程乙本對程甲本的校訂，既有尊重版本文獻方面的『聚集各原本』來『廣集核勘』的努力，也有通過『準情酌理』加以『補遺訂訛』之類文學上的推敲工作。有不少異文，應屬於文本上字斟句酌，與版本上有所依傍的雙重思考。在文學與文獻兼顧的基礎上，校訂字句，疏通文意。

例如第五回薛寶釵和林黛玉的判詞，程甲本7a頁4行作：『可歎停機德，誰憐咏絮才。』程乙本7a頁4行作：『可歎停機德，堪憐咏絮才。』『誰憐』改成『堪憐』，既與『可歎』對仗，又與抄本相同。查諸多抄本，甲辰本作『誰憐咏絮才』，同程甲本。而甲戌、己卯、庚辰、蒙府、戚序、舒序、楊藏等本皆作『堪憐』；卞藏本此二句為『堪歎停機德，可憐咏絮才』。這個例證顯示，程甲本的『誰憐』應是參考了甲辰之類的抄本擺印的，程乙本改訂成『堪憐』既有文字對應上的考慮，同時不乏抄本可依的理由，也較為充分。

又如第三回寶玉初見黛玉時，寫寶玉眼中的黛玉，程甲本11a頁5至10行：

> 卻說賈母因笑道：『外客未見，就脫了衣裳，還不去見你妹妹！』寶玉早已看見了一個姊妹，便料定是林姑娘之女，忙來作揖。相見畢歸坐，細看形容，與眾各別：兩彎似蹙非蹙籠烟眉，一雙似喜非喜含情目。態生兩靨之愁，嬌襲一身之病。淚光點點，嬌喘微微。閑靜似姣花照水，行動似弱柳扶風。心較比干多一竅，病如西子勝三分。

程乙本12a頁5至10行：

　卻說賈母見他進來，笑道：『外客沒見，就脫了衣裳了，還不去見你妹妹呢！』寶玉早已看見了一個嫋嫋婷婷的女兒，便料定是林姑媽之女，忙來見禮。歸了坐細看時，真是與眾各別，只見：兩灣似蹙非蹙籠烟眉，一雙似喜非喜含情目。態生兩靨之愁，嬌襲一身之病。淚光點點，嬌喘微微。閑靜似姣花照水，行動如弱柳扶風。心較比干多一竅，病如西子勝三分。

此處程乙本的改動較大，與之前的各種版本在行款格式和文字上都有差別，但在具體細節當中又有在程甲本的基礎上，參考其他抄本的跡象。首先行款格式上，程乙本比程甲本多出一頁，從11a變成12a，但具體行數還是5至10行，黛玉眉眼描寫以韻文的形式單獨成段，每行開頭都空兩格，在木活字排版上與程甲本不同，程甲本為接排上文。

其次，對程甲本字詞的改訂，應參考了相關抄本。如『兩灣似慼非慼籠烟眉』，『慼』字的寫法，程甲本與甲辰本相同，此字意為『憂傷，恐懼』，與『一雙似喜非喜含情目』，文意似不符。程乙本改訂為『蹙』字，與甲戌、己卯、庚辰、蒙府、戚序、舒序、列藏、卞藏、楊藏等本相同。又如程乙本此回的『林姑媽之女』，與程甲本『林姑娘之女』不同。查甲辰、卞藏本也是『林姑娘』，甲戌、己卯、蒙府、戚序、舒序、列藏、楊藏等本皆作『林姑母』；而作『林姑媽』的版本有庚辰本，程乙本此處應是依據與庚辰本相類似的文字改訂的。要之，程乙本此情節的改訂，除了『嫋嫋婷婷的女兒』之外，應是有本可依的。

值得一提的是，程乙本上『嫋嫋婷婷的女兒』這句對林黛玉增加的描述，體現出修訂者對黛玉進賈府時年齡的看法。黛玉進賈府時到底幾歲？現知的版本存在六七歲和十三歲兩種情況。多數版本都沒有直接寫黛玉當時的年齡。第三回鳳姐問黛玉：『妹妹幾歲了？可也上過學？現吃什麼藥？』一連串的問題，黛玉沒有回答，似乎不合常理。剛進賈府的黛玉到底是幼女還是少女呢？

我們從前文對黛玉、寶玉年齡的介紹推知，第三回黛玉的年齡應為六七歲。第二回初次介紹『乳名黛玉，年方五歲』，接着寫『堪堪又是一載的光陰，誰知女學生之母賈氏夫人一疾而終』，可知，喪母時黛玉六歲。第二回寫寶玉『如今長了七八歲』。第二、三兩回賈雨村的故事是連續的，而黛玉比寶玉小一歲，所以，第三回黛玉進賈府應是六七歲。

黛玉進府時十三歲之說的依據是，少數版本寫了黛玉對鳳姐問話的回答，如己卯本、楊藏本在『妹妹幾歲了』後邊，寫有：『黛玉答道：「十三歲了。」』六七歲與十三歲之說的矛盾，從小說藝術結構來看，第三回與第四回在寫作上不同時，但改訂時又力求統一。第二回寶玉七八歲，第三回寫黛玉六七歲，與前一回寶玉年齡一致。第四回寶釵十四歲（第二十二回寫寶釵過十五歲『將笄之年』的生日），第三回寫黛玉十三歲，則與後一回的寶釵年齡保持統一。

程乙本在此寫寶玉看見了『一個嫋嫋婷婷的女兒』，顯然黛玉是已入豆蔻年華的妙齡少女，而不是十歲以下的兒童。唐代杜牧寫過：『娉娉嫋嫋十三餘，豆蔻梢頭二月初。』（《贈別》）也說明嫋嫋婷婷的女兒應在十三歲左右。

程乙本在程甲本上的改訂工作，除了文學文獻上的意義之外，還有一些異文，屬於活字擺印的局限性問題。有時候，一個字在同一頁內頻繁出現，難免會有同一個字的字模短缺的尷尬現象。以第一百二十回賈雨村的『村』字為例，程甲本10b頁3、4、6、7行都有雨村的名字，3、4、6都作『雨村』，而第7行雨村的『村』字作『材』，程乙本改訂為『村』。同回程甲本14a頁10行賈雨村的村字作『忖』，程乙本改成『村』。可見，當『村』字頻繁使用，字模不夠時，程甲本用了『材』和『忖』等字形相近的字，程甲本上這種用形近字替代的現象時有發生。程乙本在改訂時，也注意到這一現象，並加以改善。當然，在糾正錯誤的時候，也難免出現新的疏忽。如第九十七回1a頁4行，紫鵑的『鵑』字倒置，成為程乙本上的特徵之一。

三、北京師範大學圖書館藏程乙本的版本特色

程乙本存世情況，歷有學者研究著録，如一粟著録兩部（一粟編著《紅樓夢書録》增訂本，中華書局［上海］一九六三年版），胡文彬介紹十四部（胡文彬《歷史的光影——程偉元與〈紅樓夢〉》，時代作家出版社［香港］二〇一一年版），王麗敏綜述了現知的二十六種（王麗敏《〈紅樓夢〉程乙本版本研究綜述》，《河南教育學院學報》二〇一四年第三期）。通過一些影印出版的程乙本可以考知不同藏本的特點。如杭州圖書館藏桐花鳳閣批

校本（本文簡稱『杭桐本』），原缺第八十至一百回；中國書店藏本（簡稱『中國書店本』），首尾有缺失；二〇一二年影印天津市圖書館藏本（簡稱『津圖本』），程偉元序為『利器雙鉤』所補抄。二〇一四年日本汲古書院影印的東京大學東洋文化研究所藏本，即倉石武四郎教授舊藏（簡稱『倉石本』），出版說明云『甲本六十回、乙本六十回』，其實所言六十回的『乙本』中依然混裝有程甲的書頁。總之，已知的公私藏書機構館藏與私人收藏的諸多程乙本中，一百廿回從頭至尾完好者不多。因而，尋找刊行較早且品相完好的程乙本，是《紅樓夢》版本研究者共同的期待。二〇一三年以來，筆者從封面題簽、書首書尾，到序言、繡像、目録，以及正文特徵入手，以現知的程乙本為參照，仔細比對了北京師範大學圖書館古籍室所藏程乙本（本文簡稱『北師本』），以及紹興文物局的蘭藏程乙本（本文簡稱『紹興蘭藏本』），考察結果顯示，這兩部乾隆五十七年木活字本，應為目前保存完好且刊行較早的程乙本。

（一）書之首尾與序、像、目的完好無補。

現知北師本、紹興蘭藏本、津圖本，館藏原件尚且存有相似的『繡像紅樓夢』書册面題簽。從彼此相同，以及與社科院程甲本影印本上的書簽比較，應為『萃文書屋』印刷裝訂時的原始書名題簽。北師大程乙本尚有六册書留有封面題簽，應為原始的初刊版本所有，也説明此版本尚未重裝。幸存者集中在後四十回，可能因為翻閲次數較少。

北師本、紹興蘭藏本的扉頁和一百二十回終，均能見到『萃文書屋』和『萃文書屋藏板』的字樣和牌記。津圖本沒有扉頁，但有『一百二十回終，萃文書屋藏板』之頁。而杭桐本首尾皆缺失，結尾到『由來同一夢，休笑世人痴』正文結束，卻沒有『一百二十回終，萃文書屋藏板』一頁。中國書店本也缺少首尾，第一百二十回至『說到辛酸處，荒唐愈可悲』結束，缺少『由來同一夢，休笑世人痴』一行，也就是一頁。當然，『一百二十回終，萃文書屋藏板』一行字，自然也缺失了。相較而言，北師本、紹興蘭藏本書首和書尾完好無損，頗為難得。

北師程乙本的版本面貌，在正文之前的各項，與一粟《紅樓夢書録》對程甲本的描述相同。即封面題：『繡像紅樓夢』，扉頁題：『新鐫全部繡像紅樓夢，萃文書屋』。首程偉元序，次高鶚叙。其後為程乙本的特點，即『程偉元、高鶚引言』。一粟《紅樓夢書録》對程乙本的介紹：

乾隆五十七年壬子（1792）萃文書屋活字本，一百二十回。首高鶚序，次程偉元、高鶚引言，正文每面十行，行二十四字。

引言：『一、是書前八十回，藏書家抄録傳閲幾三十年矣，今得後四十回合成完璧……壬子花朝後一日小泉、蘭墅又識。』

值得注意的是，一粟所著録的程乙本，沒有書名頁，也沒有程偉元序，其中高鶚叙，以及程高引言等部分尚存。這些特徵與津圖本相似。津圖本的程偉元序是『利器雙鉤』，即王利器用『雙鉤』的筆法增補上去的。程偉元（小泉）和高鶚（蘭墅）的引言，比照幾個版本，紹興蘭藏本與北師本一樣完整，其他藏本還是有不完善之處的。如杭桐本，存在補寫的文字。第七行『準情酌理』，『準』字因缺失，補寫成『斟』。第八行『閱』字缺失，補寫了『覽』。第十行後六字『稿繁簡岐出前』缺失，補寫成『本其中不免前』。

綜上可見，從書之首尾，序言、引言來看，北師程乙本的版本面貌與紹興蘭藏本相同，與其他版本相比，這兩個版本是較為完好的。

（二）初印程乙本第四十七回缺頁與後補。

程甲本在第四十七回錯排了兩個十一頁，導致程乙本上十一頁之後缺一頁。紹興蘭藏程乙本這一回第十一頁後邊缺少一頁兩面，北師本等程乙本也同樣缺一頁。天津圖書館藏程乙本此頁不缺，頁碼為『十二』，經與社科院程甲本、國圖程甲本比對，正文相同。另外，津圖本第四十七回此頁，版心回數字樣中『回』字的字形為『囘』，也與程甲本相同，而這一頁的前前後後版心皆為『囬』字。綜合考察可以得知，程乙本初印時是缺少第四十七回第十二頁的。目前可見的增補現象主要有三種，即木刻本書頁增補、木活字書頁增補，以及手寫書頁增補。

第一種是用木刻本增補，如北師程乙本，用東觀閣本此頁附夾補闕，共第十三頁、第十四頁，兩頁四面，開本較小，顏色也較深。每行字數二十二字，也比每行二十四字的程乙本字數少，所以，還是明顯能看出是插頁的，在當時也是無奈之舉。（本書第一一六三頁至一一六六頁為東觀閣本補頁，因無法與原書完全接榫，第一一六三頁開頭缺『熏壞了我』四字）北師本增補頁，從正文、重點與句讀來看，與東觀閣嘉慶辛未重鐫『新增批評繡像紅樓夢』，即嘉慶十六年（一八一一）評點本相同。北師本的插頁，應源自東觀閣這一評點本的第十三頁正反面，以及第十四頁正反面。北師程乙本此處增補的時間應該在嘉慶十六年之後。

第二種增補，是用活字本補的。如上文所述津圖本的補頁，實際增補的是程甲本的書頁。

第三種增補，是用手寫體補抄的，這種情況見於杭桐本。第四十七回第十二頁正面手寫體補抄的文字與程甲本比較，每行首尾、起訖文字基本一樣（除第一行略異），正文有少許異文，大致同程甲本。但這一頁的反面，與程甲本的文字差異較大。

（三）北師本為印刷時間較早的程乙本。

關於北師程乙本的版本面貌問題，總體印象是，北師本和紹興蘭藏本為初版先期印刷的可能性較大。以第九十七回第16b面的版本面貌加以比較，容易看出，即使是版面相同，北師本與中國書店本相比，字跡更為清晰。從第二行第六字『進』的共同缺墨，以及第七行第三字『日』相同深淺度來看，這兩個版本的印刷次序相距應該不會較遠，但就保存的完好程度而言，我們從第一行前四字『兩眼直視』可見，北師程乙本的優長之處較為突出。

又如第七十一回第4a面第八行，南安太妃便告辭說：『身上不快……』紹興蘭藏本、杭桐本皆為『身上不快』。查程甲本，為『身上不快』。而津圖本、中國書店本則為『身上不爽』。北師程乙本與社科院程甲、國圖程甲相比，同程甲本也作『身上不快』（其他與程甲稍異的是『著』『畧』的寫法，與程甲的『着』『略』不同）。不『快』的版本，應早於不『爽』（曹立波《北師大藏程乙本及乾隆壬子初刊圖版考溯——兼談紹興蘭藏本、津圖本等程乙本的印行次序》，《北京師範大學學報》二〇一八年第六期）。

四、有關北師程乙本入藏的時間信息

北師程乙本收藏情況。在北師程乙本首册封底貼有一張方框簽章，書名為『活字本紅樓夢』，册數為『24』，議價為『350.00』。章下有『北京市圖書業同業公會印製』字樣。

北師大藏《脂硯齋重評石頭記》後亦有『北京市圖書業同業公會印製』字樣，並有『前門區議價組』議價小章一枚，議價二百四十元。相同的字樣表明了二者都是通過『北京市圖書業同業公會』，從琉璃廠一帶古舊書店購入的。筆者二〇〇一年請教中國書店出版社總編輯馬建農先生得知，『北京市圖書業同業公會』成立議價小組的時間『上限為一九五五年下半年，下限為一九五八年一月六日』（曹立波、張俊、楊健《北師大〈脂硯齋重評石頭記〉版本來源查訪録》，《北京師範大學學報》二〇〇二年第一期）。

北師大藏程乙本的價簽只有『北京市圖書業同業公會印製』，而無『前門區議價組』的議價小章，是否與『前門區議價組』終止業務有關？二〇一八年十一月馬建農先生補充道：『一九五八年三至四月，前門區、東四區私營古舊書店鋪申請聯營並店，歸屬中國書店，北京市私營古舊書店（攤）八十七家均先後完成第二次清產核資和定股定息工作。至此，前門區議價組終止業務，全部改為中國書店業務科審讀組定價。』

由此可見，北師程乙本標價售賣的時間在一九五八年三至四月或稍早的概率較大。當然除了這一證據，我們還找到了一張報紙作為購藏時間的輔證。

有幸的是，十二張小紙片顯示出館藏的時間信息。北師本每冊冊首均鈐有『北京師範大學圖書館』印章。在加蓋這些印章時，為了防止墨色沾污其他紙張，就用一小塊方形碎報紙覆蓋於上。有十二冊書的印章處共發現十二張小紙片，將這些零落的紙片重新拼接後，發現是一篇文章的一部分。其中一塊紙片上的日期為『星期二，夏曆丁酉年，十一月十八日』，並有阿拉伯數字『7』。經查，『夏曆丁酉年十一月十八日』為農曆一九五七年十一月十八日，即公曆一九五八年一月七日，星期二。也就是說，此書入藏北京師範大學圖書館，且正式蓋上圖書館藏書章的時間應為一九五八年一月七日或稍後。

這張方塊紙上是關於教育方面的內容，也體現了某些與『大鳴大放』『大字報』有關的時代信息。如『鳴放高』和『更深更透』字樣的小標題，『三個地區已』『形成了鳴放高潮』，某『地區共有小學19558人，已貼出』大字『報28752張』等信息。由此可見，報紙的時間在一九五八年初，與歷史背景是相關聯的（北師程乙本的價簽與藏書章襯紙照片，見《北京師範大學學報》二〇一八年第六期封三）。

綜合上述信息，這部程乙本由琉璃廠出售，入藏北師大圖書館的時間距一九五八年一月七日較近。在北師本四個函套的後面都有期限表，上鈐紅色的數字印章，印着「1958.4.28」，共有四處。時間數字表明，在此日之前，這部程乙本已經入藏北京師範大學圖書館古籍室。

通過上述幾點分析可見，程乙本在《紅樓夢》傳播史和版本研究方面有重要價值，北師大圖書館藏程乙本《紅樓夢》是程乙本早期印本，甚至可能是初印本。今由人民文學出版社以保持原版框大小（高十七釐米、寬十一點六釐米）、四色彩印的方式將珍藏了六十多年（或云六十二年）的北師大程乙本《紅樓夢》完整影印出版，相信對於相關學術研究將有進一步的推動作用。

目録

序（程偉元）　〇〇〇一
叙（高鶚）　〇〇〇五
引言（程偉元、高鶚）　〇〇〇九
繡像　〇〇〇一
原書目録　〇〇〇一
第一回　甄士隱夢幻識通靈　賈雨村風塵懷閨秀……〇〇〇一
第二回　賈夫人仙逝揚州城　冷子興演説榮國府……〇〇二七
第三回　托内兄如海薦西賓　接外孫賈母惜孤女……〇〇四九
第四回　薄命女偏逢薄命郎　葫蘆僧判斷葫蘆案……〇〇七九
第五回　賈寶玉神遊太虛境　警幻仙曲演紅樓夢……〇〇九九
第六回　賈寶玉初試雲雨情　劉老老一進榮國府……〇一二九
第七回　送宮花賈璉戲熙鳳　晏寧府寶玉會秦鐘……〇一五五
第八回　賈寶玉奇緣識金鎖　薛寶釵巧合認通靈……〇一八一
第九回　訓劣子李貴承申飭　嗔頑童茗煙鬧書房……〇二〇五
第十回　金寡婦貪利權受辱　張太醫論病細窮源……〇二二五
第十一回　慶壽辰寧府排家宴　見熙鳳賈瑞起淫心……〇二四三

第十二回 王熙鳳毒設相思局 賈天祥正照風月鑑……〇二六三
第十三回 秦可卿死封龍禁尉 王熙鳳協理寧國府……〇二七九
第十四回 林如海靈返蘇州郡 賈寶玉路謁北靜王……〇二九七
第十五回 王鳳姐弄權鐵檻寺 秦鯨卿得趣饅頭庵……〇三一七
第十六回 賈元春才選鳳藻宮 秦鯨卿夭逝黃泉路……〇三三五
第十七回 大觀園試才題對額 榮國府歸省慶元宵……〇三六一
第十八回 皇恩重元妃省父母 天倫樂寶玉呈才藻……〇三九三
第十九回 情切切良宵花解語 意綿綿靜日玉生香……〇四一七
第二十回 王熙鳳正言彈妬意 林黛玉俏語謔嬌音……〇四四九
第二十一回 賢襲人嬌嗔箴寶玉 俏平兒軟語救賈璉……〇四六七
第二十二回 聽曲文寶玉悟禪機 製燈謎賈政悲讖語……〇四八九
第二十三回 西廂記妙詞通戲語 牡丹亭艷曲警芳心……〇五一五
第二十四回 醉金剛輕財尚義俠 痴女兒遺帕惹相思……〇五三五
第二十五回 魘魔法叔嫂逢五鬼 通靈玉蒙蔽遇雙真……〇五六三
第二十六回 蜂腰橋設言傳心事 瀟湘館春困發幽情……〇五八七
第二十七回 滴翠亭楊妃戲彩蝶 埋香塚飛燕泣殘紅……〇六一三
第二十八回 蔣玉函情贈茜香羅 薛寶釵羞籠紅麝串……〇六三七

第二十九回　享福人福深還禱福　多情女情重愈斟情……〇六七一
第三十回　寶釵借扇機帶雙敲　椿齡畫薔痴及局外……〇七〇三
第三十一回　撕扇子作千金一笑　因麒麟伏白首雙星……〇七二五
第三十二回　訴肺腑心迷活寶玉　含耻辱情烈死金釧……〇七五一
第三十三回　手足耽耽小動唇舌　不肖種種大承笞撻……〇七七三
第三十四回　情中情因情感妹妹　錯裡錯以錯勸哥哥……〇七九一
第三十五回　白玉釧親嚐蓮葉羹　黄金鶯巧結梅花絡……〇八一七
第三十六回　繡鴛鴦夢兆絳芸軒　識分定情悟梨香院……〇八四五
第三十七回　秋爽齋偶結海棠社　蘅蕪院夜擬菊花題……〇八六九
第三十八回　林瀟湘魁奪菊花詩　薛蘅蕪諷和螃蟹咏……〇九〇三
第三十九回　村老老是信口開河　情哥哥偏尋根究底……〇九二五
第四十回　史太君兩宴大觀園　金鴛鴦三宣牙牌令……〇九四九
第四十一回　賈寶玉品茶櫳翠菴　劉老老醉卧怡紅院……〇九八三
第四十二回　蘅蕪君蘭言解疑癖　瀟湘子雅謔補餘音……一〇〇七
第四十三回　閒取樂偶攢金慶壽　不了情暫撮土爲香……一〇三五
第四十四回　變生不測鳳姐潑醋　喜出望外平兒理粧……一〇五九
第四十五回　金蘭契互剖金蘭語　風雨夕悶製風雨詞……一〇八三

第四十六回　尷尬人難免尷尬事　鴛鴦女誓絶鴛鴦偶……一一一一
第四十七回　獃霸王調情遭苦打　冷郎君懼禍走他鄉……一一四一
第四十八回　濫情人情誤思游藝　慕雅女雅集苦吟詩……一一六九
第四十九回　瑠璃世界白雪紅梅　脂粉香娃割腥啖膻……一一九三
第五十回　蘆雪亭爭聯即景詩　暖香塢雅製春燈謎……一二一九
第五十一回　薛小妹新編懷古詩　胡庸醫亂用虎狼藥……一二五一
第五十二回　俏平兒情掩蝦鬚鐲　勇晴雯病補孔雀裘……一二七七
第五十三回　寧國府除夕祭宗祠　榮國府元宵開夜宴……一三〇七
第五十四回　史太君破陳腐舊套　王熙鳳效戲彩斑衣……一三三五
第五十五回　辱親女愚妾爭閒氣　欺幼主刁奴蓄險心……一三六五
第五十六回　敏探春興利除宿弊　賢寶釵小惠全大體……一三九五
第五十七回　慧紫鵑情辭試莽玉　慈姨媽愛語慰痴顰……一四二七
第五十八回　杏子陰假鳳泣虛凰　茜紗窻真情揆痴理……一四六五
第五十九回　柳葉渚邊嗔鶯叱燕　絳芸軒裡召將飛符……一四八九
第六十回　茉莉粉替去薔薇硝　玫瑰露引出茯苓霜……一五〇七
第六十一回　投鼠忌器寶玉瞞贓　判冤決獄平兒行權……一五三五
第六十二回　憨湘雲醉眠芍藥裀　獃香菱情解石榴裙……一五五九

第六十三回 壽怡紅群芳開夜宴 死金丹獨艷理親喪……一六〇一
第六十四回 幽淑女悲題五美吟 浪蕩子情遺九龍珮……一六三七
第六十五回 賈二舍偷娶尤二姨 尤三姐思嫁柳二郎……一六七三
第六十六回 情小妹恥情歸地府 冷二郎一冷入空門……一六九九
第六十七回 見土儀顰卿思故里 聞秘事鳳姐訊家童……一七一九
第六十八回 苦尤娘賺入大觀園 酸鳳姐大鬧寧國府……一七五三
第六十九回 弄小巧用借劍殺人 覺大限吞生金自逝……一七八三
第七十回 林黛玉重建桃花社 史湘雲偶填柳絮詞……一八〇七
第七十一回 嫌隙人有心生嫌隙 鴛鴦女無意遇鴛鴦……一八二九
第七十二回 王熙鳳恃強羞説病 來旺婦倚勢霸成親……一八五九
第七十三回 痴丫頭悞拾綉春囊 懦小姐不問纍金鳳……一八八五
第七十四回 惑奸讒抄檢大觀園 避嫌隙杜絶寧國府……一九一一
第七十五回 開夜宴異兆發悲音 賞中秋新詞得佳讖……一九五一
第七十六回 凸碧堂品笛感淒清 凹晶館聯詩悲寂寞……一九八一
第七十七回 俏丫鬟抱屈夭風流 美優伶斬情歸水月……二〇〇九
第七十八回 老學士閒徵姽嫿詞 痴公子杜撰芙蓉誄……二〇四七
第七十九回 薛文起悔娶河東吼 賈迎春悞嫁中山狼……二〇八三

第八十回　美香菱屈受貪夫棒　王道士胡謅妬婦方……二〇一
第八十一回　占旺相四美釣游魚　奉嚴詞兩番入家塾……二一五
第八十二回　老學究講義警頑心　病瀟湘痴魂驚惡夢……二二五
第八十三回　省宮闈賈元妃染恙　鬧閨閫薛寶釵吞聲……二二八一
第八十四回　試文字寶玉始提親　探驚風賈環重結怨……二三一一
第八十五回　賈存周報陞郎中任　薛文起復惹放流刑……二三三九
第八十六回　受私賄老官翻案牘　寄閒情淑女解琴書……二二六九
第八十七回　感秋聲撫琴悲往事　坐禪寂走火入邪魔……二二九三
第八十八回　博庭歡寶玉讚孤兒　正家法賈珍鞭悍僕……二三一九
第八十九回　人亡物在公子填詞　蛇影杯弓顰卿絶粒……二三四三
第九十回　失綿衣貧女耐嗷嘈　送菓品小郎驚叵測……二三六五
第九十一回　縱淫心寶蟾工設計　布疑陣寶玉妄談禪……二三八九
第九十二回　評女傳巧姐慕賢良　玩母珠賈政參聚散……二四〇九
第九十三回　甄家僕投靠賈家門　水月菴掀翻風月案……二四三五
第九十四回　晏海棠賈母賞花妖　失寶玉通靈知奇禍……二四五九
第九十五回　因訛成實元妃薨逝　以假混真寶玉瘋癲……二四八九
第九十六回　瞞消息鳳姐設奇謀　洩機關顰兒迷本性……二五一三

第九十七回　林黛玉焚稿斷痴情　薛寶釵出閨成大禮……一二五三九
第九十八回　苦絳珠魂歸離恨天　病神瑛淚灑相思地……一二五七五
第九十九回　守官箴惡奴同破例　閱邸報老舅自擔驚……一二五九七
第一百回　破好事香菱結深恨　悲遠嫁寶玉感離情……一二六一九
第一百一回　大觀園月夜警幽魂　散花寺神籤驚異兆……一二六四一
第一百二回　寧國府骨肉病災祲　大觀園符水驅妖孽……一二六七一
第一百三回　施毒計金桂自焚身　昧真禪雨村空遇舊……一二六八九
第一百四回　醉金剛小鰍生大浪　痴公子餘痛觸前情……一二七一五
第一百五回　錦衣軍查抄寧國府　驄馬使彈劾平安州……一二七三九
第一百六回　王熙鳳致禍抱羞慚　賈太君禱天消禍患……一二七五九
第一百七回　散餘資賈母明大義　復世職政老沐天恩……一二七八一
第一百八回　強歡笑蘅蕪慶生辰　死纏綿瀟湘聞鬼哭……一二八〇五
第一百九回　候芳魂五兒承錯愛　還孽債迎女返真元……一二八三一
第一百十回　史太君壽終歸地府　王鳳姐力詘失人心……一二八六五
第一百十一回　鴛鴦女殉主登太虛　狗彘奴欺天招夥盜……一二八九一
第一百十二回　活冤孽妙姑遭大劫　死讎仇趙妾赴冥曹……一二九一九
第一百十三回　懺宿冤鳳姐托村嫗　釋舊憾情婢感痴郎……一二九四五

第一百十四回 王熙鳳歷幻返金陵 甄應嘉蒙恩還玉闕…… 二九七一
第一百十五回 惑偏私惜春矢素志 證同類寶玉失相知…… 二九八九
第一百十六回 得通靈幻境悟仙緣 送慈柩故鄉全孝道…… 三〇一五
第一百十七回 阻超凡佳人雙護玉 欣聚黨惡子獨承家…… 三〇四一
第一百十八回 記微嫌舅兄欺弱女 驚謎語妻妾諫痴人…… 三〇六九
第一百十九回 中鄉魁寶玉卻塵緣 沐皇恩賈家延世澤…… 三〇九七
第一百二十回 甄士隱詳說太虛情 賈雨村歸結紅樓夢…… 三一二三

新鐫全部

繡像紅樓夢

萃文書屋

序

紅樓夢小說本名石頭記作者相傳不一。究未知出自何人。惟書內記雪芹曹先生刪改數過。好事者每傳抄一部。置廟市中。昂其值。得數十金可謂不脛而走者矣。然原目一百廿卷。
今所傳祇八十卷。殊非全本。即間
稱有全部者。及檢閱仍祇八十
卷。讀者頗以爲憾。不佞以是書
既有百廿卷之目。豈無全璧。爰
爲竭力搜羅。自藏書家甚至

故紙堆中無不留心。數年以來，僅積有廿餘卷。一日偶於鼓擔上得十餘卷。遂重價購之。欣然繙閱。見其前後起伏，尚屬接筍。然漶漫殆不可收拾。乃同友人細加釐剔。截長補短。抄成全部。復爲鐫板。以公同好。紅樓夢全書始至是告成矣。書成因並誌其緣起。以告海內君子。凡我同人。或亦先覩爲快者歟。

小泉程偉元識

小泉

程偉元

叙

予聞紅樓夢膾炙人口者、幾廿餘年。然無全璧、無定本、向曾從友人借觀、竊以染指嘗鼎爲憾。今年春、友人程子小泉過予

以其所購全書見示。且曰此僕數
年銖積寸累之苦心。將付剞劂
公同好子閒且憊矣。盍分任之。予
以是書雖稗官野史之流。然尚
不謬於名教。欣然拜諾正以波斯

奴見寳爲幸遂襄其役。工既

竣。并識端末。以告閱者。

時

乾隆辛亥冬至後五日鐵嶺

高鶚叙并書

紅樓夢引言

一是書前八十回藏書家抄錄傳閱幾三十年矣今得後四十回合成完璧緣友人借抄爭覩者甚夥抄錄固難刊板亦需時日姑集活字刷印因急欲公諸　同好故初印時不及細校間有紕繆今復聚集各原本詳加校閱改訂無訛惟　識者諒之

一書中前八十回抄本各家互異今廣集核勘準情酌理補遺訂訛其間或有增損數字處意在便於披閱非敢爭勝前人也

一是書沿傳既久坊間繕本及諸家所藏秘稿繁簡歧出前

後錯見即如六十七回此有彼無題同文異燕石莫辨玆惟擇其情理較協者取為定本

一書中後四十回係就歷年所得集腋成裘更無他本可考惟按其前後關照者畧為修輯使其有應接而無矛盾至其原文未敢臆改俟再得善本更為釐定且不欲盡掩其本來面目也

一是書詞意新雅久為　名公鉅卿賞鑒但創始刷印卷帙較多工力浩繁故未加評點其中用筆吞吐虛實掩映之妙　識者當自得之

一向來奇書小說題序署名多出名家是書開卷畧誌數語

非云弁首實因殘缺有年一旦顛末畢具大快人心欣然
題名聊以記成書之幸
一是書刷印原爲 同好傳玩起見後因坊間再四乞兌爰
公議定值以偹工料之費非謂奇貨可居也
壬子花朝後一日 小泉 蘭墅 又識

石頭

石耶玉耶。頑耶靈耶。乾端坤倪鑄爾形耶。癡海情天鍊爾神耶。來無始去無終耶。渺〻茫〻吾安窮耶。

寶玉

二

琳琅品彙未貢王庭花夕
情多自開編洞處總童而
情緣縈結真如會而無相
俱空迴此歸來式寶地不
妙還我青虛天

怡紅公子

賈氏宗祠

三

江左皇皇族。祠堂氣象
新。衣冠三代列。俎豆四
時陳。鶴立金萱藹。鵷行
玉樹春。莫言神歎息。終
看叶振振。

史太君

四

安重深閨質。慈
祥大母儀。盛衰
同一瞬。白首苦
低垂。

富貴壽考

賈政　王夫人

誰話蒙艸解命
夏亭英嚴蕙意未
休寄語心間佳子弟
可能天[illegible]所生而

元春

窈窕淑女。宜君宜王。歸寧父母。鸞聲鏘〻。終允兄弟。不可弭忘。亂言配命。曷憂以瘁。

繡像

迎春

七

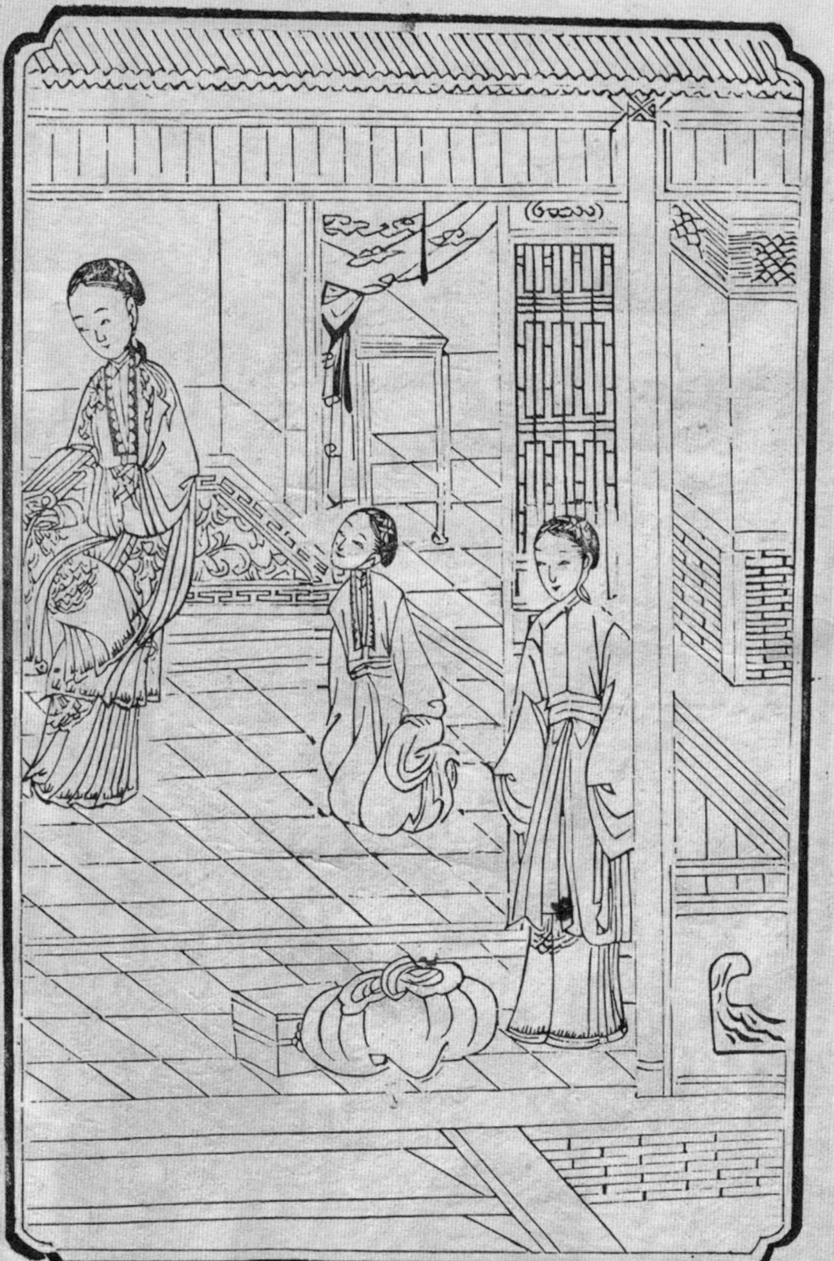

菱湖亭畔水縈洄。
溪浸闌干古月哀。
往事閒愁揮不去。
一篇載恨却教猜

探春

子女子女。晚睡早起。家
政代理、鉅細必至。克察
厥弊、出入、是為。日勤日儉。
勿偏勿私。卓卓儀範。為
女老師。

惜春

漫道掃眉班馬休
論傳粉黛歸辭識
君圖是畫居然拾
漫齋山

李紈 賈蘭附

十

抱得松筠操。青青耐早霜。鸞飛孤月影。桂發一枝香。愛雪邀開社。追涼玩插秧。教兒知稼穡。婦德自流芳。

稻香老農

王熙鳳
十

寸調風流迴出塵。宮
花分得一枝新。儂家
作醒陽臺夢。斜掠
烟鬟半未勻。

維七夕生是以巧名
金閨舊夢空村紡
聲誰假十萬嫁織女
星

秦氏

十三

香案簾前使瑤臺月下逢卿卿
本是許飛瓊爭被芳名喚起夢
魂中　霧滴珠旋落人遥豆不紅低枝
無奈五更風一點幽情還逐曉雲
空　調寄南柯子

薛寶釵

十四

宜爾室家多藝閨中弱
息無諱夫子何如林下
高風庭閒鶴夢相守睡
之初秀繡並鴛鴦衾感霜
翎之忽鍬

林黛玉

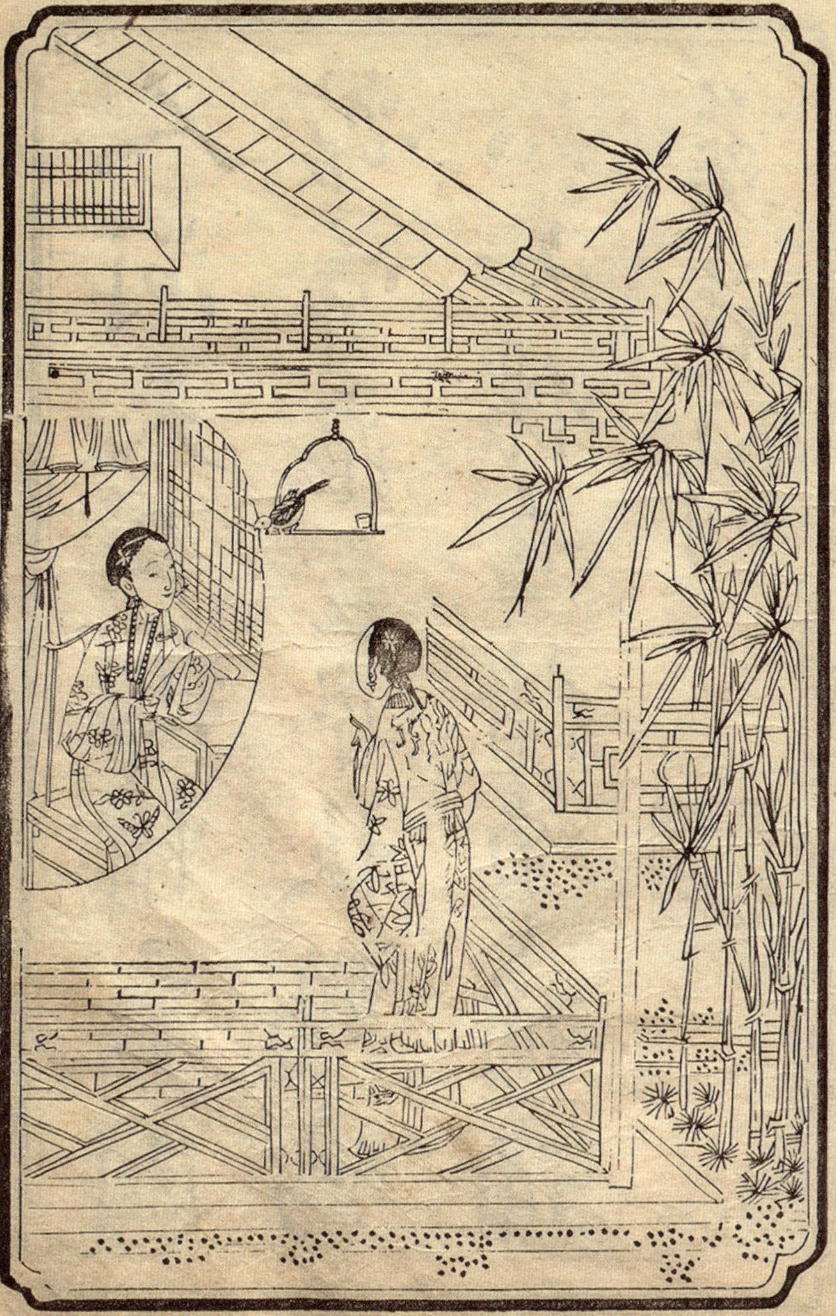

十五

人間天上總情癡湘
館啼痕空染枝鸚鵡
不知儂意緒喃〻猶誦
葬花詩

瀟湘妃子

史湘雲 十六

拾得麒麟去
紈闊風月媒寫
裯沈醉後花向夕
陽鬧

枕霞叟篆

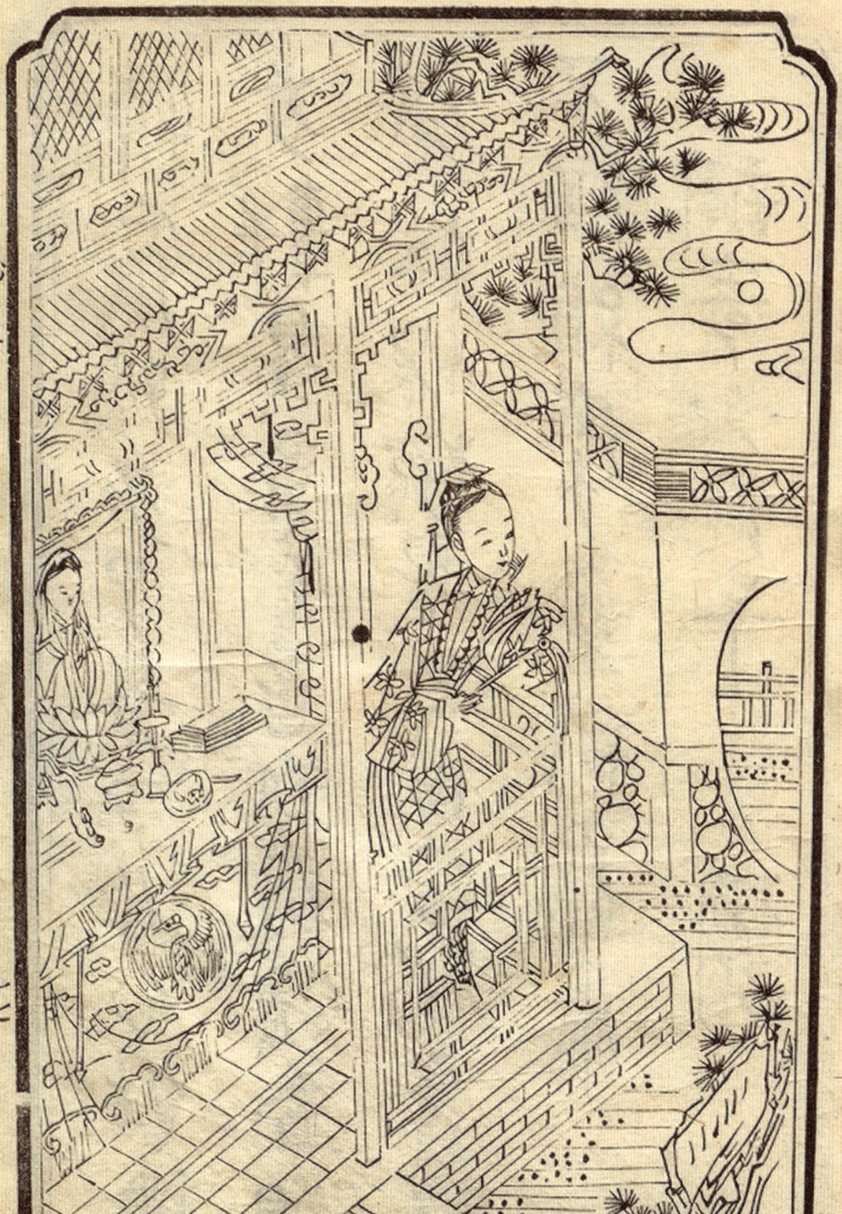

妙玉

淡窗孤易夕杲尸坐心性樓
有軒晏童念音執無情吾俔
間　紅棵櫳翠老白雪稻香題
不信維摩室吝兒侖
調寄女冠子

檻[illegible]

薛寶琴

十八

鶴氅翩翩紅靺鞨泥金

裘滚珍珠眉生来自

合是梅粧清一色嬌難

別天花影裡胭脂雪

調寄天仙子

李紋　李綺　邢岫烟

九

翠鬟碧沼曲欄杆
一段閑情寄釣竿魚
自忘機人自識鴛鴦
相睡不相猜

尤三姐

君有情兮無情胭脂帶亂
子鸞兮已情君無情氤氳
使歸花城說尔說緣都是
幻女子無媒羞自獻君不
見桃花血蘸鴛鴦劍

香菱 襲人

二十一

南園草色綠盈々朱欄外有人聲
穠桃豔李讓渠嬴怎解道夫妻
蕙占佳名小娃惡謔太憨生帬
帶染綠苔青郎君阿姊兩多情悄々
解換偷眼看怕卿々

調寄繫
裙腰

晴雯

麗質何因托玉娥枝
襲人句注斜暉子情
白首添新塚蔓草
冥烟蝶梁飛

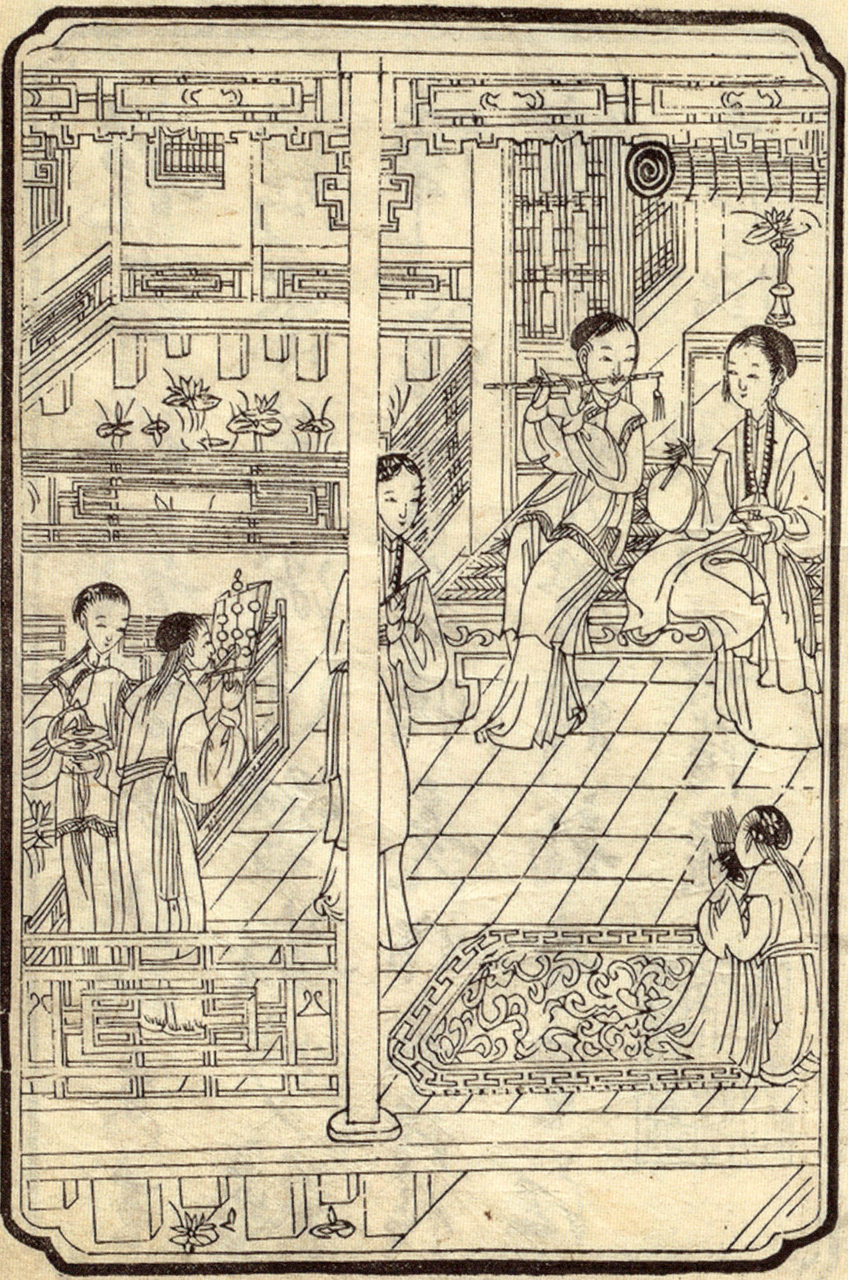

艷舞嬌歌聚氣沾袖底生鬢紫菱溆近鷺荻沙鴻陣絃管無情竟作晨鐘偈休重問梵聲禪韻千里江南恨

詞客菩薩蠻

曾道

二十四

我係一隻牛你係一隻狗
莫要牛狗大家撒手莫要
牛狗大家一口亂應是怎
麼莫了莫執滿至萬象來去
羅宗台生谿主題跋

紅樓夢目錄

第一回
甄士隱夢幻識通靈　賈雨村風塵懷閨秀
第二回
賈夫人仙逝揚州城　冷子興演說榮國府
第三回
托內兄如海薦西賓　接外孫賈母惜孤女
第四回
薄命女偏逢薄命郎　葫蘆僧判斷葫蘆案
第五回

賈寶玉神遊太虛境　警幻仙曲演紅樓夢

第六回

賈寶玉初試雲雨情　劉老老一進榮國府

第七回

送宮花賈璉戲熙鳳　宴寧府寶玉會秦鐘

第八回

賈寶玉奇緣識金鎖　薛寶釵巧合認通靈

第九回

訓劣子李貴承申飭　嗔頑童茗烟鬧書房

第十回

金寡婦貪利權受辱　張太醫論病細窮源
第十一回
慶壽辰寧府排家宴　見熙鳳賈瑞起淫心
第十二回
王熙鳳毒設相思局　賈天祥正照風月鑒
第十三回
秦可卿死封龍禁尉　王熙鳳協理寧國府
第十四回
林如海捐館揚州城　賈寶玉路謁北靜王
第十五回

王鳳姐弄權鐵檻寺　秦鯨卿得趣饅頭庵
第十六回
賈元春才選鳳藻宮　秦鯨卿夭逝黃泉路
第十七回
大觀園試才題對額　榮國府歸省慶元宵
第十八回
皇恩重元妃省父母　天倫樂寶玉呈才藻
第十九回
情切切良宵花解語　意綿綿靜日玉生香
第二十回

王熙鳳正言彈妬意　林黛玉俏語謔嬌音

第二十一回
賢襲人嬌嗔箴寶玉　俏平兒軟語救賈璉

第二十二回
聽曲文寶玉悟禪機　製燈謎賈政悲讖語

第二十三回
西廂記妙詞通戲語　牡丹亭艷曲警芳心

第二十四回
醉金剛輕財尚義俠　痴女兒遺帕惹相思

第二十五回

魘魔法叔嫂逢五鬼　通靈玉蒙蔽遇雙真
第二十六回
蜂腰橋設言傳心事　瀟湘館春困發幽情
第二十七回
滴翠亭楊妃戲彩蝶　埋香冢飛燕泣殘紅
第二十八回
蔣玉函情贈茜香羅　薛寶釵羞籠紅麝串
第二十九回
享福人福深還禱福　惜情女情重愈斟情
第三十回

寶釵借扇機帶雙敲　椿齡畫薔癡及局外

第三十一回
撕扇子作千金一笑　因麒麟伏白首雙星

第三十二回
訴肺腑心迷活寶玉　含恥辱情烈死金釧

第三十三回
手足耽耽小動脣舌　不肖種種大承笞撻

第三十四回
情中情因情感妹妹　錯裡錯以錯勸哥哥

第三十五回

白玉釧親嚐蓮葉羹　黃金鶯巧結梅花絡
第三十六回
繡鴛鴦夢兆絳芸軒　識分定情悟梨香院
第三十七回
秋爽齋偶結海棠社　蘅蕪院夜擬菊花題
第三十八回
林瀟湘魁奪菊花詩　薛蘅蕪諷和螃蟹咏
第三十九回
村老老是信口開河　情哥哥偏尋根究底
第四十回

史太君兩宴大觀園　金鴛鴦三宣牙牌令

第四十一回

賈寶玉品茶櫳翠菴　劉老老醉卧怡紅院

第四十二回

蘅蕪君蘭言解疑癖　瀟湘子雅謔補餘音

第四十三回

閒取樂偶攢金慶壽　不了情暫撮土爲香

第四十四回

變生不測鳳姐潑醋　喜出望外平兒理粧

第四十五回

第四十六回
尷尬人難免尷尬事　鴛鴦女誓絕鴛鴦偶
第四十七回
獃霸王調情遭苦打　冷郎君懼禍走他鄉
第四十八回
濫情人情誤思游藝　慕雅女雅集苦吟詩
第四十九回
琉璃世界白雪紅梅　脂粉香娃割腥啖羶
第五十回
金蘭契互剖金蘭語　風雨夕悶製風雨詞

蘆雪亭爭聯卽景詩　暖香塢雅製春燈謎
第五十一回
薛小妹新編懷古詩　胡庸醫亂用虎狼藥
第五十二回
俏平兒情掩蝦鬚鐲　勇晴雯病補雀毛裘
第五十三回
寧國府除夕祭宗祠　榮國府元宵開夜宴
第五十四回
史太君破陳腐舊套　王熙鳳效戲彩斑衣
第五十五回

辱親女愚妾爭閒氣　欺幼主刁奴蓄險心

第五十六回
敏探春興利除宿弊　賢寶釵小惠全大體

第五十七回
慧紫鵑情辭試莽玉　慈姨媽愛語慰痴顰

第五十八回
杏子陰假鳳泣虛凰　茜紗窗真情揆痴理

第五十九回
柳葉渚邊嗔鶯叱燕　絳芸軒裡召將飛符

第六十回

茉莉粉替去薔薇硝　玫瑰露引出茯苓霜
第六十一回
投鼠忌器寶玉瞞贓　判冤決獄平兒行權
第六十二回
憨湘雲醉眠芍藥裀　獃香菱情解石榴裙
第六十三回
壽怡紅羣芳開夜宴　死金丹獨艷理親喪
第六十四回
幽淑女悲題五美吟　浪蕩子情遺九龍佩
第六十五回

賈二舍偷娶尤二姨　尤三姐思嫁柳二郎
第六十六回
情小妹耻情歸地府　冷二郎一冷入空門
第六十七回
見土儀顰卿思故里　聞秘事鳳姐訊家童
第六十八回
苦尤娘賺入大觀園　酸鳳姐大鬧寧國府
第六十九回
弄小巧用借劍殺人　覺大限吞生金自逝
第七十回

林黛玉重建桃花社　史湘雲偶塡柳絮詞
第七十一回
嫌隙人有心生嫌隙　鴛鴦女無意遇鴛鴦
第七十二回
王熙鳳恃强羞說病　來旺婦倚勢霸成親
第七十三回
痴了頭悞拾綉春囊　懦小姐不問纍金鳳
第七十四回
惑奸讒抄檢大觀園　矢孤人杜絶寧國府
第七十五回

開夜宴異兆發悲音　賞中秋新詞得佳讖

第七十六回

凸碧堂品笛感淒清　凹晶館聯詩悲寂寞

第七十七回

俏丫鬟抱屈夭風流　美優伶斬情歸水月

第七十八回

老學士閒徵姽嫿詞　癡公子杜撰芙蓉誄

第七十九回

薛文起悔娶河東吼　賈迎春悞嫁中山狼

第八十回

美香菱屈受貪夫棒　王道士胡謅妬婦方
第八十一回
占旺相四美釣游魚　奉嚴詞兩番入家塾
第八十二回
老學究講義警頑心　病瀟湘痴魂驚惡夢
第八十三回
省宫闈賈元妃染恙　鬧閨閫薛寶釵吞聲
第八十四回
試文字寶玉始提親　探驚風賈環重結怨
第八十五回

賈存周報陞郎中任　薛文起復惹放流刑
第八十六回
受私賄老官番案牘　寄閒情淑女解琴書
第八十七回
感秋聲撫琴悲往事　坐禪寂走火入邪魔
第八十八回
博庭歡寶玉讚孤兒　正家法賈珍鞭悍僕
第八十九回
人亡物在公子塡詞　蛇影盃弓顰卿絕粒
第九十回

失綿衣貧女耐嗷嘈　送菓品小郎驚叵測
第九十一回
縱淫心寶蟾工設計　布疑陣寶玉妄談禪
第九十二回
評女傳巧姐慕賢良　玩母珠賈政參聚散
第九十三回
甄家僕投靠賈家門　水月庵掀翻風月案
第九十四回
晏海棠賈母賞花妖　失寶玉通靈知奇禍
第九十五回

因訛成實元妃薨逝　以假混眞寶玉瘋顛
第九十六回
瞞消息鳳姐設奇謀　洩機關顰兒迷本性
第九十七回
林黛玉焚稿斷痴情　薛寶釵出閨成大禮
第九十八回
苦絳珠魂歸離恨天　病神瑛淚灑相思地
第九十九回
守官箴惡奴同破例　閱邸報老舅自擔驚
第一百回

破好事香菱結深恨　悲遠嫁寶玉感離情
第一百一回
大觀園月夜警幽魂　散花寺神籤占異兆
第一百二回
寧國府骨肉病災祲　大觀園符水驅妖孽
第一百三回
施毒計金桂自焚身　昧眞禪雨村空遇舊
第一百四回
醉金剛小鰍生大浪　痴公子餘痛觸前情
第一百五回

錦衣軍查抄寧國府 驄馬使彈劾平安州
第一百六回
王熙鳳致禍抱羞慚 賈太君禱天消災患
第一百七回
散餘資賈母明大義 復世職政老沐天恩
第一百八回
强歡笑蘅蕪慶生辰 死纏綿瀟湘聞鬼哭
第一百九回
候芳魂五兒承錯愛 還孽債迎女返眞元
第一百十回

史太君壽終歸地府　王鳳姐力詘失人心
第一百十一回
鴛鴦女殉主登太虛　狗彘奴欺天招夥盜
第一百十二回
活冤孽妙姑遭大刼　死讐仇趙妾赴冥曹
第一百十三回
懺宿冤鳳姐托村嫗　釋舊憾情婢感癡郎
第一百十四回
王熙鳳歷幻返金陵　甄應嘉蒙恩還玉闕
第一百十五回

惑偏私惜春矢素志　證同類寶玉失相知
第一百十六回
得通靈幻境悟仙緣　送慈柩故鄉全孝道
第一百十七回
阻超凡佳人雙護玉　欣聚黨惡子獨承家
第一百十八回
記微嫌舅兄欺弱女　驚謎語妻妾諫痴人
第一百十九回
中鄉魁寶玉却塵緣　沐皇恩賈家延世澤
第一百二十回

甄士隱詳說太虛情　賈雨村歸結紅樓夢

紅樓夢目錄終

紅樓夢第一回

甄士隱夢幻識通靈　賈雨村風塵懷閨秀

此開卷第一回也作者自云曾歷過一番夢幻之後故將真事隱去而借通靈說此石頭記一書也故曰甄士隱云云但書中所記何事何人自已又云今風塵碌碌一事無成忽念及當日所有之女子一一細考較去覺其行止見識皆出我之上我堂堂鬚眉誠不若彼裙釵我實愧則有餘悔又無益大無可如何之日也當此日欲將已往所賴天恩祖德錦衣紈袴之時飫甘饜肥之日背父兄教育之恩負師友規訓之德以致今日一技無成半生潦倒之罪編述一集以告天下知我之負罪固多然

閨閣中歷歷有人萬不可因我之不肖自護己短一并使其泯滅也所以蓬牖茅椽繩床瓦竈並不足妨我襟懷況那晨風夕月堦柳庭花更覺得潤人筆墨我雖不學無文又何妨用假語村言敷演出來亦可使閨閣昭傳復可破一時之悶醒同人之目不亦宜乎故曰賈雨村云云更於篇中間用夢幻等字却是此書本旨兼寓提醒閱者之意看官你道此書從何而起說來雖近荒唐細玩頗有趣味却說那女媧氏煉石補天之時於大荒山無稽崖煉成高十二丈見方二十四丈大的頑石三萬六千五百零一塊那媧皇只用了三萬六千五百塊單單剩下一塊未用棄在青埂峯下誰知此石自經煆煉之後靈性已通自

去自來可大可小因見衆石俱得補天獨自已無才不得入選遂自怨自愧日夜悲哀一日正當嗟悼之際俄見一僧一道遠遠而來生得骨格不凡丰神迥異來到這青埂峯下席地坐談見着這塊鮮瑩明潔的石頭且又縮成扇墜一般甚屬可愛那僧托於掌上笑道形體倒也是個靈物了只是沒有實在的好處須得再鐫上幾個字使人人見了便知你是件奇物然後攜你到那昌明隆盛之邦詩禮簪纓之族花柳繁華地温柔富貴鄉那裡去走一遭石頭聽了大喜因問不知可鐫何字攜到何方望乞明示那僧笑道你且莫問日後自然明白說畢便袖了同那道人飄然而去竟不知投向何方又不知過了幾世幾刼

因有個空空道人訪道求仙從這大荒山無稽崖青埂峰下經過忽見一塊大石上面字跡分明編述歷歷空空道人乃從頭一看原來是無才補天幻形入世被那茫茫大士渺渺真人携入紅塵引登彼岸的一塊頑石上面叙着墮落之鄉投胎之處以及家庭瑣事閨閣閒情詩詞謎語倒還全備只是朝代年紀失落無考後面又有一偈云

無才可去補蒼天。枉入紅塵若許年。
此係身前身後事。倩誰記去作奇傳。

空空道人看了一回曉得這石頭有些來歷遂向石頭說道石兄你這一段故事據你自己說來有些趣味故鐫寫在此意欲

聞世傳奇攄我看來第一件無朝代年紀可考第二件並無大賢大忠理朝廷治風俗的善政其中只不過幾個異樣女子或情或痴或小才微善我總然抄去也算不得一種奇書石頭果然答道我師何必太痴我想歷來野史的朝代無非假借漢唐的名色莫如我這石頭所記不借此套只按自己的事體情理反倒新鮮别致况且那野史中或訕謗君相或貶人妻女姦淫兇惡不可勝數更有一種風月筆墨其淫穢污臭最易壞人子弟至於才子佳人等書則又開口文君滿篇子建千部一腔千人一面且終不能不涉淫濫在作者不過要寫出自己的兩首情詩艷賦來故假捏出男女二人名姓又必旁添一小人撥亂

其間如戲中的小丑一般更可厭者之乎者也非理卽文大不近情自相矛盾竟不如我這半世親見親聞的幾個女子雖不敢說强似前代書中所有之人但觀其事跡原委亦可消愁破悶至於幾首歪詩也可以噴飯供酒其間離合悲歡興衰際遇俱是按迹循踪不敢稍加穿鑿至失其眞只願世人當那醉餘睡醒之時或避事消愁之際把此一玩不但是洗舊翻新却也省了些壽命筋力不更去謀虛逐妄了我師意爲如何空空道人聽如此說思忖半晌將這石頭記再檢閱一遍因見上面大旨不過談情亦只是實錄其事絕無傷時誨淫之病方從頭至尾抄寫囘來問世傳奇從此空空道人因空見色由色生情傳

情入色自色悟空遂改名情僧改石頭記爲情僧錄東魯孔梅溪題曰風月寶鑑後因曹雪芹於悼紅軒中披閱十載增刪五次纂成目錄分出章回又題曰金陵十二釵並題一絕即此便是石頭記的緣起詩云

滿紙荒唐言　一把辛酸淚
都云作者痴　誰解其中味

石頭記緣起既明正不知那石頭上面記著何人何事看官請聽按那石上書云當日地陷東南這東南有個姑蘇城城中閶門最是紅塵中一二等富貴風流之地這閶門外有個十里街街內有個仁清巷巷內有個古廟因地方狹窄人皆呼作葫蘆

廟廟傍住著一家鄉宦姓甄名費字士隱嫡妻封氏性情賢淑深明禮義家中雖不甚富貴然本地也推他爲望族了因這甄士隱禀性恬淡不以功名爲念每日只以觀花種竹酌酒吟詩爲樂倒是神仙一流人物只是一件不足年過半百膝下無兒只有一女乳名英蓮年方三歲一日炎夏永晝士隱于書房閒坐手倦抛書伏几盹睡不覺朦朧中走至一處不辨是何地方忽見那廂來了一僧一道且行且談只聽道人問道你攜了此物意欲何往那僧笑道你放心如今現有一段風流公案正該了結這一干風流寃家尚未投胎入世趁此机會就將此物夾帶於中使他去經歷經歷那道人道原來近日風流寃家又將

造刼歷世但不知起於何處落於何方那僧道此事說來好笑只因當年這個石頭媧皇未用自已却也落得逍遥自在各處去遊玩一日來到警幻仙子處那仙子知他有些來歷因留他在赤霞宫中名他為赤霞宫神瑛侍者他却常在西方靈河岸上行走看見那靈河岸上三生石畔有棵絳珠仙草十分嬌娜可愛遂日以甘露灌溉這絳珠草始得久延歲月後來既受天地精華復得甘露滋養遂脫了草木之胎幻化人形僅僅修成女體終日遊於離恨天外饑餐秘情果渴飲灌愁水只因尚未酬報灌溉之德故甚至五內鬱結著一段纏綿不盡之意常說自已受了他雨露之惠我並無此水可還他若下世為人我也

同去走一遭但把我一生所有的眼淚還他也還得過了因此一事就勾出多少風流冤家都要下凡造歷幻緣那絳珠仙草也在其中今日這石正該下世我來特地將他仍帶到警幻仙子案前給他掛了號同這些情鬼下凡一了此案那道人道果是好笑從來不聞有還淚之說趁此你我何不也下世度脫幾個豈不是一場功德那僧道正合吾意你且同我到警幻仙子宮中將這蠢物交割清楚待這一干風流孽鬼下世你我再去如今有一半落塵然猶未全集道人道既如此便隨你去來那說甄士隱俱聽得明白遂不禁上前施禮笑問道二位仙師請了那僧道也忙答禮相問士隱因說道適聞仙師所談因果實

人世罕聞者但弟子愚拙不能洞悉明白若蒙大開痴頑備細一聞弟子洗耳諦聽稍能警省亦可免沉淪之苦了二仙笑道此乃元機不可預洩到那時只不要忘了我二人便可跳出火坑矣士隱聽了不便再問因笑道元機固不可洩露但適云蠢物不知為何或可得見否那僧說若問此物倒有一面之緣說着取出遞與士隱士隱接了看時原來是塊鮮明美玉上面字蹟分明鐫着通靈寶玉四字後面還有幾行小字正欲細看時那僧便說已到幻境就強從手中奪了去和那道人竟過了一座大石牌坊上面大書四字乃是太虛幻境兩邊又有一副對聯道

假作真時真亦假　無爲有處有還無

隱士意欲也跟着過去方舉步時忽聽一聲霹靂若山崩地陷士隱大叫一聲定睛看時只見烈日炎炎芭蕉冉冉夢中之事便忘了一半又見奶母抱了英蓮走來士隱見女兒越發生得粉裝玉琢乖覺可喜便伸手接來抱在懷中鬥他頑耍一回又帶至街前看那過會的熱鬧方欲進來時只見從那邊來了一僧一道那僧癩頭跣足那道跛足蓬頭瘋瘋癲癲揮霍談笑而至及到了他門前看見士隱抱着英蓮那僧便大哭起來又向士隱道施主你把這有命無運累及爹娘之物抱在懷內作甚士隱聽了知是瘋話也不採他那僧還說捨我罷捨我罷士隱

不耐煩便抱着女兒轉身纔要進去那僧乃指着他大笑口內念了四句言詞道是

慣養嬌生笑你癡　菱花空對雪澌澌
好防佳節元宵後　便是烟消火滅時

士隱聽得明白心下猶豫意欲問他来歷只聽道人說道你我不必同行就此分手各幹營生去罷三刼後我在北邙山等你會齊了同往太虛幻境銷號那僧道最妙最妙說畢二人一去再不見個踪影了士隱心中此時自忖這兩個人必有來歷很該問他一問如今後悔却已晚了這士隱正在痴想忽見隔壁葫蘆廟內寄居的一個窮儒姓賈名化表字時飛別號雨村的

走來這賈雨村原係湖州人氏也是詩書仕宦之族因他生於末世父母祖宗根基已盡人口衰喪只剩得他一身一口在家鄉無益因進京求取功名再整基業自前歲來此又淹蹇住了暫寄廟中安身每日賣文作字爲生故士隱常與他交接當下雨村見了士隱忙施禮陪笑道老先生倚門佇望敢街市上有甚新聞麼士隱笑道非也適因小女啼哭引他出來作耍正是無聊的狠賈兄來得正好請入小齋彼此俱可消此永晝說著便令人送女兒進去自携了雨村來至書房中小童獻茶方談得三五句話忽家人飛報嚴老爺來拜士隱慌忙起身謝道恕誆駕之罪且請略坐弟即來奉陪雨村起身也讓道老先生請

便曉生乃常造之客稍候何妨說着士隱已出前廳去了這裡雨村且翻弄詩籍解悶忽聽得窗外有女子嗽聲雨村遂起身往外一看原來是一個丫鬟在那裡掐花兒生的儀容不俗眉目清秀雖無十分姿色却也有動人之處雨村不覺看得呆了那甄家丫鬟掐了花兒方欲走時猛抬頭見窗內有人敝巾舊服雖是貧窘然生得腰圓背厚面濶口方更兼劍眉星眼直鼻方腮這丫鬟忙轉身廻避心下自想這人生的這樣雄壯却又這樣襤褸我家並無這樣貧窘親友想他定是主人常說的什麽賈雨村了怪道又說他必非久困之人每每有意帮助周濟他只是没什麽机會如此一想不免又回頭一兩次雨村見他

回頭便以爲這女子心中有意於他遂狂喜不禁自謂此女子必是個巨眼英豪風塵中之知已一時小童進來雨村打聽得前面留飯不可久待遂從夾道中自便門出去了士隱待客既散知雨村已去便也不去再邀一日到了中秋佳節士隱家宴已畢又另具一席於書房自已步月至廟中來邀雨村原來雨村自那日見了甄家丫鬟曾回顧他兩次自謂是個知已便時刻放在心上今又正值中秋不免對月有懷因而口占五言一律云

未卜三生願。頻添一段愁。
悶來時斂額。行去幾回頭。

自顧風前影　誰堪月下儔
蟾光如有意　先上玉人頭

雨村吟罷因又思及平生抱負苦未逢時乃又搔首對天長歎復高吟一聯云

玉在匵中求善價　釵于奩內待時飛

恰值士隱走來聽見笑道雨村兄眞抱負不凡也雨村忙笑道不敢不過偶吟前人之句何期過譽如此因問老先生何興至此士隱笑道今夜中秋俗謂團圓之節想尊兄旅寄僧房不無寂寥之感故特具小酌邀兄到敝齋一飲不知可納芹意否雨村聽了並不推辭便笑道既蒙謬愛何敢拂此盛情說著便同

士隱復過這邊書院中來了須臾茶畢早已設下盃盤那美酒佳餚自不必說二人歸坐先是款酌慢飲漸次談至興濃不覺飛觥獻斝起來當時街坊上家家簫管戶戶笙歌當頭一輪明月飛彩凝輝二人愈添豪興酒到盃乾雨村此時已有七八分酒意狂興不禁乃對月寓懷口占一絕云

時逢三五便團圞　滿把清光護玉欄

天上一輪纔捧出　人間萬姓仰頭看

士隱聽了大叫妙極弟每謂兄必非久居人下者今所吟之句飛騰之兆已見不日可接履於雲霄之上了可賀可賀乃親斟一斗爲賀雨村飲乾忽歎道非晚生酒後狂言若論時尚之學

晚生也或可去充數挂名只是如今行李路費一概無措神京路遠非賴賣字撰文即能到的士隱不待說完便道兄何不早言弟已久有此意但每遇兄時並未談及故未敢唐突今既如此弟雖不才義利二字卻還識得且喜明歲正當大比兄宜作速入都春闈一捷方不負兄之所學其盤費餘事弟自代爲處置亦不枉兄之謬識矣當下即命小童進去速封五十兩白銀并兩套冬衣又云十九日乃黄道之期兄可即買舟西上待雄飛高舉明冬再晤豈非大快之事雨村收了銀衣不過略謝一語並不介意仍是吃酒談笑那天已交三鼓二人方散士隱送雨村去後回房一覺直至紅日三竿方醒因思昨夜之事意欲

寫薦書兩封與雨村帶至都中去使雨村投謁個仕宦之家爲寄身之地因使人過去請時那家人回來說和尚說賈爺今日五鼓已進京去了也曾留下話與和尚轉達老爺說讀書人不在黃道黑道總以事理爲要不及面辭了士隱聽了也只得罷了眞是閒處光陰易過倏忽又是元宵佳節士隱令家人霍啟抱了英蓮去看社火花燈半夜中霍啟因要小解便將英蓮放在一家門檻上坐着待他小解完了來抱時那有英蓮的踪影急的霍啟直尋了半夜至天明不見那霍啟也不敢回來見主人便逃往他鄉去了那士隱夫婦見女兒一夜不歸便知有些不好再使幾人去找尋回來皆云影響全無夫妻二人半世只

生此女一旦失去何等煩惱因此晝夜啼哭幾乎不顧性命看
看一月士隱已先得病夫人封氏也因思女搆疾日日請醫問
卦不想這日三月十五葫蘆廟中炸供那和尚不小心油鍋火
逸便燒着窗紙此方人家俱用竹籬木壁也是劫數應當如此
於是接二連三牽五掛四將一條街燒得如火焰山一般彼時
雖有軍民來救那火已成了勢了如何救得下直燒了一夜方
息也不知燒了多少人家只可憐甄家在隔壁早成了一堆瓦
礫場了只有他夫婦並幾個家人的性命不曾傷了急的士隱
惟跌足長歎而已與妻子商議且到田庄上去住偏值近年水
旱不收賊盜蜂起官兵剿捕田庄上又難以安身只得將田地

著折變了攜了妻子與兩個丫鬟投他岳丈家去他岳丈名喚封肅本貫大如州人氏雖是務農家中都還殷實今見女婿這等狼狽而來心中便有些不樂幸而士隱還有折變田產的銀子在身邊拿出來託他隨便置買些房地以為後日衣食之計那封肅便半用半賺的略與他些薄田破屋士隱乃讀書之人不慣生理稼穡等事勉強支持了一二年越發窮了封肅見面時便說些現成話兒且人前人後又怨他不會過只一味好吃懶做士隱知道了心中未免悔恨再兼上年驚唬急忿怨痛暮年之人那禁得貧病交攻竟漸漸的露出了那下世的光景來可巧這日拄了拐扎掙到街前散散心時忽見那邊來了一個

跛足道人瘋狂落拓蔴鞋鶉衣口內念着幾句言詞道

世人都曉神仙好。惟有功名忘不了。
古今將相在何方。荒塚一堆草沒了。
世人都曉神仙好。只有金銀忘不了。
終朝只恨聚無多。及到多時眼閉了。
世人都曉神仙好。只有姣妻忘不了。
君生日日說恩情。君死又隨人去了。
世人都曉神仙好。只有兒孫忘不了。
痴心父母古來多。孝順子孫誰見了。

士隱聽了便迎上來道你滿口說些什麼只聽見些好了好了

那道人笑道你若果聽見好了二字還算你明白可知世上萬般好便是了了便是好若不了便不好若要好須是了我這歌兒便叫好了歌士隱本是有夙慧的一聞此言心中早已悟徹因笑道且住待我將你這好了歌註解出來何如道人笑道你就請解士隱乃說道

陋室空堂當年笏滿床衰草枯楊曾為歌舞場蛛絲兒結滿雕梁綠紗今又在蓬窗上說甚麼脂正濃粉正香如何兩鬢又成霜昨日黃土隴頭埋白骨今宵紅綃帳底臥鴛鴦金滿箱銀滿箱轉眼乞丐人皆謗正歎他人命不長那知自己歸來喪訓有方保不定日後作強梁擇膏粱誰承

堂流落在煙花巷因嫌紗帽小致使鎖枷扛昨憐破襖寒
今嫌紫蟒長亂烘烘你方唱罷我登場反認他鄉是故鄉
甚荒唐到頭來都是爲他人作嫁衣裳
那瘋跛道人聽了拍掌大笑道解得切解得切士隱便說一聲
走罷將道人肩上的搭褳搶過來背上竟不回家同著瘋道人
飄飄而去當下哄動街坊衆人當作一件新聞傳說封氏聞知
此信哭個死去活來只得與父親商議遣人各處訪尋那討音
信無奈何只得依靠着他父母度日幸而身邊還有兩個舊日
的丫鬟伏侍主僕三人日夜作些針線帮著父親用度那封肅
雖然每日抱怨也無可奈何了這日那甄家的大丫鬟在門前

買線忽聽得街上喝道之聲衆人都說新太爺到任了丫鬟隱在門內看時只見軍牢快手一對一對過去俄而大轎內抬著一個烏帽猩袍的官府來了那丫鬟倒發了個怔自思這官兒好面善倒像在那裡見過的於是進入房中也就丟過不在心上至晚間正待歇息之時忽聽一片聲打的門響許多人亂嚷說本縣太爺的差人來傳人問話封肅聽了唬得目瞪口呆不知有何禍事且聽下回分解

紅樓夢第一回終

紅樓夢第二回

賈夫人仙逝揚州城　冷子興演說榮國府

却說封肅聽見公差傳喚忙出來陪笑啟問那些人只嚷快請出甄爺來封肅忙陪笑道小人姓封並不姓甄只有當日小婿姓甄今已出家一二年了不知可是問他那些公人道我們也不知什麽眞假既是你的女婿就帶了你去面稟太爺便了大家把封肅推擁而去封家各各驚慌不知何事至二更時分封肅方回來衆人忙問端的原來新任太爺姓賈名化本湖州人氏曾與女婿舊交因在我家門首看見嬌杏丫頭買線只說女婿移住此間所以來傳我將緣故回明那太爺感傷歎息了一

回又問外孫女兒我說看燈丟了太爺說不妨待我差人去務必找尋回來說了一回話臨走又送我二兩銀子甄家娘子聽了不覺感傷一夜無話次日早有雨村遣人送了兩封銀子四疋錦緞答謝甄家娘子又一封密書與封肅託他向甄家娘子要那嬌杏作二房封肅喜得眉開眼笑巴不得去奉承太爺便在女兒前一力攛掇當夜用一乘小轎便把嬌杏送進衙內去了雨村歡喜自不必言又封百金贈與封肅又送甄家娘子許多禮物令其且自過活以待訪尋女兒下落却說嬌杏那丫頭便是當年回顧雨村的因偶然一看便弄出這段奇緣也是意想不到之事誰知他命運兩濟不承望自到雨村身邊只一年

便生一子又半載雨村嫡配忽染疾下世雨村便將他扶作正室夫人正是

偶因一回顧。　便爲人上人

原來雨村因那年士隱贈銀之後他於十六日便起身赴京大比之期十分得意中了進士選入外班今已陞了本縣太爺雖才幹優長未免貪酷且恃才侮上那同寅皆側目而視不上一年便被上司參了一本說他貌似有才性實狡猾又題了一兩件狥庇蠹役交結鄉紳之事龍顏大怒即命革職部文一到本府各官無不喜悅那雨村雖十分慚恨面上却全無一點怨色仍是嘻笑自若交代過了公事將歷年所積的宦囊並家屬人

等送至原籍安頓妥當了却自巳擔風袖月遊覽天下勝蹟那日偶又遊至維揚地方聞得今年鹽政點的是林如海這林如海姓林名海表字如海乃是前科的探花今巳陞蘭臺寺大夫本貫姑蘇人氏今欽點爲廵鹽御史到任未久原來這林如海之祖也曾襲過列侯的今到如海業經五世起初只襲三世因當今隆恩盛德額外加恩至如海之父又襲了一代到了如海便從科第出身雖係世祿之家却是書香之族只可惜這林家支庶不盛人丁有限雖有幾門却與如海俱是堂族沒甚親支嫡泒的今如海年巳五十只有一個三歲之子又于去歲亡了雖有幾房姬妾奈命中無子亦無可如何之事只嫡妻賈氏生

得一女乳名黛玉年方五歲夫妻愛之如掌上明珠見他生得聰明俊秀也欲使他識幾個字不過假充養子聊解膝下荒凉之歎且說賈雨村在旅店偶感風寒愈後又因盤費不繼正欲得一個居停之所以爲息肩之地偶遇兩個舊友認得新鹽政知他正要請一西席教訓女兒遂將雨村薦進衙門去這女學生年紀幼小身體又弱工課不限多寡其餘不過兩個伴讀丫鬟故雨村十分省力正好養病看看又是一載有餘不料女學生之母賈氏夫人一病而亡女學生奉侍湯藥守喪盡禮過于哀痛素本怯弱因此舊病復發有好些時不曾上學雨村閒居無聊每當風日晴和飯後便出來閒步這一日偶至郊外意欲

賞鑒那村野風光信步至一山環水漩茂林修竹之處隱隱有座廟宇門巷傾頹墻垣剥落有額題曰智通寺門傍又有一副舊破的對聯云

身後有餘忘縮手○　眼前無路想回頭○

雨村看了因想道這兩句文雖甚淺其意則深也曾遊過些名山大刹倒不曾見過這話頭其中想必有個翻過筋斗來的也未可知何不進去一訪走入看時只有一個龍鍾老僧在那裡煮粥雨村見了那不在意及至問他兩句話那老僧既聾且昏又齒落舌鈍所答非所問雨村不耐煩仍退出來意欲到那村肆中沽飲三盃以助野趣於是移步行來剛入肆門只見座上

吃酒之客有一人起身大笑接了出來口內說奇遇奇遇雨村忙看時此人是都中古董行中貿易姓冷號子興的舊日在都相識雨村最讚這冷子興是個有作爲大本領的人這子興又借雨村斯文之名故二人最相投契雨村忙亦笑問老兄何日到此弟竟不知今日偶遇眞奇緣也子興道去年歲底到家今因還要入都從此順路找個敝友說一句話承他的情留我多住兩日我也無甚緊事且盤桓兩日待月半時也就起身了今日敝友有事我因閒走到此不期這樣巧遇一面說一面讓雨村同席坐了另整上酒肴來二人閒談慢飲敘些別後之事雨村因問近日都中可有新聞沒有子興道倒沒有什麼新聞倒

是老先生的貴同宗家出了一件小小的異事雨村笑道弟族中無人在都何談及此子興笑道你們同姓豈非一族雨村問是誰家子興笑道榮國賈府中可也不玷辱老先生的門楣了雨村道原來是他家若論起來寒族人丁却自不少東漢賈復以來支派繁盛各省皆有誰能逐細考查若論榮國一支却是同譜但他那等榮耀我們不便去認他故越發生疎了子興歎道老先生休這樣說如今的這榮寧兩府也都蕭索了不比先時的光景雨村道當日寧榮兩宅人口也極多如何便蕭索了呢子興道正是說來也話長雨村道去歲我到金陵時因欲遊覽六朝遺蹟那日進了石頭城從他宅門前經過街東是寧國

府街西是榮國府二宅相連竟將大半條街占了大門外雖冷落無人隔着圍墻一望裡面廳殿樓閣也還都崢嶸軒峻就是後邊一帶花園裡樹木山石也都還有葱蔚洇潤之氣那裡像個衰敗之家子興笑道虧你是進士出身原來不通古人有言百足之蟲死而不僵如今雖說不似先年那樣興盛較之平常仕宦人家到底氣象不同如今人口日多事務日盛主僕上下都是安富尊榮運籌謀畫的竟無一個那日用排場又不能將就省儉如今外面的架子雖沒狠倒內囊却也盡上來了這也是小事更有一件大事誰知這樣鐘鳴鼎食的人家兒如今養的兒孫竟一代不如一代了雨村聽說也道這樣詩禮之家豈

有不善教育之理別門不知只說這寧榮兩宅是最教子有方的何至如此子興歎道正說的是這兩門呢等我告訴你當日寧國公是一母同胞弟兄兩個寧公居長生了兩個兒子寧公死後長子賈代化襲了官也養了兩個兒子長子名賈敷八九歲上死了只剩了一個次子賈敬襲了官如今一味好道只愛燒丹煉汞別事一槩不管幸而早年留下一個兒子名喚賈珍因他父親一心想作神仙把官倒讓他襲了他父親又不肯住在家裡只在都中城外和那些道士們胡羼這位珍爺也生了一個兒子今年纔十六歲名叫賈蓉如今敬老爺不管事了這珍爺那裡幹正事只一味高樂不了把那寧國府竟翻過來了

也沒有敢來管他的人再說榮府你聽方纔所說異事就出在這裡自榮公死後長子賈代善襲了官娶的是金陵世家史侯的小姐爲妻生了兩個兒子長名賈赦次名賈政如今代善早已去世太夫人尚在長子賈赦襲了官爲人都也中平也不管理家事惟有次子賈政自幼酷喜讀書爲人端方正直祖父鍾愛原要他從科甲出身不料代善臨終遺本一上皇上憐念先臣即叫長子襲了官又問還有幾個兒子立刻引見又將這政老爺賜了個額外主事職銜叫他入部習學如今現已陞了員外郎這政老爺的夫人王氏頭胎生的公子名叫賈珠十四歲進學後來娶了妻生了子不到二十歲一病就死了第二胎生

有一位小姐生在大年初一就奇了不想隔了十幾年又生了一位公子說來更奇一落胞胎嘴裡便銜下一塊五彩晶瑩的玉來還有許多字跡你道是新聞不是雨村笑道果然奇異只怕這人的來歷不小子興冷笑道萬人都這樣說因而他祖母愛如珍寶那週歲時政老爺試他將來的志向便將世上所有的東西擺了無數叫他抓誰知他一概不取伸手只把些脂粉釵環抓來玩弄那政老爺便不喜歡說將來不過酒色之徒因此不甚愛惜獨那太君還是命根子一般說來又奇如今長了十來歲雖然淘氣異常但聰明乖覺百個不及他一個說起孩子話來也奇他說女兒是水做的骨肉男人是泥做的骨肉我

見了女兒便清爽見了男子便覺濁臭逼人你道好笑不好笑將來色鬼無疑了雨村罕然厲色道非也可惜你們不知道這人的來歷大約政老前輩也錯以淫魔色鬼看待了若非多讀書識事加以致知格物之功悟道參元之力者不能知也子興見他說得這樣重大忙請教其故雨村道天地生人除大仁大惡餘者皆無大異若大仁者則應運而生大惡者則應刼而生運生世治刼生世危堯舜禹湯文武周召孔孟董韓周程朱張皆應運而生者蚩尤共工桀紂始皇王莽曹操桓溫安祿山秦檜等皆應刼而生者大仁者修治天下大惡者擾亂天下清明靈秀天地之正氣仁者之所秉也殘忍乖僻天地之邪氣惡者

之所秉也今當祚永運隆之日太平無爲之世清明靈秀之氣所秉者上自朝廷下至草野比比皆是所餘之秀氣漫無所歸遂爲甘露爲和風洽然溉及四海彼殘忍乖邪之氣不能蕩溢於光天化日之下遂凝結充塞於深溝大壑之中偶因風蕩或被雲摧略有搖動感發之意一絲半縷悞而逸出者值靈秀之氣適過正不容邪邪復妬正兩不相下如風水雷電地中既遇既不能消又不能讓必致搏擊掀發既然發洩那邪氣亦必賦之於人假使或男或女偶秉此氣而生者上則不能爲仁人爲君子下亦不能爲大凶大惡置之千萬人之中其聰俊靈秀之氣則在千萬人之上其乖僻邪謬不近人情之態又在千萬人

之下若生於公侯富貴之家則爲情癡情種若生於詩書清貧之族則爲逸士高人縱然生於薄祚寒門甚至爲奇優爲名娼亦斷不至爲走卒健僕甘遭庸夫驅制如前之許由陶潛阮籍嵇康劉伶王謝二族顧虎頭陳後主唐明皇宋徽宗劉庭芝溫飛卿米南宮石曼卿柳耆卿秦少游近日倪雲林唐伯虎祝枝山再如李龜年黃旛綽敬新磨卓文君紅拂薛濤崔鶯朝雲之流此皆易地則同之人也子興道依你說成則公侯敗則賊了雨村道正是這意你還不知我自革職以來這兩年遍遊各省也曾遇見兩個異樣孩子所以方纔你一說這寶玉我就猜着了八九也是這一派人物不用遠說只這金陵城內欽差金陵

省體仁院總裁甄家你可知道子興道誰人不知這甄府就是賈府老親他們兩家來往極親熱的就是我也和他家往來非止一日了雨村笑道去歲我在金陵也曾有人薦我到甄府處館我進去看其光景誰知他家那等榮貴却是個富而好禮之家倒是個難得之館但是這個學生雖是啟蒙却比一個舉業的還勞神說起來更可笑他說必得兩個女兒陪着我讀書我方能認得字心上也明白不然我心裡自己糊塗又常對着跟他的小厮們說這女兒兩個字極尊貴極清淨的比那瑞獸珍禽奇花異草更覺希罕尊貴呢你們這種濁口臭舌萬萬不可唐突了這兩個字要緊要緊但凡要說的時節必用淨水香茶

嗽了口方可設若失錯便要鑿牙穿眼的其暴虐頑劣種種異常只放了學進去見了那些女兒們其溫厚和平聰敏文雅竟變了一個樣子因此他令尊也曾下死笞楚過幾次竟不能改每打的吃疼不過時他便姐姐妹妹的亂叫起來後來聽得裡面女兒們拿他取笑因何打急了只管叫姐妹作什麽莫不叫姐妹們去討情討饒你豈不愧些他回答的最妙他說急痛之時只叫姐姐妹妹字樣或可解疼也未可知因叫了一聲果覺疼得好些遂得了秘法每疼痛之極便連叫姐妹起來了你說可笑不可笑爲他祖母溺愛不明每因孫辱師責子我所以辭了館出來的這等子弟必不能守祖父基業從師友規勸的只

可惜他家幾個好姊妹都是少有的子興道便是賈府中現在三個也不錯政老爺的長女名元春因賢孝才德選入宮作女史去了二小姐乃是赦老爺姨娘所出名迎春三小姐政老爺庶出名探春四小姐乃寧府珍爺的胞妹名惜春因史老夫人極愛孫女都跟在祖母這邊一處讀書聽得個個不錯雨村道更妙在甄家風俗女兒之名亦皆從男子之名不似別人家裡另外用這些春紅香玉等艷字何得賈府亦落此俗套子興道不然只因現今大小姐是正月初一所生故名元春餘者都從了春字上一排的卻也是從弟兄而來的現有對証目今你貴東家林公的夫人即榮府中赦政二公的胞妹在家時名字與

賈敏不信時你回去細訪可知雨村拍手笑道是極我這女學生名叫黛玉他讀書凡敏字他皆念作密字寫字遇着敏字亦減一二筆我心中每每疑惑今聽你說是爲此無疑矣怪道我這女學生言語舉止另是一樣不與凡女子相同度其母不凡故生此女今知爲榮府之外孫又不足罕矣可惜上月其母竟亡故了子興歎道老姊妹三個這是極小的又沒了長一輩的姊妹一個也沒了只看這小一輩的將來的東床何如呢雨村道正是方纔說政公已有了一個啣玉之子又有長子所遺弱孫這赦老竟無一個不成子興道政公旣有玉兒之後其妾又生了一個倒不知其好歹只眼前現有二子一孫却不知將來

何如若問那赦老爺也有一子名叫賈璉今已二十多歲了親上做親娶的是政老爺夫人王氏內姪女今已娶了四五年這位璉爺身上現捐了個同知也是不喜正務的于世路上好機變言談去得所以目今現在乃叔政老爺家住幫着料理家務誰知自娶了這位奶奶之後倒上下無人不稱頌他的夫人璉爺倒退了一舍之地模樣又極標緻言談又爽利心機又極深細竟是個男人萬不及一的雨村聽了笑道可知我言不謬了你我方纔所說的這幾個人只怕都是那正邪兩賦而來一路之人未可知也子興道正也罷邪也罷只顧算別人家的賬你也吃一杯酒纔好雨村道只顧說話就多吃了幾杯子興笑道

說着州人家的閒話正好下酒卽多吃幾杯何妨雨村向窗外看道天也晚了仔細關了城我們慢慢進城再談未爲不可于是二人起身算還酒錢方欲走時忽聽得後面有人叫道雨村兄恭喜了特來報個喜信的雨村忙回頭看時要知是誰且聽下回分解

紅樓夢第二回終

紅樓夢第三回

托內兄如海薦西賓　接外孫賈母惜孤女

却說雨村忙回頭看時不是別人乃是當日同僚一案參革的張如圭他係此地人革後家居今打聽得都中奏准起復舊員之信他便四下裡尋情找門路忽遇見雨村故忙道喜二人見了禮張如圭便將此信告知雨村雨村歡喜忙忙叙了兩句各自別去回家冷子興聽得此言便忙獻計令雨村央求林如海轉向都中去央煩賈政雨村領其意而別回至館中忙尋邸報看真確了次日面謀之如海如海道天緣湊巧因賤荊去世都中家岳母念及小女無人依傍前已遣了男女船隻來接因小

女未曾大痊故尚未行此刻正思送女進京因向蒙教訓之恩未經酬報遇此機會豈有不盡心圖報之理弟已預籌之修下荐書一封托內兄務爲周全方可稍盡弟之鄙誠即有所費弟於內家信中寫明不勞吾兄多慮雨村一面打恭謝不釋口一面又問不知令親大人現居何職只怕晚生草率不敢進謁如海笑道若論舍親與尊兄猶係一家乃榮公之孫大內兄現襲一等將軍之職名赦字恩侯二內兄名政字存周現任工部員外郎其爲人謙恭厚道大有祖父遺風非膏粱輕薄之流故弟致書煩托否則不但有污尊兄清操即弟亦不屑爲矣雨村聽了心下方信了昨日子興之言於是又謝了林如海如海又說

擇了出月初二日小女入都吾兄即同路而往豈不兩便雨村唯唯聽命心中十分得意如海遂打點禮物並餞行之事雨村一一領了那女學生原不忍離親而去無奈他外祖母必欲其往且兼如海說汝父年已半百再無續室之意且汝多病年又極小上無親母教養下無姊妹扶持今去依傍外祖母及舅氏姊妹正好減我內顧之憂如何不去黛玉聽了方灑淚拜別隨了奶娘及榮府中幾個老婦登舟而去雨村另有船隻帶了兩個小童依附黛玉而行一日到了京都雨村先整了衣冠帶著童僕拿了宗姪的名帖至榮府門上投了彼時賈政已看了妹丈之書即忙請入相會見雨村像貌魁偉言談不俗且這賈政

最喜的是讀書人禮賢下士拯溺救危大有祖風況又係妹丈致意因此優待雨村更又不同便極力幫助題奏之日謀了一個復職不上兩月便選了金陵應天府辭了賈政擇日到任去了不在話下且說黛玉自那日棄舟登岸時便有榮府打發轎子並拉行李車輛伺候這黛玉嘗聽得母親說他外祖母家與別人家不同他近日所見的這幾個三等的僕婦吃穿用度已是不凡何況今至其家都要步步留心時時在意不要多說一句話不可多行一步路恐被人恥笑了去自上了轎進了城從紗窗中瞧了一瞧其街市之繁華人烟之阜盛自非別處可比又行了半日忽見街北蹲着兩個大石獅子三間獸頭大門門

前列坐着十來個華冠麗服之人正門不開只東西兩角門有人出入正門之上有一匾匾上大書勑造寧國府五個大字黛玉想道這是外祖的長房了又往西不遠照樣也是三間大門方是榮國府却不進正門只由西角門而進轎子擡着走了一箭之遠將轉灣時便歇了轎後面的婆子也都下來了另換了四個眉目秀潔的十七八歲的小厮上來抬着轎子衆婆子步下跟隨至一垂花門前落下那小厮俱肅然退出衆婆子上前打起轎簾扶黛玉下了轎黛玉扶着婆子的手進了垂花門兩邊是超手遊廊正中是穿堂當地放着一箇紫檀架子大理石屏風轉過屏風小小三間廳房廳後便是正房大院正面五間

上房皆是雕梁畫棟兩邊穿山遊廊廂房掛着各色鸚鵡畫眉等雀鳥台階上坐着幾個穿紅着綠的丫頭一見他們來了都笑迎上來道剛纔老太太還念誦呢可巧就來了於是三四人爭着打簾子一面聽得人說林姑娘來了黛玉方進房只見兩個人扶著一位鬢髮如銀的老母迎上來黛玉知是外祖母了正欲下拜早被外祖母抱住摟入懷中心肝兒肉叫着大哭起來當下侍立之人無不下淚黛玉也哭箇不休衆人慢慢解勸那黛玉方拜見了外祖母賈母方一一指與黛玉道這是你大舅母這是二舅母這是你先前珠大哥的媳婦珠大嫂子黛玉一一拜見賈母又叫請姑娘們今日遠客來了可以不必上學

去衆人答應了一聲便去了兩個不一時只見三個奶媽並五六個丫鬟擁着三位姑娘來了第一個肌膚微豐身才合中腮凝新荔鼻膩鵝脂温柔沉默觀之可親第二個削肩細腰長挑身才鴨蛋臉兒俊眼修眉顧盼神飛文彩精華見之忘俗第三個身量未足形容尚小其釵環裙襖三人皆是一樣的粧束黛玉忙起身迎上來見禮互相厮認歸了坐位丫鬟送上茶來不過叙些黛玉之母如何得病如何請醫服藥如何送死發喪不免賈母又傷感起來因說我這些女孩兒所疼的獨有你母親今一旦先我而亡不得見面怎不傷心說着携了黛玉的手又哭起來衆人都忙相勸慰方略畧止住衆人見黛玉年紀雖小

其舉止言談不俗身體面貌雖弱不勝衣却有一段風流態度便知他有不足之症因問常服何藥爲何不治好了黛玉道我自來如此從會吃飯時便吃藥到如今了經過多少名醫總未見效那一年我纔三歲記得來了一個癩頭和尚說要化我去出家我父母自是不從他又說既捨不得他但只怕他的病一生也不能好的若要好時除非從此以後總不許見哭聲除父母之外凡有外親一槩不見方可平安了此一生這和尚瘋瘋癲癲說了這些不經之談也没人理他如今還是吃人參養榮丸賈母道這正好我這裏正配丸藥呢叫他們多配一料就是了一語未完只聽後院中有笑語聲說我來遲了没得迎接遠

客黛玉思忖道這些人個個皆斂聲屏氣如此這來者是誰這樣放誕無禮心下想時只見一羣媳婦丫鬟擁着一個麗人從後房進來這個人打扮與姑娘們不同彩繡輝煌恍若神妃仙子頭上戴着金絲八寶攢珠髻綰着朝陽五鳳掛珠釵項上戴着赤金盤螭瓔珞圈身上穿着縷金百蝶穿花大紅雲緞窄褙襖外罩五彩刻絲石青銀鼠褂下着翡翠撒花洋縐裙一雙丹鳳三角眼兩灣柳葉掉梢眉身量苗條體格風騷粉面含春威不露丹唇未啟笑先聞黛玉連忙起身接見賈母笑道你不認得他他是我們這裡有名的一個潑辣貨南京所謂辣子你只叫他鳳辣子就是了黛玉正不知以何稱呼衆姊妹都忙告訴

黛玉道這是璉二嫂子黛玉雖不曾識面聽見他母親說過大舅賈赦之子賈璉娶的就是二舅母王氏的內姪女自幼假充男兒教養學名叫做王熙鳳黛玉忙陪笑見禮以嫂呼之這熙鳳攜著黛玉的手上下細細打量一回便仍送至賈母身邊坐下因笑道天下真有這樣標緻人兒我今日纔算看見了況且這通身的氣派竟不像老祖宗的外孫女兒竟是嫡親的孫女兒是的怨不得老祖宗天天嘴裡心裡放不下只可憐我這妹妹這麼命苦怎麼姑媽偏就去世了說着便用帕拭淚賈母笑道我纔好了你又來招我你妹妹遠路纔來身子又弱也纔勸住了快別再題了熙鳳聽了忙轉悲爲喜道正是呢我一見

丫妹妹一心都在他身上又是喜歡又是傷心竟忘了老祖宗了該打該打又忙拉着黛玉的手問道妹妹幾歲了可也上過學現吃什麼藥在這裡別想家要什麼吃的什麼頑的只管告訴我丫頭老婆們不好也只管告訴我黛玉一一答應一面熙鳳又問人林姑娘的東西可搬進來了帶了幾個人來你們趕早打掃兩間屋子叫他們歇歇兒去說話時已擺了菓茶上來熙鳳親自佈讓又見二舅母問他月錢放完了沒有熙鳳道放完了剛纔帶了人到後樓上找緞子找了半日也沒見昨兒太太說的那個想必太太記錯了王夫人道有沒有什麼要緊因又說道該隨手拿出兩個來給你這妹妹裁衣裳啊等晚上想

着再叫人去拿罷熙鳳道我倒先料着了知道妹妹這兩日必到我已經預備下了等太太囘去過了目好送來王夫人一笑點頭不語當下茶菓已撤賈母命兩個老嬤嬤帶黛玉去見兩個舅舅去維時賈赦之妻邢氏忙起身笑囘道我帶了外甥女兒過去到底便宜些賈母笑道正是呢你也去罷不必過來了那邢夫人答應了遂帶着黛玉和王夫人作辭大家送至穿堂垂花門前早有衆小厮拉過一輛翠幄清油車來邢夫人攜了黛玉坐上衆老婆們放下車簾方命小厮們抬起拉至寬處駕上馴騾出了西角門往東過榮府正門入一黒油漆大門內至儀門前方下了車邢夫人挽着黛玉的手進入院中黛玉度其

處必是榮府中之花園隔斷過來的進入三層儀門果見正房廂房遊廊悉皆小巧別緻不似那邊的軒峻壯麗且院中隨處之樹木山石皆好及進入正室早有許多艷粧麗服之姬妾丫鬟迎着邢夫人讓黛玉坐了一面令人到外書房中請賈赦一時回來說老爺說了連日身上不好見了姑娘彼此傷心暫且不忍相見勸姑娘不必傷懷想家跟着老太太和舅母是和家裡一樣的姐妹們雖拙大家一處作伴也可以解些煩悶或有委屈之處只管說別外道了纔是黛玉忙站起身來一一答應了再坐一刻便告辭邢夫人苦留吃過飯去黛玉笑回道舅母愛惜賜飯原不應辭只是還要過去拜見二舅舅恐去遲了不

恭異日再領望舅母容諒邢夫人道這也罷了遂命兩個嬤嬤
用方纔坐來的車送過去於是黛玉告辭邢夫人送至儀門前
又囑咐了衆人幾句眼看着車去了方回來一時黛玉進入榮
府下了車只見一条大甬路直接出大門來衆嬤嬤引着便往
東轉灣走過一座東西穿堂向南大廳之後儀門內大院落上
面五間大正房兩邊廂房鹿頂耳門鑽山四通八達軒昂壯麗
比各處不同黛玉便知這方是正內室進入堂屋抬頭迎面先
見一個赤金九龍靑地大匾匾上寫着斗大三箇字是榮禧堂
後有一行小字某年月日書賜榮國公賈源又有萬幾宸翰之
寳大紫檀雕螭案上設著三尺多高靑緑古銅鼎懸着待漏隨

朝墨龍大畫一邊是鏨金彝一邊是玻璃盆地下兩溜十六張楠木圈椅又有一副對聯乃是烏木聯牌鑲着鏨金字跡道是

座上珠璣昭日月。　堂前黼黻煥烟霞。

下面一行小字是世教弟勲襲東安郡王穆蒔拜手書原來王夫人時常居坐宴息也不在這正室中只在東邊的三間耳房內於是嬷嬷們引黛玉進東房門來臨窗大炕上鋪着猩紅洋毯正面設着大紅金錢蟒引枕秋香色金錢蟒大條褥兩邊設一對梅花式洋漆小几左邊几上擺着文王鼎鼎傍匙筯香盒右邊几上擺着汝窰美人觚裡面插著時鮮花草地下面西一溜四張大椅都搭著銀紅撒花椅搭底下四副脚踏兩邊又有

一對高几几上茗碗瓶花俱備其餘陳設不必細說老嬤嬤讓黛玉上炕坐炕沿上却也有兩個錦褥對設黛玉度其位次便不上炕只就東邊椅上坐了本房的丫鬟忙捧上茶來黛玉一面吃了打量這些丫鬟們粧飾衣裙舉止行動果與別家不同茶未吃了只見一個穿紅綾襖青紬掐牙背心的一個丫鬟走來笑道太太說請林姑娘到那邊坐罷老嬤嬤聽了于是又引黛玉出來到了東南三間小正房內正面炕上橫設一張炕桌上面堆着書籍茶具靠東壁面西設着半舊的青緞靠背引枕王夫人却坐在西邊下首亦是半舊青緞靠背坐褥見黛玉來了便往東讓黛玉心中料定這是賈政之位因見挨炕一溜三

張椅子上也搭着半舊的彈花椅袱黛玉便向椅上坐了王夫人再三讓他上炕他方挨王夫人坐下王夫人因說你舅舅今日齋戒去了再見罷只是有句話囑咐你你三個姐妹倒都極好以後一處念書認字學鍼線或偶一頑笑却都有個儘讓的我就只一件不放心我有一個孽根禍胎是家裡的混世魔王今日因往廟裡還願去尚未回來晚上你看見就知道了你以後總不用理會他你這些姊姐妹妹都不敢沾惹他的黛玉素聞母親說過有個內姪乃啣玉而生頑劣異常不喜讀書最喜在內幃廝混外祖母又溺愛無人敢管今見王夫人所說便知是這位表兄一面陪笑道舅母所說可是啣玉而生的在家時

記得母親常說這位哥哥比我大一歲小名就叫寶玉性雖憨頑說待姊妹們都是極好的况我來了自然和姊妹們一處弟兄們是另院别房豈有沾惹之理王夫人笑道你不知道原故他和别人不同自幼因老太太疼愛原係和姐妹們一處嬌養慣了的若姐妹們不理他他倒還安靜些若一日姐妹們和他多說了一句話他心上一喜便生出許多事來所以囑咐你别理會他他嘴裡一時甜言蜜語一時有天没日瘋瘋傻傻只休信他黛玉一一的都答應着忽見一個丫鬟來說老太太那裡傳晚飯了王夫人忙攜了黛玉出後房門由後廊往西出了角門是一条南北甬路南邊是倒座三間小小抱厦廳北邊立着

一個粉油大影壁後有一個半大門小小一所房屋王夫人笑指向黛玉道這是你鳳姐姐的屋子囘來你好往這裡找他去少什麽東西只管和他說就是了這院門上也有幾個纔總角的小廝都垂手侍立王夫人遂攜黛玉穿過一箇東西穿堂便是賈母的後院了于是進入後房門已有許多人在此伺候見王夫人來方安設桌椅賈珠之妻李氏捧盃熙鳳安筯王夫人進羹賈母正面榻上獨坐兩旁四張空椅熙鳳忙拉黛玉在左邊第一張椅子上坐下黛玉十分推讓賈母笑道你舅母和嫂子們是不在這裡吃飯的你是客原該這麽坐黛玉方告了坐就坐了賈母命王夫人也坐了迎春姊妹三個告了坐方上来

迎春坐右手第一探春左第二惜春右第二旁邊丫鬟執着拂塵漱盂巾帕李紈鳳姐立於案旁佈讓外間伺候的媳婦丫鬟雖多却連一聲咳嗽不聞飯畢各各有丫鬟用小茶盤捧上茶來當日林家教女以惜福養身每飯後必過片時方吃茶不傷脾胃今黛玉見了這裡許多規矩不似家中也只得隨和些接了茶又有人捧過漱盂來黛玉也漱了口又盥手畢然後又捧上茶來這方是吃的茶賈母便說你們去罷讓我們自在說說話兒王夫人遂起身又說了兩句閒話兒方引李鳳二人去了賈母因問黛玉念何書黛玉道剛念了四書黛玉又問姊妹們讀何書賈母道讀什麽書不過認幾個字罷了一語未了只聽

外面一陣脚步响丫鬟進來報道寶玉來了黛玉心想這個寶玉不知是怎樣個憊懶人呢及至進來一看却是位青年公子頭上戴着束髮嵌寶紫金冠齊眉勒着二龍戲珠金抹額一件二色金百蝶穿花大紅箭袖束着五彩絲攢花結長穗宮縧外罩石青起花八團倭緞排穗褂登着青緞粉底小朝靴面若中秋之月色如春曉之花鬢若刀裁眉如墨畫鼻如懸胆睛若秋波雖怒時而似笑即瞋視而有情項上金螭纓絡又有一根五色絲絛繫着一塊美玉黛玉一見便吃一大驚心中想道好生奇怪倒像在那裡見過的何等眼熟只見這寶玉向賈母請了安賈母便命去見你娘來即轉身去了一回再來時已換了冠

帶頭上週圍一轉的短髮都結成小辮紅絲結束共攢至頂中胎髮總編一根大辮黑亮如漆從頂至梢一串四顆大珠用金八寶墜脚身上穿着銀紅撒花半舊大袄仍舊帶着項圈寶玉寄名鎖護身符等物下面半露松綠撒花綾褲錦邊彈墨襪厚底大紅鞋越顯得面如傅粉唇若施脂轉盼多情語言若笑天然一段風韻全在眉梢平生萬種情思悉堆眼角看其外貌最是極好却難知其底細後人有西江月二詞批的極確詞曰

無故尋愁覓恨。有時似傻如狂。縱然生得好皮囊。腹內原來草莽。潦倒不通庶務。愚頑怕讀文章。行爲偏僻性乖張。那管世人誹謗。

又曰

富貴不知樂業○貧窮難耐淒涼○可憐辜負好時光○於國於家無望○天下無能第一○古今不肖無雙○寄言紈袴與膏粱○莫效此兒形狀○

却說賈母見他進來笑道外客沒見就脫了衣裳了還不去見你妹妹呢寶玉早已看見了一個裊裊婷婷的女兒便料定是林姑媽之女忙來見禮歸了坐細看時只是與衆各別只見兩灣似蹙非蹙籠烟眉○一雙似喜非喜含情目○態生兩靨之愁嬌襲一身之病○淚光點點○嬌喘微微○閒靜似嬌花照水○行動如弱柳扶風○心較比干多一竅○病如西子勝三分

寶玉看罷笑道這個妹妹我曾見過的賈母笑道又胡說了你何曾見過寶玉笑道雖沒見過却看着面善心裡倒像是遠別重逢的一般賈母笑道好好這麼更相和睦了寶玉便走向黛玉身邊坐下又細細打諒一番因問妹妹可曾讀書黛玉道不曾讀書只上了一年學些須認得幾個字寶玉又道妹妹尊名黛玉便說了名寶玉又道表字黛玉道無字寶玉笑道我送妹妹一字莫若顰顰二字極妙探春便道何處出典寶玉道古今人物通考上說西方有石名黛可代畫眉之墨況這妹妹眉尖若蹙取這個字豈不美探春笑道只怕又是杜撰寶玉笑道除了四書杜撰的也太多呢因又問黛玉可有玉沒有眾人都不

解黛玉便忖度着因他有玉所以纔問我的便答道我沒有玉你那玉也是件稀罕物兒豈能人人皆有寶玉聽了登時發作起狂病來摘下那玉就狠命摔去罵道什麼罕物人的高下不識還說靈不靈呢我也不要這勞什子嚇的地下衆人一擁爭去拾玉賈母急的摟了寶玉道孽障你生氣要打罵人容易何苦摔那命根子寶玉滿面淚痕哭道家裡姐姐妹妹都沒有單我有我說沒趣兒如今來了這個神仙似的妹妹也沒有可知這不是個好東西賈母忙哄他道你這妹妹原有玉來着因你姑媽去世時捨不得你妹妹無法可處遂將他的玉帶了去一則全殉葬之禮盡你妹妹的孝心二則你姑媽的陰靈兒也可

權作見了你妹妹了因此他說沒有也是不便自已誇張的意思啊你還不好生帶上仔細你娘知道說着便向丫鬟手中接來親與他帶上寶玉聽如此說想了一想也就不生別論當下奶娘來問黛玉房舍賈母便說將寶玉挪出來同我在套間煖閣裡把林姑娘暫且安置在碧紗厨裡等過了殘冬春天再給他們收拾房屋另作一番安置罷寶玉道好祖宗我就在碧紗厨外的床上狠妥當又何必出來鬧的老祖宗不得安靜呢賈母想一想說也罷了每人一個奶娘並一個丫頭照管餘者在外間上夜聽喚一面早有熙鳳命人送了一頂藕合色花帳並錦被緞褥之類黛玉只帶了兩個人來一個是自己的奶娘王

嬷嬷一個是十歲的小丫頭名喚雪雁賈母見雪雁甚小一團孩氣王嬷嬷又極老料黛玉皆不遂心將自己身邊一個二等小丫頭名喚鸚哥的與了黛玉亦如迎春等一般每人除自幼乳母外另有四個教引嬷嬷除貼身掌管釵釧盥沐兩個丫頭外另有四五個灑掃房屋來往使役的小丫頭當下王嬷嬷與鸚哥陪侍黛玉在碧紗廚內寶玉乳母李嬷嬷並大丫頭名喚襲人的陪侍在外面大床上原來這襲人亦是賈母之婢本名蕊珠賈母因溺愛寶玉恐寶玉之婢不中使素日蕊珠心地純良遂與寶玉寶玉因知他本姓花又曾見舊人詩句有花氣襲人之句遂回明賈母即把蕊珠更名襲人卻說襲人倒有些癡

處伏侍賈母時心中只有賈母如今跟了寶玉心中又只有寶玉了只因寶玉性情乖僻每每規諫見寶玉不聽心中着實憂鬱是晚寶玉李嬤嬤已睡了他見裡面黛玉鸚哥猶未安歇他自卸了妝悄悄的進來笑問姑娘怎麼還不安歇黛玉忙笑讓姐姐請坐襲人在床沿上坐了鸚哥笑道林姑娘在這裡傷心自已淌眼抹淚的說今兒纔來了就惹出你們哥兒的病來倘或摔壞了那玉豈不是因我之過所以傷心我好容易勸好了襲人道姑娘快別這麼着將來只怕比這更奇怪的笑話兒還有呢若爲他這種行狀你多心傷感只怕你還傷感不了呢快別多心黛玉道姐姐們說的我記着就是可又叙了一回方纔

安歇次早起來省過賈母因往王夫人處來正值王夫人與熙鳳在一處拆金陵來的書信又有王夫人的兄嫂處遣來的兩個媳婦兒來說話黛玉雖不知原委探春等却曉得是議論金陵城中居住的薛家姨母之子表兄薛蟠倚財仗勢打死人命現在應天府案下審理如今舅舅王子騰得了信遣人來告訴這邊意欲喚取進京之意畢竟怎的下回分解

紅樓夢第三回終

紅樓夢第四回

薄命女偏逢薄命郎　葫蘆僧判斷葫蘆案

却說黛玉同姐妹們至王夫人處見王夫人正和兄嫂處的來使計議家務又說姨母家遭人命官司等語因見王夫人事情冗雜姐妹們遂出來至寡嫂李氏房中來了原來這李氏即賈珠之妻珠雖夭亡幸存一子取名賈蘭今方五歲已入學攻書這李氏亦係金陵名宦之女父名李守中曾爲國子祭酒族中男女無有不讀詩書者至李守中繼續以來便謂女子無才便是德故生了此女不曾叫他十分認真讀書只不過將些女四書列女傳讀讀認得幾個字記得前朝這幾個賢女便了却以紡

績女紅爲要因取名爲李紈字宫裁所以這李紈雖青春喪偶且居處於膏粱錦繡之中竟如槁木死灰一般一槩不問不聞惟知侍親養子閑時陪侍小姑等針黹誦讀而已今黛玉雖客居於此已有這幾個姑嫂相伴除老父之外餘者也就無用慮了如今且說賈雨村授了應天府一到任就有件人命官司詳至案下却是兩家爭買一婢各不相讓以致毆傷人命彼時雨村卽拘原告來審那原告道被打死的乃是小人的主人因那日買了個丫頭不想係拐子拐來賣的這拐子先已得了我家的銀子我家小主人原說第三日方是好日再接入門這拐子又悄悄的賣與了薛家被我們知道了去找拿賣主奪取丫頭

無奈薛家原係金陵一霸倚財仗勢衆豪奴將我小主人竟打死了凶身主僕已皆逃走無有踪跡只剩了幾個局外的人小人告了一年的狀竟無人作主求太老爺拘拿凶犯以扶善良存殁感激不盡雨村聽了大怒道那有這等事打死人竟白白的走了拿不來的便發籤差公人立刻將凶犯家屬拿來拷問只見案傍站著一個門子使眼色不叫他發籤雨村心下狐疑只得停了手退堂至密室令從人退去只留這門子一人伏侍門子忙上前請安笑問老爺一向加官進祿八九年來就忘了我了雨村道我看你十分眼熟但一時總想不起來門子笑道老爺怎麼把出身之地竟忘了老爺不記得當年葫蘆廟

裡的事麼雨村大驚方想起往事原來這門子本是葫蘆廟裡一個小沙彌因被火之後無處安身想這件生意倒還輕省耐不得寺院淒涼遂趁年紀輕蓄了髮充當門子雨村那裡想得是他便忙携手笑道原來還是故人因賞他坐了說話這門子不敢坐雨村笑道你也算貧賤之交了此係私室但坐不妨門子纔斜簽着坐下雨村道方纔何故不令發籤門子道老爺榮任到此難道就沒抄一張本省的護官符來不成雨村忙問何爲護官符門子道如今凡作地方官的都有一個私單上面寫的是本省最有權勢極富貴的大鄉紳名姓各省皆然倘若不知一時觸犯了這樣的人家不但官爵只怕連性命也難保呢

所以叫做護官符方纔所說的這薛家老爺如何惹得他他這件官司並無難斷之處從前的官府都因礙着情分臉面所以如此一面說一面從順袋中取出一張抄的護官符來遞與雨村看時上面皆是本地大族名宦之家的俗諺口碑云

賈不假白玉爲堂金作馬。

阿房宮三百里。住不下金陵一個史。

東海缺少白玉床。龍王來請金陵王。

豐年好大雪。珍珠如土金如鐵。

雨村尚未看完忽聞傳點報王老爺來拜雨村忙具衣冠接迎有頓飯工夫方回來問這門子門子道四家皆連絡有親一損

俱損一榮俱榮今告打死人之薛就是豐年大雪之薛不單靠這三家他的世交親友在都在外的本也不少老爺如今拿誰去雨村聽說便笑問門子道這樣說來却怎麼了結此案你大約也深知這兇犯躲的方向了門子笑道不瞞老爺說不但這兇犯躲的方向並這拐的人我也知道死鬼買主也深知道待我細說與老爺聽這個被打死的是一個小鄉宦之子名喚馮淵父母俱亡又無兄弟守着些薄產度日年紀十八九歲酷愛男風不好女色這也是前生冤孽可巧遇見這丫頭他便一眼看上了立意買來作妾設誓不近男色也不再娶第二個了所以鄭重其事必得三日後方進門誰知這拐子又偷賣與薛家

他意欲捲了兩家的銀子逃去誰知又走不脫兩家拿住打了個半死都不肯收銀各要領人那薛公子便喝令下人動手將馮公子打了個稀爛抬回去三日竟死了這薛公子原擇下日子要上京的既打了人奪了丫頭他便沒事人一般只管帶了家眷走他的路並非為此而逃這人命些些小事自有他弟兄奴僕在此料理這且別說老爺可知這被賣的丫頭是誰雨村道我如何曉得門子冷笑道這人還是老爺的大恩人呢他就是葫蘆廟旁住的甄老爺的女兒小名英蓮的雨村駭然道原來是他聽見他自五歲被人拐去怎麼如今纔賣呢門子道這種拐子單拐幼女養至十二三歲帶至他鄉轉賣當日這英蓮

我們天天哄他頑耍極相熟的所以隔了七八年雖模樣兒出脫的齊整然大段未改所以認得且他眉心中原有米粒大的一點胭脂痦從胎裡帶來的偏這拐子又租了我的房子居住那日拐子不在家我也曾問他他說是打怕了的萬不敢說只說拐子是他的親爹因無錢還債纔賣的再四哄他他又哭了只說我原不記得小時的事這無可疑了那日馮公子相見了兌了銀子因拐子醉了英蓮自嘆說我今日罪孽可滿了後又聽見三日後纔過門他又轉有憂愁之態我又不忍等拐子出去又叫內人去解勸他這馮公子必待好日期來接可知必不以丫鬟相看況他是個絕風流人品家裡頗過得索性又最厭

惡堂客今竟破價買你後事不言可知只耐得三兩日何必憂悶他聽如此說方略解些自謂從此得所誰料天下竟有不如意事第二日他偏又賣與了薛家若賣與第二家還好這薛公子的混名人稱他獃霸王最是天下第一個弄性尚氣的人而且使錢如土只打了個落花流水生拖死拽把個英蓮拖去如今也不知死活這馮公子空喜一場一念未遂反花了錢送了命豈不可歎雨村聽了也歎道這也是他們的孽障遭遇亦非偶然不然這馮淵如何偏只看上了這英蓮這英蓮受了拐子這幾年折磨纔得了個路頭且又是個多情的若果聚合了倒是件美事偏又生出這段事來這薛家縱比馮家富貴想其爲

人自然姬妾眾多淫佚無度未必及馮淵定情于一人這正是
夢幻情緣恰遇見一對薄命兒女且不要議論他人只目今這
官司如何剖斷纔好門子笑道老爺當年何其明決今日何反
成個沒主意的人了小的聽見老爺補陞此任係賈府王府之
力此薛蟠卽賈府之親老爺何不順水行舟做個人情將此案
了結日後也好去見賈王二公雨村道你說的何嘗不是但事
關人命蒙皇上隆恩起復委用正竭力圖報之時豈可因私枉
法是寔不忍爲的門子聽了冷笑道老爺說的自是正理但如
今世上是行不去的豈不聞古人說的大丈夫相時而動又說
趨吉避凶者爲君子依老爺這話不但不能報効朝廷亦且自

身不保還要三思爲妥雨村低了頭半日說道依你怎麽着門子道小人已想了個狠好的主意在此老爺明日坐堂只管虛張聲勢動文書發籤拿人兇犯自然是拿不來的原告固是不依只用將薛家族人及奴僕人等拿幾個來拷問小的在暗中調停令他們報個暴病身亡合族中及地方上共遞一張保呈老爺只說善能扶鸞請仙堂上設了乩壇令軍民人等只管來看老爺便說乩仙批了死者馮淵與薛蟠原係夙孽今狹路相遇原因了結今薛蟠已得了無名之病被馮淵的魂魄追索而死其禍皆由拐子而起除將拐子按法處治外餘不累及等語小人暗中囑咐拐子令其實招衆人見乩仙批語與拐子相符

自然不疑了薛家有的是錢老爺斷一千也可五百也可與馮家作燒埋之費那馮家也無甚要緊的人不過爲的是錢有了銀子也就無話了老爺細想此計如何雨村笑道不妥不妥等我再斟酌斟酌壓服得口聲纔好二人計議已定至次日坐堂勾取一干有名人犯雨村詳加審問果見馮家人口稀少不過賴此欲得些燒埋之銀薛家仗勢倚情偏不相讓故致顛倒未决雨村便狥情枉法胡亂判斷了此案馮家得了許多燒埋銀子也就無甚話說了雨村便疾忙修書二封與賈政並京營節度使王子騰不過說令甥之事已完不必過慮之言寄去此事皆由葫蘆廟內沙彌新門子所爲雨村又恐他對人說出當日

貧賤時事來因此心中大不樂意後來到底尋了他一個不是遠遠的充發了纔罷當下言不着雨村且說那買了英蓮打死馮淵的那薛公子亦係金陵人氏本是書香繼世之家只是如今這薛公子幼年喪父寡母又憐他是個獨根孤種未免溺愛縱容些遂致老大無成且家中有百萬之富現領着內帑錢糧採辦雜料這薛公子學名薛蟠表字文起性情奢侈言語傲慢雖也上過學不過畧識幾個字終日惟有鬥雞走馬遊山玩景而已雖是皇商一應經紀世事全然不知不過賴祖父舊日的情分戶部掛個虛名支領錢糧其餘事體自有夥計老家人等措辦寡母王氏乃現任京營節度王子騰之妹與榮國府賈政

的夫人王氏是一母所生的姊妹今年方五十上下只有薛蟠一子還有一女比薛蟠小兩歲乳名寶釵生得肌骨瑩潤舉止嫻雅當時他父親在日極愛此女令其讀書識字較之乃兄竟高十倍自父母死後見哥哥不能安慰母心他便不以書字爲念只留心針黹家計等事好爲母親分憂代勞近因今上崇尚詩禮徵採才能降不世之隆恩除聘選妃嬪外在世宦名家之女皆得親名達部以備選擇爲宮主郡主入學陪侍充爲才人贊善之職自薛蟠父親死後各省中所有的買賣承局總管夥計人等見薛蟠年輕不諳世事便趁時拐騙起來京都幾處生意漸亦銷耗薛蟠素聞得都中乃第一繁華之地正思一遊更

趁此機會一來送妹待選二來望親三來親自入部銷算舊賬再計新支其實只爲遊覽上國風光之意因此早已檢點下行裝細軟以及饋送親友各色土物人情等類正擇日起身不想偏遇着那拐子買了英蓮薛蟠見英蓮生的不俗立意買了作妾又遇馮家來奪因恃强喝令豪奴將馮淵打死便將家中事務一一囑托了族中人並幾個老家人自已同着母親妹子竟自起身長行去了人命官司他却視爲兒戲自謂花上幾個錢没有不了的在路不記其日那日已將入都又聽見舅王子騰陞了九省統制奉旨出都查邊薛蟠心中暗喜道我正愁進京去有舅舅管轄不能任意揮霍如今陞出去可知天從人願因

和母親商議道偺們京中雖有幾處房舍只是這十來年沒人居住那看守的人未免偷着租賃給人住須得先着人去打掃收拾纔好他母親道何必如此招搖偺們這進京去原是先拜望親友或是在你舅舅處或是你姨父家他兩家的房舍極是寬厰的偺們且住下再慢慢兒的著人去收拾豈不消停些薛蟠道如今舅舅正陞了外省去家裡自然忙亂起身偺們這會子反一窩一拖的奔了去豈不沒眼色呢他母親道你舅舅雖陞了去還有你姨父家况這幾年來你舅舅姨娘兩處每每帶信捎書接偺們來如今既來了你舅舅雖忙著起身你賈家的姨娘未必不苦留我們偺們且忙忙的收拾房子豈不使人見

怪你的意思我早知道了守着舅舅姨母住着未免拘緊了不如各自住着好任意施爲你旣如此你自去挑所宅子去住我和你姨娘姊妹們別了這幾年却要住幾日我帶了你妹子去投你姨娘家去你道好不好薛蟠見母親如此說情知扭不過只得吩咐人夫一路奔榮國府而來那時王夫人已知薛蟠官司一事虧賈雨村就中維持了纔放了心又見哥哥陞了邊缺正愁少了娘家的親戚來往略加寂寞過了幾日忽家人報姨太太帶了哥兒姐兒合家進京在門外下車了喜的王夫人忙帶了人接到大廳上將薛姨媽等接進去了姊妹們一朝相見悲喜交集自不必說叙了一番契濶又引著拜見賈母將人情

土物各種酬獻了合家俱廝見過又治席接風薛蟠拜見過賈政賈璉又引着見了賈赦賈珍等賈政便使人進來對王夫人說姨太太已有了年紀外甥年輕不知庶務在外住着恐又要生事偺們東南角上梨香院那一所房十來間白空閒著叫人請了姨太太和姐兒哥兒住了甚好王夫人原要留住賈母也就遣人來說請姨太太就在這裡住下大家親密些薛姨媽正欲同居一處方可拘緊些兒若另在外邊又恐縱性惹禍遂忙應允又私與王夫人說明一應日費供給一概都免方是處常之法王夫人知他家不難於此遂亦從其自便從此後薛家母女就在梨香院住了原來這梨香院乃當日榮公暮年養靜之

所小小巧巧約有十餘間房舍前廳後舍俱全另有一門通街薛蟠的家人就走此門出入西南上又有一個角門通着夾道子出了夾道便是王夫人正房的東院了每日或飯後或晚間薛姨媽便過來或與賈母閒談或與王夫人相叙寶釵日與黛玉迎春姊妹等一處或看書下棋或做針黹倒也十分相安只是薛蟠起初原不欲在賈府中居住生恐姨父管束不得自在無奈母親執意在此且賈宅中又十分殷勤苦留只得暫且住下一面使人打掃出自家的房屋再移居過去誰知自此間住了不上一月賈宅族中凡有的子姪俱已認熟了一半都是那些紈袴氣習莫不喜與他來往今日會酒明日觀花甚至聚賭

嫖娼無所不至引誘的薛蟠比當日更壞了十倍雖說賈政訓子有方治家有法一則族大人多照管不到二則現在房長乃是賈珍彼乃寧府長孫又現襲職凡族中事都是他掌管三則公私冗雜且素性瀟灑不以俗事為要每公暇之時不過看書着棋而已况這梨香院相隔兩層房舍又有街門别開任意可以出入這些子弟們所以只管放意暢懷的因此薛蟠遂將移居之念漸漸打滅了日後如何下回分解

紅樓夢第四回終

紅樓夢第五回

賈寶玉神遊太虛境　警幻仙曲演紅樓夢

第四回中既將薛家母子在榮府中寄居等事畧已表明此回暫可不寫了如今且說林黛玉自在榮府一來賈母萬般憐愛寢食起居一如寶玉把那迎春探春惜春三個孫女兒倒且靠後了就是寶玉黛玉二人的親密友愛也較別人不同日則同行同坐夜則同止同息真是言和意順似漆如膠不想如今忽然來了一個薛寶釵年紀雖大不多然品格端方容貌美麗人人都說黛玉不及那寶釵却又行爲豁達隨分從時不比黛玉孤高自許目無下塵故深得下人之心就是小丫頭們亦多和

寶釵親近因此黛玉心中便有些不忿寶釵卻是渾然不覺那寶玉也在孩提之間況他天性所禀一片愚拙偏僻視姊妹兄弟皆如一體並無親疏遠近之別如今與黛玉同處賈母房中故略比別的姊妹熟慣些既熟慣便更覺親密既親密便不免有些不虞之隙求全之毀這日不知爲何二人言語有些不和起來黛玉又在房中獨自垂淚寶玉也自悔言語冒撞前去俯就那黛玉方漸漸的回轉過來因東邊寧府花園內梅花盛開賈珍之妻尤氏乃治酒具請賈母邢夫人王夫人等賞花是日先帶了賈蓉夫妻二人來面請賈母等於早飯後過來就在會芳園遊玩先茶後酒不過是寧榮二府眷屬家宴並無別樣新

之趣事可記一時寶玉倦怠欲睡中覺賈母命人好生哄着歇息一回再來賈蓉媳婦秦氏便忙笑道我們這裡有給寶二叔收拾下的屋子老祖宗放心只管交給我就是了因向寶玉的奶娘丫鬟等道嬷嬷姐姐們請寶二叔跟我這裡來賈母素知秦氏是極妥當的人因他生得裊娜纖巧行事又溫柔和平乃重孫媳中第一個得意之人見他去安置寶玉自然是放心的了當下秦氏引了一簇人來至上房內間寶玉抬頭看見是一幅畫掛在上面人物固好其故事乃是燃藜圖也心中便有些不快又有一副對聯寫的是

世事洞明皆學問。　人情練達即文章。

及看了這兩何縱然室宇精美鋪陳華麗亦斷斷不肯在這裡了忙說快出去快出去秦氏聽了笑道這裡還不好往那裡去呢要不就往我屋裡去罷寶玉點頭微笑一個嬷嬷說道那裡有個叔叔往姪兒媳婦房裡睡覺的禮呢秦氏笑道不怕他惱他能多大了就忌諱這些個上月你沒有看見我那個兄弟来了雖然和寶二叔同年兩個人要站在一處只怕那一個還高些呢寶玉道我怎麼沒有見過他你帶他来我瞧瞧衆人笑道隔着二三十里那裡帶去見的日子有呢說着大家來至秦氏卧房剛至房中便有一股細細的甜香寶玉此時便覺眼餳骨軟連說好香入房向壁上看時有唐伯虎畫的海棠春睡圖兩

邊有宋學士秦太虛寫的一副對聯云

嫩寒鎖夢因春冷。　芳氣襲人是酒香。

案上設着武則天當日鏡室中設的寶鏡一邊擺着趙飛燕立着舞的金盤盤內盛著安祿山擲過傷了太眞乳的木瓜上面設着壽昌公主於含章殿下臥的寶榻懸的是同昌公主製的連珠帳寶玉含笑道這裡好這裡好秦氏笑道我這屋子大約神仙也可以住得了說着親自展開了西施浣過的紗衾移了紅娘抱過的鴛枕于是衆奶姆伏侍寶玉臥好了欵欵散去只留下襲人晴雯麝月秋紋四個丫鬟爲伴秦氏便呌小丫鬟們好生在簷下看着猫兒打架那寶玉纔合上眼便恍恍惚惚的

睡去猶似秦氏在前悠悠蕩蕩跟着秦氏到了一處但見朱欄玉砌綠樹淸溪真是人跡不逢飛塵罕到寶玉在夢中歡喜想道這個地方兒有趣我若能在這裡過一生強如天天被父母師傅管束呢正在胡思亂想聽見山後有人作歌曰

春夢隨雲散。飛花逐水流。

寄言衆兒女。何必覓閒愁。

寶玉聽了是個女孩兒的聲氣歌音未息早見那邊走出一個美人來蹁躚嫋娜與凡人大不相同有賦爲証

方離柳塢。乍出花房。但行處鳥驚庭樹。將到時影度迴廊。仙袂乍飄兮。聞麝蘭之馥郁。荷衣欲動兮。聽環珮之鏗鏘。

靨笑春桃兮。雲髻堆翠。唇綻櫻顆兮。榴齒含香。盻纖腰之楚楚兮。風廻雪舞。耀珠翠之的的兮。鴨綠鵞黃。出沒花間兮。宜嗔宜喜。徘徊池上兮。若飛若揚。蛾眉欲顰兮。將言而未語。蓮步乍移兮。欲止而仍行。羨美人之良質兮。冰清玉潤。慕美人之華服兮。燗爍文章。愛美人之容貌兮。香培玉篆。比美人之態度兮。鳳翥龍翔。其素若何。春梅綻雪。其潔若何。秋蕙披霜。其靜若何。松生空谷。其艷若何。霞映澄塘。其文若何。龍遊曲沼。其神若何。月射寒江。遠慚西子。近愧王嬙。生於孰地。降自何方。若非晏罷歸來。瑤池不二。定應吹簫引去。紫府無雙者也。

寶玉見是一個仙姑喜的忙來作揖笑問道神仙姐姐不知從那裡來如今要往那裡去我也不知這裡是何處望乞攜帶攜帶那仙姑道吾居離恨天之上灌愁海之中乃放春山遣香洞太虛幻境警幻仙姑是也司人間之風情月債掌塵世之女怨男痴因近來風流冤孽纏綿于此是以前來訪察機會佈散相思今日與爾相逢亦非偶然此離吾境不遠別無他物僅有自採仙茗一盞親釀美酒幾甕素練魔舞歌姬數人新塡紅樓夢仙曲十二支可試隨我一遊否寶玉聽了喜躍非常便忘了秦氏在何處了竟隨着這仙姑到了一個所在忽見前面有一座石牌橫建上書太虛幻境四大字兩邊一副對聯乃是

假作真時真亦假　無爲有處有還無

轉過牌坊便是一座宮門上面横書著四個大字道是孽海情天也有一副對聯大書云

厚地高天堪嘆古今情不盡
痴男怨女可憐風月債難酬

寶玉看了心下自思道原來如此但不知何爲古今之情又何爲風月之債從今倒要領略領略寶玉只顧如此一想不料早把些邪魔招入膏肓了當下隨了仙姑進入二層門內只見兩邊配殿皆有匾額對聯一時看不盡許多惟見幾處寫着的是痴情司結怨司朝啼司暮哭司春感司秋悲司看了因向仙姑

道敢煩仙姑引我到那各司中遊玩遊玩不知可使得麽仙姑道此中各司存的是普天下所有的女子過去未來的簿册爾乃凡眼塵軀未便先知的寶玉聽了那裡肯捨又再四的懇求那警幻便說也罷就在此司内畧隨喜隨喜罷寶玉喜不自勝擡頭看這司的匾上乃是薄命司三字兩邊寫著對聯道

春恨秋悲皆自惹。花容月貌爲誰妍。

寶玉看了便知感歎進入門中只見有十數箇大橱皆用封條封着看那封條上皆有各省字樣寶玉一心只揀自己家鄉的封條看只見那邊橱上封條大書金陵十二釵正册寶玉因問何爲金陵十二釵正册警幻道即爾省中十二冠首女子之册

故爲正册寶玉道常聽人說金陵極大怎麽只十二個女子如今單我們家裡上上下下就有幾百個女孩兒警幻微笑道一省女子固多不過擇其緊要者錄之兩邊二櫥則又次之餘者庸常之輩便無册可錄了寶玉再看下首一櫥上寫着金陵十二釵副册又一櫥上寫着金陵十二釵又副册寶玉便伸手先將又副册櫥門開了拿出一本册來揭開看時只見這首頁上畫的既非人物亦非山水不過是水墨滃染滿紙烏雲濁霧而已後有幾行字跡寫道是

霽月難逢彩雲易散心比天高身爲下賤風流靈巧招人怨壽夭多因誹謗生多情公子空牽念

寶玉看了不甚明白又見後面畫着一簇鮮花一床破蓆也有幾句言詞寫道是

枉自温柔和順。空云似桂如蘭。
堪羡優伶有福。誰知公子無緣。

寳玉看了益發解說不出是何意思遂將這一本冊子擱起來又去開了副冊櫥門拿起一本冊來打開看時只見首頁也是畫却畫着一枝桂花下面有一方池沼其中水涸泥乾蓮枯藕敗後面書云

根並荷花一莖香。平生遭際實堪傷。
自從兩地生孤木。致使香魂返故鄉。

寶玉看了又不解又去取那正册看時只見頭一頁上畫着是兩株枯木木上懸着一圍玉帶地下又有一堆雪雪中一股金簪也有四句詩道

可歎停機德。　堪憐咏絮才。
玉帶林中掛。　金簪雪裡埋。

寶玉看了仍不解待要問時知他必不肯洩漏天機待要丟下又不捨遂往後看只見畫着一張弓弓上掛着一個香櫞也有一首歌詞云

二十年來辨是非。　榴花開處照宮闈。
三春爭及初春景。　虎兕相逢大夢歸。

後面又畫着兩個人放風箏一片大海一隻大船船中有一女子掩面泣涕之狀畫後也有四句寫著道

才自清明志自高。生於末世運偏消。

清明涕泣江邊望。千里東風一夢遙。

後面又畫着幾縷飛雲一灣逝水其詞曰

富貴又何爲。襁褓之間父母違。

展眼弔斜暉。湘江水逝楚雲飛。

後面又畫着一塊美玉落在泥污之中其斷語云

欲潔何曾潔。云空未必空。

可憐金玉質。終陷淖泥中。

後面忽畫一惡狼追撲一美女欲啖之意其下書云

子係中山狼。　得志便猖狂。

金閨柳花質。　一載赴黃粱。

後面便是一所古廟裡面有一美人在內看經獨坐其判云

勘破三春景不長。　緇衣頓改昔年粧。

可憐繡戶侯門女。　獨臥清燈古佛傍。

後面便是一片冰山上有一支雌鳳其判云

凡鳥偏從末世來。　都知愛慕此生才。

一從二令三人木。　哭向金陵事更哀。

後面又是　座荒村野店有一美人在那裡紡績其判曰

勢敗休云貴。家亡莫論親。

偶因濟村婦。巧得遇恩人。

詩後又畫一盆茂蘭傍有一位鳳冠霞帔的美人也有判云

桃李春風結子完。到頭誰似一盆蘭。

如冰水好空相妒。枉與他人作笑談。

詩後又畫一座高樓上有一美人懸梁自盡其判云

情天情海幻情深。情既相逢必主淫。

漫言不肖皆榮出。造釁開端實在寧。

寶玉還欲看時那仙姑知他天分高明性情穎慧恐洩漏天機

便掩了卷冊笑向寶玉道且隨我去遊玩奇景何必在此打這

鬥葫蘆寶玉恍恍惚惚不覺棄了卷册又隨警幻來至後面但見畫棟雕簷珠簾綉幙仙花馥郁異草芬芳真好所在也正是

光搖朱戶金鋪地。雪照瓊窗玉作宮。

又聽警幻笑道你們快出來迎接貴客一言未了只見房中走出幾個仙子來荷袂蹁躚羽衣飄舞嬌若春花媚如秋月見了寶玉都怨謗警幻道我們不知係何貴客忙的接出來姐姐曾說今日今時必有絳珠妹子的生魂前來遊玩故我久待何故反引這濁物來汚染清淨女兒之境寶玉聽如此說便嚇的欲退不能果覺自形汚穢不堪警幻忙攜住寶玉的手向衆仙姬笑道你等不知原委今日原欲往榮府去接絳珠適從寧府經

過偶遇寧榮二公之靈囑吾云吾家自國朝定鼎以來功名奕世富貴流傳已歷百年奈運終數盡不可挽回我等之子孫雖多竟無可以繼業者惟嫡孫寶玉一人禀性乖張用情怪譎雖聰明靈慧略可望成無奈吾家運數合終恐無人規引入正幸仙姑偶來望先以情慾聲色等事警其癡頑或能使他跳出迷人圈子入於正路便是吾兄弟之幸了如此囑吾故發慈心引彼至此先以他家上中下三等女子的終身册籍令其熟玩尚未覺悟故引了再到此處遍歷那飲饌聲色之幻或冀將來一悟未可知也說畢攜了寶玉入室但聞一縷幽香不知所聞何物寶玉不禁相問警幻冷笑道此香乃塵世所無爾如何能知

此係諸名山勝境初生異卉之精合各種寶林珠樹之油所製名爲羣芳髓寶玉聽了自是羨慕於是大家入座小鬟捧上茶來寶玉覺得香清味美迥非常品因又問何名警幻道此茶出在放春山遣香洞又以仙花靈葉上所帶的宿露烹了名曰千紅一窟寶玉聽了點頭稱賞因看房內瑤琴寶鼎古畫新詩無所不有更喜牕下亦有唾絨奩間時漬粉汚壁上也掛着一副對聯書云

幽微靈秀地　無可奈何天

寶玉看畢因又請問衆仙姑姓名一名痴夢仙姑一名鍾情大士一名引愁金女一名度恨菩提各各道號不一少刻有小鬟

來調桌安椅擺設酒饌正是

　瓊漿滿泛玻璃盞。玉液濃斟琥珀盃。

寶玉因此酒香冽異常又不禁相問警幻道此酒乃以百花之蕊萬木之汁加以麟髓鳳乳釀成因名為萬艷同杯寶玉稱賞不迭飲酒間又有十二個舞女上來請問演何詞曲警幻道就將新製紅樓夢十二支演上來舞女們答應了便輕敲檀板款按銀箏聽他歌道是

　開闢鴻濛

方歌了一句警幻道此曲不比塵世中所填傳奇之曲必有生旦淨末之則又有南北九宮之調此或咏嘆一人或感懷一事

偶成一曲即可譜入管絃若非個中人不知其中之妙料爾亦未必深明此調若不先閱其稿後聽其曲反成嚼蠟矣說畢回頭命小鬟取了紅樓夢原稿來遞與寶玉寶玉接過來一面目視其文耳聆其歌曰

（紅樓夢引子）開闢鴻濛誰為情種都只為風月情濃奈何天傷懷日寂寥時試遣愚衷因此上演出這悲金悼玉的紅樓夢

（終身誤）都道金玉良緣俺只念木石前盟空對着山中高士晶瑩雪終不忘世外仙姝寂寞林嘆人間美中不足今方信縱然是齊眉舉案到底意難平

（枉凝眉）一個是閬苑仙葩一個是美玉無瑕若說沒奇緣今生偏又遇着他若說有奇緣如何心事終虛話一個枉自嗟呀一個空勞牽掛一個是水中月一個是鏡中花想眼中能有多少淚珠兒怎禁得秋流到冬春流到夏

卻說寶玉聽了此曲散漫無稽未見得好處但其聲韻淒婉竟能銷魂醉魄因此也不問其原委也不究其來歷就暫以此釋悶而已因又看下面道

（恨無常）喜榮華正好恨無常又到眼睜睜把萬事全拋蕩悠悠芳魂銷耗望家鄉路遠山高故向爹娘夢裡相尋告兒命已入黃泉天倫呵須要退步抽身早

〔分骨肉〕一帆風雨路三千把骨肉家園齊來拋閃恐哭損殘年告爹娘休把兒懸念自古窮通皆有定離合豈無緣從今分兩地各自保平安奴去也莫牽連

〔樂中悲〕襁褓中父母嘆雙亡縱居那綺羅叢誰知嬌養幸生來英豪闊大寬宏量從未將兒女私情畧縈心上好一似霽月光風耀玉堂廝配得才貌仙郎博得個地久天長準折得幼年時坎坷形狀終久是雲散高唐水涸湘江這是塵寰中消長數應當何必枉悲傷

〔世難容〕氣質美如蘭才華馥比仙天生成孤癖人皆罕你道是啖肉食腥羶視綺羅俗厭卻不知好高人愈妒過潔

世同嫌可嘆這青燈古殿人將老孤負了紅粉朱樓春色
闌到頭來依舊是風塵骯髒違心愿好一似無瑕白玉遭
泥陷又何須王孫公子嘆無緣
（喜冤家）中山狼無情獸全不念當日根由一味的驕奢淫
蕩貪歡媾覷着那侯門艷質同蒲柳作踐的公府千金似
下流嘆芳魂艷魄一載蕩悠悠
（虛花悟）將那三春看破桃紅柳綠待如何把這韶華打滅
覔那清淡天和說什麼天上夭桃盛雲中杏蕊多到頭來
誰見把秋捱過則看那白楊村裏人嗚咽青楓林下鬼吟
哦更兼着連天衰草遮墳墓這的是昨貧今富人勞碌春

榮秋謝花折磨似這般生關死刼誰能躲聞說道西方寶
樹喚婆娑上結著長生菓
（聰明累）機關算盡太聰明反算了卿卿性命前生心已碎
死後性空靈家富人寧終有個家亡人散各奔騰枉費了
意懸懸半世心好一似蕩悠悠三更夢忽喇喇似大厦傾
昏慘慘似燈將盡呀一場歡喜忽悲辛嘆人世終難定
（留餘慶）留餘慶留餘慶忽遇恩人幸娘親娘親積得陰功
勸人生濟困扶窮休似俺那愛銀錢忘骨肉的狠舅奸兄
正是乘除加減上有蒼穹
（晚韶華）鏡裡恩情更那堪夢裡功名那美韶華去之何迅

再休提繡帳鴛衾只這戴珠冠披鳳襖也抵不了無常性命雖說是人生莫受老來貧也須要陰騭積兒孫氣昂昂頭戴簪纓光燦燦胸懸金印威赫赫爵祿高登昏慘慘黃泉路近問古來將相可還存也只是虛名兒後人欽敬

（好事終）畫梁春盡落香塵擅風情秉月貌便是敗家的根本箕裘頹墮皆從敬家事消亡首罪寧宿孽總因情

（飛鳥各投林）爲官的家業凋零富貴的金銀散盡有恩的死裏逃生無情的分明報應欠命的命已還欠淚的淚已盡冤冤相報自非輕分離聚合皆前定欲知命短問前生老來富貴也真僥倖看破的遁入空門癡迷的枉送了性

命好一似食盡鳥投林落了片白茫茫大地真干淨歌畢還又歌副歌警幻見寶玉甚無趣味因歎痴兒竟尚未悟那寶玉忙止歌姬不必再唱自覺朦朧恍惚告醉求臥警幻便命撤去殘席送寶玉至一香閨綉閣中其間鋪陳之盛乃素所未見之物更可駭者早有一位仙姬在內其鮮艷嫵媚大似寶釵裊娜風流又如黛玉正不知是何意忽見警幻說道塵世中多少富貴之家那些綠窻風月繡閣烟霞皆被那些淫汚紈袴與流蕩女子玷辱了更可恨者自古來多少輕薄浪子皆以好色不淫為解又以情而不淫作案此皆餙非掩醜之語耳好色即淫知情更淫是以巫山之會雲雨之歡皆由既悅其色復戀

其情所致吾所愛汝者乃天下古今第一淫人也寶玉聽了唬的忙荅道仙姑差了我因懶于讀書家父母尚每垂訓飭豈敢再冒淫字况且年紀尚幼不知淫爲何事警幻道非也淫雖一理意則有別如世之好淫者不過悅容貌喜歌舞調笑無厭雲雨無時恨不能天下之美女供我片時之趣興此皆皮膚濫淫之蠢物耳如爾則天分中生成一段癡情吾輩推之爲意淫惟意淫二字可心會而不可口傳可神通而不能語達汝今獨得此二字在閨閣中雖可爲良友却於世道中未免迂闊怪詭百口嘲謗萬目睚眦今既遇爾祖寧榮二公剖腹深囑吾不忍子獨爲我閨閣增光而見棄於世道故引子前來醉以美酒沁

以仙茗警以妙曲再將吾妹一人乳名兼美表字可卿者許配與汝今夕良時即可成姻不過令汝領略此仙閨幻境之風光尚然如此何況塵世之情景呢從今後萬萬解釋改悟前情留意於孔孟之間委身于經濟之道說畢便秘授以雲雨之事推寶玉入房中將門掩上自去那寶玉恍恍惚惚依著警幻所囑未免作起兒女的事來也難以盡述至次日便柔情繾綣軟語溫存與可卿難解難分因二人攜手出去遊玩之時忽然至一個所在但見荊榛遍地狼虎同行迎面一道黑溪阻路並無橋梁可通正在猶豫之間忽見警幻從後追來說道快休前進作速回頭要緊寶玉忙止步問道此係何處警幻道此乃迷津深

有萬丈遙亘千里中無舟楫可通只有一個木筏乃木居士掌柁灰侍者撐篙不受金銀之謝但遇有緣者渡之爾今偶遊至此設如墮落其中便深負我從前諄諄警戒之語了話猶未了只聽迷津內響如雷聲有許多夜叉海鬼將寶玉拖將下去嚇得寶玉汗下如雨一面失聲喊叫可卿救我嚇得襲人輩衆丫鬟忙上來摟住叫寶玉不怕我們在這裡呢却說秦氏正在房外囑咐小丫頭們好生看着猫兒狗兒打架忽聞寶玉在夢中喚他的小名兒因納悶道我的小名兒這裡從無人知道他如何得知在夢中叫出來未知何因下回分解

紅樓夢第五回終

紅樓夢第六回

賈寶玉初試雲雨情　劉老老一進榮國府

却說秦氏因聽見寶玉夢中與他的乳名心中納悶又不好細問彼時寶玉迷迷惑惑若有所失遂起身解懷整衣襲人過來給他繫褲帶時剛伸手至大腿處只覺冰冷粘濕的一片嚇的忙褪回手來問是怎麽了寶玉紅了臉把他的手一捻襲人本是個聰明女子年紀又比寶玉大兩歲近來也漸省人事今見寶玉如此光景心中便覺察了一半不覺把個粉臉羞的飛紅遂不好再問仍舊理好衣裳隨至賈母處來胡亂吃過晚飯過這邊來趁衆奶娘丫鬟不在旁時另取出一件中衣與寶玉換

上寶玉含羞央告道好姐姐千萬別告訴人襲人也含着羞悄悄的笑問道你爲什麽說到這裡把眼又往四下裡瞧了瞧纔又問道那是那裡流出來的寶玉只管紅着臉不言語襲人却只瞅着他笑遲了一會寶玉纔把夢中之事細說與襲人聽說到雲雨私情羞的襲人掩面伏身而笑寶玉亦素喜襲人柔媚姣俏遂强拉襲人同領警幻所訓之事襲人自知賈母曾將他給了寶玉也無可推托的扭捏了半日無奈何只得和寶玉温存了一番自此寶玉視襲人更自不同襲人待寶玉也越發盡職了這話暫且不提且說榮府中合筭起來從上至下也有三百餘口人一天也有一二十件事竟如亂麻一般没個頭緒可

作綱領正思從那一件事那一個人寫起方妙却好忽從千里之外芥豆之微小小一個人家因與榮府略有些瓜葛這日正往榮府中來因此便就這一家說起到還是個頭緒原來這小小之家姓王乃本地人氏祖上也做過一個小小京官昔年曾與鳳姐之祖王夫人之父認識因貪王家的勢利便連了宗認作姪兒那時只有王夫人之大兄鳳姐之父與王夫人隨住京的知有此一門遠族餘者也皆不知目今其祖早故只有一個兒子名喚王成因家業蕭條仍搬出城外鄉村中住了王成亦相繼身故有子小名狗兒娶妻劉氏生子小名板兒又生一女名喚青兒一家四口以務農爲業因狗兒白日間自作些生計

劉氏又操井臼等事青板姊弟兩個無人照管狗兒遂將岳母劉老老接來一處過活這劉老老乃是個久經世代的老寡婦膝下又無子息只靠兩畝薄田度日如今女壻接了養活豈不願意呢遂一心一計帮著女兒女壻過活因這年秋盡冬初天氣冷將上來家中冬事未辦狗兒未免心中煩躁吃了幾杯悶酒在家裡閒尋氣惱劉氏不敢頂撞因此劉老老看不過便勸道姑爺你別嗔著我多嘴咱們村庄人家兒那一個不是老老實實守着多大碗兒吃多大的飯呢你皆因年小時候托着老子娘的福吃喝慣了如今所以有了錢就顧頭不顧尾沒了錢就瞎生氣成了什麼男子漢大丈夫了如今咱們雖離城住著

終是天子脚下這長安城中遍地皆是錢只可惜沒人會去拿罷了在家跳蹋也沒用狗兒聽了道你老只會在炕頭上坐着混說難道叫我打刧去不成劉老老說道誰叫你去打刧呢也到底大家想個方法兒纔好不然那銀子錢會自己跑到咱們家裡來不成狗兒冷笑道有法兒還等到這會子呢我又沒有收稅的親戚做官的朋友有什麼法子可想的就有也只怕他們未必來理我們呢劉老老道這倒也不然謀事在人成事在天咱們謀到了靠菩薩的保佑有些機會也未可知我倒替你們想出一個機會來當日你們原是和金陵王家連過宗的二十年前他們看承你們還好如今是你們拉硬屎不肯去就和

他纔踈遠起來想當初我和女兒還去過一遭他家的二小姐着實爽快會待人的倒不拿大如今現是榮國府賈二老爺的夫人聽見他們說如今上了年紀越發憐貧恤老的了又愛齋僧布施如今王府雖陞了官兒只怕二姑太太還認的偺們你爲什麼不走動走動或者他還念舊有些好處也未可知只要他發點好心拔根寒毛比偺們的腰還壯呢劉氏接口道你老說的好你我這樣嘴臉怎麼好到他門上去只怕他那門上人也不肯進去告訴沒的白打嘴現世的誰知狗兒利名心重聽如此說心下便有些活動又聽他妻子這番話便笑道老老既這麼說況且當日你又見過這姑太太一次爲什麼不你老人

家明日就去走一遭先試試風頭兒去劉老老道噯喲可是說的了侯門似海我是個什麽東西兒他家人又不認得我去了也是白跑狗兒道不妨我教給你個法兒你竟帶了小板兒先去找陪房周大爺要見了他就有些意思了這周大爺先時和我父親交過一樁事我們本極好的劉老老道我也知道只是許多時不走動知道他如今是怎樣這也說不得了你又是個男人這麽個嘴臉自然去不得我們姑娘年輕的媳婦兒也難賣頭賣脚的倒還是捨着我這付老臉去碰碰果然有好處大家也有益當晚計議已定次日天未明時劉老老便起來梳洗了又將板兒教了幾句話五六歲的孩子聽見帶了他進城逛

去喜歡的無不應承於是劉老老帶了板兒進城至寧榮街來
到了榮府大門前石獅子旁邊只見滿門口的轎馬劉老老不
敢過去撣撣衣服又教了板兒幾句話然後溜到角門前只見
幾個挺胸疊肚指手畫脚的人坐在大門上說東談西的劉老
老只得蹭上來問太爺們納福衆人打量了一會便問是那裡
來的劉老老陪笑道我找太太的陪房周大爺的煩那位太爺
替我請他出來那些人聽了都不理他半日方說道你遠遠的
那墻畸角兒等着一會子他們家裡就有人出來內中有個年
老的說道何苦悞他的事呢因向劉老老道周大爺往南邊去
了他在後一帶住着他們奶奶兒倒在家呢你打這邊遶到後

街門上找就是了劉老老謝了遂領著板兒遶至後門上只見門上歇着些生意擔子也有賣吃的也有賣頑耍的鬧吵吵三二十個孩子在那裡劉老老便拉住一個道我問哥兒一聲有個周大娘在家麼那孩子番眼瞅着道那個周大娘我們這裡周大娘有幾個呢不知那一個行當兒上的劉老老道他是太太的陪房那孩子道這個容易你跟了我来引着劉老老進了後院到一個院子墻邊指道這就是他家又叫道周大媽有個老奶奶子找你呢周瑞家的在內忙迎出來問是那位劉老老迎上來笑問道好啊周嫂子周瑞家的認了半日方笑道劉老老你好你說麼這幾年不見我就忘了請家裡坐劉老老一面

走一面笑說道你老是貴人多忘事了那裡還記得我們說着來至房中周瑞家的命僱的小丫頭倒上茶來吃着周瑞家的又問道板兒長了這麼大了麼又問些別後閒話又問劉老老今日還是路過還是特來的劉老老便說原是特來瞧瞧嫂子二則也請請姑太太的安若可以領我見一見更好若不能就借重嫂子轉致意罷了周瑞家的聽了便已猜著幾分來意只因他丈夫昔年爭買田地一事多得狗兒他父親之力今見劉老老如此心中難却其意一則也要顯弄自己的體面便笑說老老你放心大遠的誠心誠意來了豈有個不叫你見個真佛兒去的呢論理人來客至都不與我相干我們這裡都是各

一様兒我們男的只管春秋兩季地租子閒了時帶著小爺們出門就完了我只管跟太太奶奶們出門的事皆因你是太太的親戚又拿我當個人投奔了我來我竟破個例給你通個信兒去但只一件你還不知道呢我們這裡不比五年前了如今太太不理事都是璉二奶奶當家你打諒璉二奶奶是誰就是太太的內姪女兒大舅老爺的女孩兒小名兒叫鳳哥的劉老老聽了忙問道原來是他怪道呢我當日就說他不錯這麼說起來我今兒還得見他了周瑞家的道這個自然如今有客來都是鳳姑娘周旋接待今兒寧可不見太太倒得見他一面纔不枉走這一遭兒劉老老道阿彌陀佛這全仗嫂子方便了周

瑞家的說老老說那裡話俗語說的好與人方便自巳方便不過用我一句話又費不著我什麽事說着便喚小丫頭到倒廳兒上悄悄的打聽老太太屋裡擺了飯了沒有小丫頭去了這裡二人又說了些閒話劉老老因說這位鳳姑娘今年不過十八九歲罷了就這等有本事當這樣的家可是難得的周瑞家的聽了道嗐我的老老告訴不得你了這鳳姑娘年紀兒雖小行事兒比是人都大呢如今出挑的美人兒是的少說着只怕有一萬心眼子再要賭口齒十個會說的男人也說不過他呢回來你見了就知道了就只一件待下人未免太嚴些兒說著小丫頭回來說老太太屋裡擺完了飯了二奶奶在太太屋裡

呢周瑞家的聽了連忙起身催着劉老老快走這一下來就只吃飯是個空兒偺們先等着去若遲了一步回事的人多了就難說了再歇了中覺越發沒時候了說着一齊下了炕整頓衣服又教了板兒幾句話跟著周瑞家的透迤往賈璉的住宅來先至倒廳周瑞家的將劉老老安插住等着自已却先過影壁走進了院門知鳳姐尚未出來先找着鳳姐的一個心腹通房大丫頭名喚平兒的周瑞家的先將劉老老起初來歷說明又說今日大遠的來請安當日太太是常會的所以我帶了他過來等着奶奶下來我細細兒的回明了想來奶奶也不至嗔着我莽撞的平兒聽了便作了個主意叫他們進來先在這裡坐

着就是了周瑞家的纔出去領了他們進來上了正房台階小丫頭打起猩紅毡簾纔入堂屋只聞一陣香撲了臉來竟不知是何氣味身子就像在雲端裡一般滿屋裡的東西都是耀眼爭光使人頭暈目眩劉老老此時只有點頭咂嘴念佛而已於是走到東邊這間屋裡乃是賈璉的女兒睡覺之所平兒站在炕沿邊打量了劉老老兩眼只得問個好讓了坐劉老老見平兒遍身綾羅插金戴銀花容月貌便當是鳳姐兒了纔要稱姑奶奶只見周瑞家的說他是平姑娘又見平兒赶著周瑞家的叫他周大娘方知不過是個有體面的丫頭於是讓劉老老和板兒上了炕平兒和周瑞家的對面坐在炕沿上小丫頭們倒

了茶来吃了劉老老只聽見咯噹咯噹的响聲狠似打羅篩麵的一般不免東瞧西望的忽見堂屋中柱子上掛着一個匣子底下又墜着一個秤鉈是的却不住的亂晃劉老老心中想着這是什麽東西有煞用處呢正發獃時陡聽得噹的一聲又若金鐘銅磬一般倒唬得不住的展眼兒接着一連又是八九下欲待問時只見小丫頭們一齊亂跑說奶奶下来了平兒和周瑞家的忙起身說老老只管坐着等是時候兒我們來請你說着迎出去了劉老老只屏聲側耳默候只聽遠遠有人笑聲約有一二十個婦人衣裙窸窣漸入堂屋往那邊屋內去了又見三兩個婦人都捧着大紅油漆盒進這邊来等候聽得那邊說

道攏飯漸漸的人纔散出去只有伺候端菜的幾個人半日鴉雀不聞忽見兩個人抬了一張炕桌來放在這邊炕上桌上碗盤擺列仍是滿滿的魚肉不過畧動了幾樣板兒一見就吵着要肉吃劉老老打了他一巴掌忽見周瑞家的笑嘻嘻走過來點兒手叫他劉老老會意於是帶着板兒下炕至堂屋中間周瑞家的又和他咕唧了一會子方蹭到這邊屋內只見門外銅鈎上懸着大紅灑花軟簾南窗下是炕炕上大紅條氊靠東邊板壁立着一個鎖子錦的靠背和一個引枕鋪着金線閃的大坐褥傍邊有銀唾盒那鳳姐家常帶着紫貂昭君套圍着那攢珠勒子穿着桃紅灑花袄石青刻絲灰鼠披風大紅洋縐銀鼠

皮裙粉光脂艷端端正正坐在那裡手內拿著小銅火箸兒撥手爐內的灰平兒站在炕沿邊捧着小小的一個塡漆茶盤盤內一個小蓋鍾兒鳳姐也不接茶也不抬頭只管撥那灰慢慢的道怎麽還不請進來一面說一面抬身要茶時只見周瑞家的已帶了兩個人立在面前了這纔忙欲起身猶未起身滿面春風的問好又嗔着周瑞家的怎麽不早說劉老老已在地下拜了幾拜問姑奶奶安鳳姐忙說周姐姐攙着不拜罷我年輕不大認得可也不知是什麽輩數兒不敢稱呼周瑞家的忙回道這就是我纔回的那個老老了鳳姐點頭劉老老已在炕沿上坐下了板兒便躲在他背後百般的哄他出來作揖他死也

不肯鳳姐笑道親戚們不大走動都疏遠了知道的呢說你們棄嫌我們不肯常來不知道的那起小人還只當我們眼裡沒人是的劉老老忙念佛道我們家道艱難走不起來到這裡沒的給姑奶奶打嘴就是管家爺們瞧着也不像鳳姐笑道這話沒的叫人惡心不過托賴着祖父的虛名作個窮官兒罷咧誰家有什麼不過也是個空架子俗語兒說的好朝廷還有三門子窮親呢何况你我說着又問周瑞家的回了太太了沒有周瑞家的道等奶奶的示下鳳姐兒道你去瞧瞧要是有人就罷要得閒呢就回了看怎麼說周瑞家的答應去了這裡鳳姐叫人抓了些菓子給板兒吃剛問了幾句閒話時就有家下許多

媳婦兒管事的來回話平兒回了鳳姐道我這裡陪客呢晚上再來回要有緊事你就帶進來現辦平兒出去一會進來說我問了沒什麼要緊的我叫他們散了鳳姐點頭只見周瑞家的回來向鳳姐道太太說今日不得閒兒二奶奶陪着也是一樣多謝費心想著要是白來逛逛呢便罷有什麼說的只管告訴二奶奶劉老老道也沒甚的說不過來瞧瞧姑太太姑奶奶也是親戚們的情分周瑞家的道沒有什麼說的便罷要有話只管回二奶奶和太太是一樣兒的一面說一面遞了個眼色兒劉老老會意未語先紅了臉待要不說今日所爲何來只得勉强說道論今日初次見原不該說的只是大遠的奔了你老這

裡來少不得說了剛說到這裡只聽二門上小廝們回說東府裡小大爺進來了鳳姐忙和劉老老擺手道不必說了一面便問你蓉大爺在那裡呢只聽一路靴子响進來了一個十七八歲的少年面目清秀身段苗條美服華冠輕裘寶帶劉老老此時坐不是站不是藏沒處藏躲沒處躲鳳姐笑道你只管坐着罷這是我姪兒劉老老纔扭扭揑揑的在炕沿兒上側身坐下那賈蓉請了安笑回道我父親打發來求嬸子上回老舅太太給嬸子的那架玻璃炕屏明兒請個要緊的客畧擺一擺就送來鳳姐道你來遲了昨兒已經給了人了賈蓉聽說便笑嘻嘻的在炕沿上下個半跪道嬸子要不借我父親又說我不會說

話了又要挨一頓好打好嬸子只當可憐我罷鳳姐笑道也沒見我們王家的東西都是好的你們那裡放著那些好東西只別看見我的東西纔罷一見了就想拿了去賈蓉笑道只求嬸娘開恩罷鳳姐道碰壞一點兒你可仔細你的皮因命平兒拿了樓門上鑰匙叫幾個妥當人來抬去賈蓉喜的眉開眼笑忙說我親自帶人拿去別叫他們亂碰說着便起身出去了這鳳姐忽然想起一件事來便向窻外叫蓉兒回來外面幾個人接聲說請蓉大爺回來呢賈蓉忙回來滿臉笑容的瞅着鳳姐聽何指示那鳳姐只管慢慢吃茶出了半日神忽然把臉一紅笑道罷了你先去罷晚飯後你來再說罷這會子有人我也沒精

神了賈蓉答應個是抿著嘴兒一笑方慢慢退去這劉老老方安頓了便說道我今日帶了你姪兒不爲別的因他爹娘連吃的沒有天氣又冷只得帶了你姪兒奔了你老來說著又推板兒道你爹在家裡怎麼教你的打發偺們來作煞事的只顧吃菓子鳳姐早已明白了聽他不會說話因笑道不必說了我知道了因問周瑞家的道這老老不知用了早飯沒有呢劉老老忙道一早就往這裡赶咧那裡還有吃飯的工夫咧鳳姐便命快傳飯來一時周家的傳了一桌客饌擺在東屋裡過來帶了劉老老和板兒過去吃飯鳳姐這裡道周姐姐好生讓着些兒我不能陪了一面又叫過周瑞家的來問道方纔回了太太

太怎麽說了周瑞家的道太太說他們原不是一家子當年他們的祖和太老爺在一處做官因連了宗的這幾年不大走動當時他們來了却也從沒空過的如今來瞧我們也是他的好意別簡慢了他要有什麽話叫二奶奶裁奪着就是了鳳姐聽了說道怪道既是一家子我怎麽連影兒也不知道說話間劉老老已吃完了飯拉了板兒過來舔唇咂嘴的道謝鳳姐笑道且請坐下聽我告訴你方纔你的意思我已經知道了論起親戚來原該不等上門就有照應纔是但只如今家裡事情太多太太上了年紀一時想不到是有的我如今接着管事這些親戚們又都不大知道況且外面看着雖是烈烈轟轟不知大有

大的難處說給人也未必信你既大遠的來了又是頭一遭見和我張個口怎麼叫你空囘去呢可巧昨兒太太給我的丫頭們作衣裳的二十兩銀子還沒動呢你不嫌少先拿了去用罷那劉老老先聽見告艱苦只當是沒想頭了又聽見給他二十兩銀子喜的眉開眼笑道我們也知道艱難的但只俗語說的瘦死的駱駝比馬還大呢憑他怎樣你老拔一根寒毛比我們的腰還壯哩周瑞家的在旁聽見他說的粗鄙只管使眼色止他鳳姐笑而不採叫平兒把昨兒那包銀子拿來再拿一串錢都送至劉老老跟前鳳姐道這是二十兩銀子暫且給這孩子們作件冬衣罷改日沒事只管來逛逛纔是親戚們的意思天

也晚了不虛留你們了到家該問好的都問個好兒罷一面說一面就站起來了劉老老只是千恩萬謝的拿了銀錢跟著周瑞家的走到外邊周瑞家的道我的娘你怎麼見了他倒不會說話了呢開口就是你姪兒我說句不怕你惱的話就是親姪兒也要說的和軟些兒那蓉大爺纔是他的姪兒呢他怎麼又跑出這麼個姪兒來了呢劉老老笑道我的嫂子我見了他心眼兒裡愛還愛不過來那裡還說的上話來二人說着又到周瑞家坐了片刻劉老老要留下一塊銀子給周家的孩子們買菓子吃周瑞家的那裡放在眼裡執意不肯劉老老感謝不盡仍從後門去了未知去後如何且聽下回分解

紅樓夢第六回終

紅樓夢第七回

送宮花賈璉戲熙鳳　晏寧府寶玉會秦鐘

話說周瑞家的送了劉老老去後便上來回王夫人話誰知王夫人不在上房問丫鬟們方知往薛姨媽那邊說話兒去了周瑞家的聽說便出東角門過東院往梨香院來剛至院門前只見王夫人的丫鬟金釧兒和那一個纔留頭的小女孩兒站在臺階兒上頑呢看見周瑞家的進來便知有話來回因往裡擻嘴兒周瑞家的輕輕掀簾進去見王夫人正和薛姨媽長篇大套的說些家務人情話周瑞家的不敢驚動遂進裡間來只見薛寶釵家常打扮頭上只挽着鬢兒坐在炕裡邊伏在几上和

丫鬟鶯兒正在那裡描花樣子呢見他進來便放下筆轉過身滿面堆笑讓周姐姐坐周瑞家的也忙陪笑問道姑娘好一面炕沿邊坐了因說這有兩三天也沒見姑娘到那邊逛逛去只怕是你寶兄弟冲撞了你不成寶釵笑道那裡的話只因我那宗病又發了所以且靜養兩天周瑞家的道正是呢姑娘到底有什麼病根兒也該趁早請個大夫認真醫治醫治小小的年紀兒倒作下個病根兒也不是頑的呢寶釵聽說笑道再別提起這個病也不知請了多少大夫吃了多少藥花了多少錢總不見一點效驗兒後來還虧了一個和尚專治無名的病症因請他看了他說我這是從胎裡帶來的一股熱毒幸而我先天

壯還不相干要是吃丸藥是不中用的他就說了個海上仙方
兒又給了一包末藥作引子異香異氣的他說犯了時吃一丸
就好了倒也奇怪這倒效驗些周瑞家的因問道不知是什麽
方兒姑娘說了我們也好記着說給人知道要遇見這樣病也
是行好的事寶釵笑道不問這方兒還好若問這方兒真把人
瑣碎死了東西藥料一槩都有限最難得是可巧二字要春
天開的白牡丹花蕊十二兩夏天開的白荷花蕊十二兩秋天
的白芙蓉蕊十二兩冬天的梅花蕊十二兩將這四樣花蕊於
次年春分這一天晒乾和在末藥一處一齊研好又要雨水這
日的天落水十二錢周瑞家的笑道噯呀這麼說就得三年的

工夫呢倘或雨水這日不下雨可又怎麽着呢寳釵笑道所以了那裡有這麽可巧的雨也只好再等罷了還要白露這日的露水十二錢霜降這日的霜十二錢小雪這日的雪十二錢把這四樣水調匀了丸了龍眼大的丸子盛在舊磁罈裡埋在花根底下若發了病的時候兒拿出來吃一丸用一錢二分黄栢煎湯送下周瑞家的聽了笑道阿彌陀佛真巧死人了等十年還未必碰的全呢寳釵道竟好自他去後一二年間可巧都得了好容易配成一料如今從家裡帶了來現埋在梨花樹底下周瑞家的又道這藥有名字没有呢寳釵道有也是那和尚説的呌作冷香丸周瑞家的聽了點頭兒因又説這病發了時到

底怎麼着寳釵道也不覺什麼不過只喘嗽些吃一丸也就罷了周瑞家的還要說話時忽聽王夫人問道誰在裡頭周瑞家的忙出來答應了便回了劉老老之事畧待半刻見王夫人無話方欲退出去薛姨媽忽又笑道你且站住我有一件東西你帶了去罷說着便叫香菱簾櫳响處纔和金釧兒頑的那個小丫頭進來問太太叫我做什麼薛姨媽道把那匣子裡的花兒拏來香菱答應了向那邊捧了個小錦匣兒來薛姨媽道這是宫裡頭作的新鮮花樣兒堆紗花十二枝昨兒我想起來白放着可惜舊了何不給他們姐妹們戴去昨兒要送去偏又忘了你今兒來得巧就帶了去罷你家的三位姑娘每位兩枝下剩

六枝送林姑娘兩枝那四枝給鳳姐兒罷王夫人道留着給寶丫頭戴也罷了又想着他們薛姨媽道姨太太不知寶丫頭怪着呢他從來不愛這些花兒粉兒的說着周瑞家的拿了匣子走出房門見金釧兒仍在那裡晒日陽兒周瑞家的問道那香菱小丫頭子可就是時常說的臨上京時買的爲他打人命官司的那個小丫頭嗎金釧兒道可不就是他正說着只見香菱笑嘻嘻的走來周瑞家的便拉了他的手細細的看了一回因向金釧兒笑道這個模樣兒竟有些像偺們東府裡的小蓉奶奶的品格兒金釧兒道我也這麽說呢周瑞家的又問香菱你幾歲投身到這裡又問你父母在那裡呢今年十幾了本處是

那裡的人香菱聽問搖頭說不記得了周瑞家的和金釧兒聽了倒反爲歎息了一回一時周瑞家的攜花至王夫人正房後原來近日賈母說孫女們太多一處擠着倒不便只留寶玉黛玉二人在這邊解悶却將迎春探春惜春三人移到王夫人這邊房後三間抱厦內居住令李紈陪伴照管如今周瑞家的故順路先往這裡來只見幾個小丫頭都在抱厦內默坐聽着呼喚迎春的丫環司棋和探春的丫環侍書二人正掀簾子出来手裡都捧着茶盤茶鍾周瑞家的便知他姐妹在一處坐着也進入房內只見迎春探春二人正在窗下圍棋周瑞家的將花送上說明原故二人忙住了棋都欠身道謝命丫鬟們收了周

瑞家的答應了因說四姑娘不在房裡只怕在老太太那邊呢丫鬟們道在那屋裡不是周瑞家的聽了便往這邊屋裡來只見惜春正同水月庵的小姑子智能兒兩個一處頑耍呢見周瑞家的進來便問他何事周瑞家的將花匣打開說明原故惜春笑道我這裡正和智能兒說我明兒也要剃了頭跟他作姑子去呢可巧又送了花來要剃了頭可把花兒戴在那裡呢說著大家取笑一回惜春命丫鬟收了周瑞家的因問智能兒你是什麼時候來的你師父那秃歪剌那裡去了智能兒道我們一早就來了我師父見過太太就往于老爺府裡去了叫我在這裡等他呢周瑞家的又道十五的月例香供銀子可得了沒

有智能兒道不知道惜春便問周家的如今各廟月例銀子是誰管着周家的道余信管着惜春聽了笑道這就是了他師父一來了余信家的就赶上來他和師父咕唧了半日想必就是爲這個事了那周家的又和智能兒嘮叨了一回便往鳳姐處來穿過了夾道子從李紈後窗下越過西花墻出西角門進鳳姐院中走至堂屋只見小丫頭豐兒坐在房門檻兒上見周家的來了連忙的擺手兒叫他往東屋裡去周家的會意忙着躡手躡脚兒的往東邊屋裡來只見奶子拍著大姐兒睡覺呢周家的悄悄兒問道二奶奶睡中覺呢嗎也該請醒了奶子笑着撇着嘴搖頭兒正問着只聽那邊微有笑聲兒却是賈璉的聲

音接着房門响平兒拿着大銅盆出來叫人舀水平兒便進這邊來見了周家的便問你老人家又來作什麽周家的忙起身拿匣子給他看道送花兒來了平兒聽了便打開匣子拿了四枝抽身去了半刻工夫手裡拿出兩枝來先叫彩明來吩咐送到那邊府裡給小蓉大奶奶戴的次後方命周家的囘去道謝周家的這纔往賈母這邊來過了穿堂頂頭忽見他的女孩兒打扮着纔從他婆家來周家的忙問你這會子跑來作什麽他女孩兒說媽一向身上好我在家裡等了這半日媽竟不去什麽事情這麽忙的不囘家我等煩了自已先到了老太太跟前請了安了這會子請太太的安去媽還有什麽不了的差事手

裡是什麽東西周瑞家的笑道噯今兒偏偏來了個劉老老我自巳多事爲他跑了半日這會子叫姨太太看見了叫送這幾枝花兒給姑娘奶奶們去這還没有送完呢你今兒來一定有什麽事情他女孩兒笑道你老人家倒會猜一猜就猜着了實對你老人家說你女婿因前兒多喝了點子酒和人分爭起來不知怎麽叫人放了把邪火說他來歷不明告到衙門裡要遞解還鄉所以我來和你老人家商量商量討個情分不知求那個可以了事周瑞家的聽了道我就知道這筭什麽大事忙的這麽着你先家去等我送下林姑娘的花兒就回去這會兒太太二奶奶都不得閒兒呢他女孩兒聽說便回去了還說媽好

叐快來周瑞家的道是了罷小人兒家没經過什麽事就急的這麽個樣兒說着便到黛玉房中去了誰知此時黛玉不在自已房裡𨚫在寶玉房中大家觧九連環作戲周瑞家的進來笑道林姑娘姨太太叫我送花兒來了寶玉聽說便說什麽花兒拿來我瞧瞧一面便伸手接過匣子來看時原來是兩枝宮製堆紗新巧的假花黛玉只就寶玉手中看了一看便問道還是单送我一個人的還是别的姑娘們都有呢周瑞家的道各位都有了這兩枝是姑娘的黛玉冷笑道我就知道麽别人不挑剩下的也不給我呀周瑞家的聽了一聲兒也不敢言語寶玉問道周姐姐你作什麽到那邊去了周瑞家的因說太太在那

裡我回話去了姨太太就順便叫我帶来的寶玉道寶姐姐在家裡作什麽呢怎麽這幾日也不過來周瑞家的道身上不大好呢寶玉聽了便和丫頭們說誰去瞧瞧就說我和林姑娘打發來問姨娘姐姐安問姐姐是什麽病吃什麽藥論理我該親自來的就說纔從學裡回来也着了些凉改日再親自来看說着茜雪便答應去了周瑞家的自去無話原來周瑞家的女婿便是雨村的好友冷子興近日因賣古董和人打官司故叫女人來討情周瑞家的仗着主子的勢把這些事也不放在心上晚上只求求鳳姐便完了至掌燈時鳳姐卸了粧來見王夫人回說今兒甄家送了來的東西我已收了偺們送他的趁着他

家有年下送鮮的船交給他帶了去了王夫人點點頭兒鳳姐又道臨安伯老太太生日的禮已經打點了太太派誰送去王夫人道你瞧誰閑着呌四個女人去就完了又來問我鳳姐道今日珍大嫂子來請我明日去逛逛明日有什麽事沒有王夫人道有事沒事都礙不着什麽每常他來請有我們你自然不便他不請我們單請你可知是他的誠心呌你散蕩散蕩别辜負了他的心倒該過去走走纔是鳳姐答應了當下李紈探春等姊妹們也都定省畢各歸房無話次日鳳姐梳洗了先回王夫人畢方來辭賈母寶玉聽了也要逛去鳳姐只得答應着立等換了衣裳姐兒兩個坐了車一時進入寧府早有賈珍之妻

尤氏與賈蓉媳婦秦氏婆媳兩個帶着多少侍妾丫鬟等接出儀門那尤氏一見鳳姐必先嘲笑一陣一手拉了寶玉同入上房裡坐下秦氏獻了茶鳳姐便說你們請我來作什麼拿什麼孝敬我有東西就獻上來罷我還有事呢尤氏未及答應幾個媳婦們先笑道二奶奶今日不來就罷既來了就依不得你老人家了正說着只見賈蓉進來請安寶玉因道大哥哥今兒不在家麼尤氏道今兒出城請老爺的安去了又道可是你怪悶的坐在這裡作什麼何不出去逛逛呢秦氏笑道今日可巧上回寶二叔要見我兄弟今兒他在這裡書房裡坐着呢爲什麼不瞧瞧去寶玉便去要見尤氏忙吩咐人小心伺候着跟了去

鳳姐道旣這麽着爲什麽不請進來我也見見呢尤氏笑道罷罷可以不必見比不得偺們家的孩子胡打海摔的慣了的人家的孩子都是斯斯文文的没見過你這樣潑辣貨還叫人家笑話死呢鳳姐笑道我不笑話他就罷了他敢笑話我賈蓉道他生的靦腆没見過大陣仗兒嬸子見了没的生氣鳳姐啐道呸扯臊他是哪吒我也要見見别放你娘的屁了再不帶來打你頓好嘴巴子賈蓉溜湫着眼兒笑道何苦嬸子又使利害我們帶了來就是了鳳姐也笑了說着出去一會兒果然帶了個後生來比寶玉略瘦些眉淸目秀粉面朱唇身材俊俏舉止風流似更在寶玉之上只是怯怯羞羞有些女兒之態靦腆含糊

的向鳳姐請安問好鳳姐喜的先推寶玉笑道比下去了便探身一把攜了這孩子的手叫他身旁坐下慢慢問他年紀讀書等事方知他學名叫秦鐘早有鳳姐跟的丫鬟媳婦們看見鳳姐初見秦鐘並未備得表禮來遂忙過那邊去告訴平兒平兒素知鳳姐和秦氏厚密遂自作主意拿了一疋尺頭兩個狀元及第的小金錁子交付來人送過去鳳姐還說太簡薄些秦氏等謝畢一時吃過了飯尤氏鳳姐秦氏等抹骨牌不在話下寶玉秦鐘二人隨便起坐說話兒那寶玉自一見秦鐘心中便如有所失痴了半日自已心中又起了個獃想乃自思道天下竟有這等的人物如今看了我竟成了泥猪癩狗了可恨我為什

麽生在這侯門公府之家要也生在寒儒薄宦的家裡早得和他交接也不枉生了一世我雖比他尊貴但綾錦紗羅也不過裹了我這枯株朽木羊羔美酒也不過填了我這糞窟泥溝富貴二字真真把人塗毒了那秦鐘見了寶玉形容出衆舉止不凡更兼金冠繡服艷婢姣童果然怨不得姐姐素日提起來就誇不絕口我偏偏生於清寒之家怎能和他交接親厚一番也是緣法二人一樣胡思亂想寶玉又問他讀什麽書秦鐘見問便依實而答二人你言我語十來句話越覺親密起來了一時捧上茶菓吃茶寶玉便說我們兩個又不吃酒把菓子擺在裡間小炕上我們那裡去省了鬧的你們不安於是二人進裡間

來吃茶秦氏一面張羅鳳姐吃菓酒一面忙進來囑咐寶玉道寶二叔你姪兒年輕倘或說話不防頭你千萬看着我別理他他雖腼腆郤脾氣拐孤不大隨和兒寶玉笑道你去罷我知道了秦氏又囑咐了他兄弟一回方去陪鳳姐兒去了一時鳳姐尤氏又打發人來問寶玉要吃什麽只管要去寶玉只答應着也無心在飲食上只問秦鐘近日家務等事秦鐘因言業師於去歲辭館家父年紀老了殘疾在身公務繁冗因此倘未議及延師目下不過在家温習舊課而已再讀書一事也必須有一二知已爲伴時常大家討論纔能有些進益寶玉不待說完便道正是呢我們家郤有個家塾合族中有不能延師的便可入

塾讀書親戚子弟可以附讀我因上年業師回家去了也現荒廢着家父之意亦欲暫送我去且温習着舊書待明年業師上來再各自在家讀書家祖母因說一則家學裡子弟太多恐怕大家淘氣反不好二則也因我病了幾天遂暫且躭擱着如此說來尊翁如今也爲此事懸心今日回去何不禀明就在我們這敝塾中來我也相伴彼此有益豈不是好事秦鐘笑道家父前日在家提起延師一事也曾提起這裡的義學倒好原要來和這裡的老爺商議引荐因這裡又有事忙不便爲這點子小事來絮聒二叔果然度量姪兒或可磨墨洗硯何不速速作成彼此不致荒廢既可以常相聚談又可以慰父母之心又可以

得朋友之樂豈不是美事寶玉道放心放心偺們回来告訴你姐夫姐姐和璉二嫂子今日你就回家稟明令尊我回去稟明了祖母再無不速成之理二人計議已定那天氣已是掌燈時分出来又看他們頑了一回牌筭賬時却又是秦氏尤氏二人輸了戲酒的東道言定後日吃這東道一面又吃了晚飯因天黑了尤氏說派兩個小子送了秦哥兒家去媳婦們傳出去半日秦鐘告辭起身尤氏問派誰送去媳婦們回說外頭派了焦大誰知焦大醉了又罵呢尤氏秦氏都道偏又派他作什麽那個小子派不得偏又惹他鳳姐道成日家說你太軟弱了縱的家裡人這樣還了得嗎尤氏道你難道不知這焦大的連老爺

都不理他你珍大哥哥也不理他因他從小兒跟著太爺出過三四回兵從死人堆裡把太爺揹出來了纔得了命自已挨着餓却偷了東西給主子吃兩日沒水得了半碗水給主子喝他自已喝馬溺不過仗着這些功勞情分有祖宗時都另眼相待如今誰肯難爲他他自已又老了又不顧體面一味的好酒喝醉了無人不駡我常說給管事的以後不用派他差使只當他是個死的就完了今兒又派了他鳳姐道我何曾不知這焦大到底是你們沒主意何不遠遠的打發他到庄子上去就完了說着因問我們的車可齊備了衆媳婦們說伺候齊了鳳姐也起身告辭和寶玉攜手同行尤氏等送至大廳前見燈火輝煌

衆小廝都在丹墀侍立那焦大又恃賈珍不在家因趁着酒興先罵大總管賴二說他不公道欺軟怕硬有好差使派了別人這樣黑更半夜送人就派我沒良心的忘八羔子瞎充管家你也不想想焦大太爺蹺起一隻腿比你的頭還高些二十年頭裡的焦大太爺眼裡有誰別說你們這一把子的雜種們正罵得興頭上賈蓉送鳳姐的車出來衆人喝他不住賈蓉忍不住便罵了幾句叫人綑起來等明日酒醒了再問他還尋死不尋死那焦大那裡有賈蓉在眼裡反大叫起來赶着賈蓉叫蓉哥兒你別在焦大跟前使主子性兒別說你這樣兒的就是你爹你爺爺也不敢和焦大挺腰子呢不是焦大一個人你們作官

兒享榮華受富貴你祖宗九死一生掙下這個家業到如今不報我的恩反和我充起主子來了不和我說別的還可再說別的偺們白刀子進去紅刀子出來鳳姐在車上和賈蓉說還不早些打發了沒王法的東西留在家裡豈不是害親友知道豈不笑話偺們這樣的人家連個規矩都沒有賈蓉答應了是衆人見他太撒野只得上來了幾個揪翻綑倒拖往馬圈裡去焦大益發連賈珍都說出來亂嚷亂叫說要往祠堂裡哭太爺去那裡承望到如今生下這些畜生來每日偷狗戲雞爬灰的爬灰養小叔子的養小叔子我什麼不知道偺們胳膊折了往袖子裡藏衆小厮見說出來的話有天沒日的唬得魂飛魄喪把

他綑起來用土和馬糞滿滿的填了他一嘴鳳姐和賈蓉也遙遙的聽見了都裝作沒聽見寶玉在車上聽見因問鳳姐道姐姐你聽他說爬灰的爬灰這是什麼話鳳姐連忙喝道少胡說那是醉漢嘴裡胡唚你是什麼樣的人不說沒聽見還到細問等我回了太太看是槌你不槌你嚇得寶玉連忙央告好姐姐我再不敢說這些話了鳳姐哄他道好兄弟這纔是呢等回去偺們回了老太太打發人到家學裡去說明了請了秦鐘學裡念書去要緊說著自回榮府而來要知端的下回分解

紅樓夢第七回終

紅樓夢第八回

賈寶玉奇緣識金鎖　薛寶釵巧合認通靈

話說寶玉和鳳姐回家見過衆人寶玉便回明賈母要約秦鐘上家塾之事自已也有個伴讀的朋友正好發憤又着實稱贊秦鐘人品行事最是可人憐愛的鳳姐又在一旁帮着說改日秦鐘還來拜見老祖宗呢說的賈母喜歡起來鳳姐又趁勢請賈母一同過去看戲賈母雖年高却極有興頭後日尤氏來請遂帶了王夫人黛玉寶玉等過去看戲至晌午賈母便回來歇息王夫人本好清淨見賈母回來也就回來了然後鳳姐坐了首席盡歡至晚而罷却說寶玉送賈母回來待賈母歇了中覺

還要叫去看戲又恐攪的秦氏等人不便因想起寶釵近日在家養病未去看視意欲去望他若從上房後角門過去恐怕遇見別事纏繞又怕遇見他父親更爲不妥寧可遶個遠兒當下衆嬷嬷丫鬟伺候他換衣服見不曾換仍出二門去了衆嬷嬷丫鬟只得跟隨出來還只當他去那邊府中看戲誰知到了穿堂便向東北邊遶過廳後而去偏頂頭遇見了門下清客相公詹光單聘仁二人走來一見了寶玉便都赶上來笑着一個抱着腰一個拉着手道我的菩薩哥兒我說做了好夢呢好容易遇見你了說着又勞叨了半日纔走開老嬷嬷叫住因問你們二位是往老爺那裡去的不是二人點頭道是又笑着說老

爺在夢坡齋小書房裡歇中覺呢不妨事的一面說一面走了說的寶玉也笑了於是轉灣向北奔梨香院來可巧管庫房的總領吳新登和倉上的頭目名叫戴良的同着几個管事的頭目共七個人從賬房裡出來一見寶玉赶忙都一齊垂手站立獨有一個買辦名喚錢華因他多日未見寶玉忙上來打千兒請寶玉的安寶玉含笑伸手叫他起來衆人都笑說前兒在一處看見二爺寫的斗方兒越發好了多早晚賞我們幾張貼貼寶玉笑道在那裡看見了衆人道好幾處都有都稱讚的了不得還和我們尋呢寶玉笑道不值什麼你們說給我的小么兒們就是了一面說一面前走衆人待他過去方都各自散了閒

言少述且說寶玉來至梨香院中先進薛姨媽屋裡來見薛姨媽打點針黹與丫鬟們呢寶玉忙請了安薛姨媽一把拉住抱入懷中笑說這麼冷天我的兒難爲你想着來快上炕來坐着罷命人沏滚滚的茶來寶玉因問哥哥沒在家麼薛姨媽歎道他是沒籠頭的馬天天逛不了那裡肯在家一日呢寶玉道姐姐可大安了薛姨媽道可是呢你前兒又想着打發人來瞧他他在裡間不是你去瞧他那裡比這裡煖和你那裡坐着我收拾收拾就進來和你說話兒寶玉聽了忙下炕來到了裡間門前只見吊着半舊的紅紬軟簾寶玉掀簾一步進去先就看見寶釵坐在炕上作針線頭上挽着黑漆油光的鬢兒蜜合色的

棉襖玫瑰紫二色金銀線的坎肩兒蔥黃綾子棉裙一色兒半新不舊的看去不見奢華惟覺雅淡罕言寡語人謂裝愚安分隨時自云守拙寶玉一面看一面問姐姐可大愈了寶釵抬頭看見寶玉進來連忙起身含笑答道已經大好了多謝惦記着說着讓他在炕沿上坐下即命鶯兒倒茶來一面又問老太太姨娘安又問別的姐妹們好一面看寶玉頭上戴着纍絲嵌寶紫金冠額上勒着二龍捧珠抹額身上穿着秋香色立蟒白狐腋箭袖繫着五色蝴蝶鸞絲項上掛着長命鎖記名符另外有那一塊落草時啣下來的寶玉寶釵因笑說道成日家說你的這塊玉究竟未曾細細的賞鑒過我今兒倒要瞧瞧說著便挪

近前來寶玉亦湊過去便從項上摘下來遞在寶釵手內寶釵托在掌上只見大如雀卵燦若明霞瑩潤如酥五色花紋纏護看官們須知道這就是大荒山中青埂峰下的那塊頑石幻相後人有詩嘲云

女媧煉石已荒唐　又向荒唐演大荒
失去本來真面目　幻來新就臭皮囊
好知運敗金無彩　堪歎時乖玉不光
白骨如山忘姓氏　無非公子與紅妝

那頑石亦曾記下他這幻相並癩僧所鐫篆文今亦按圖畫下後面但其真體最小方從胎中小兒口中啣下今若按式畫出

恐字跡過於微細使觀者大廢眼光亦非暢事所以略展放些以便燈下醉中可閱今註明此故方不至以胎中之兒口有多大怎得啣此狼犺蠢大之物爲誚

通靈寶玉正面

通靈寶玉

莫失莫忘

仙壽恆昌

通靈寶玉反面

一除邪祟

二療冤疾

三知禍福

寶釵看畢又從新翻過正面來細看口裡念道莫失莫忘壽仙恒昌念了兩遍乃回頭向鶯兒笑道你不去倒茶也在這裡發獃作什麼鶯兒也嘻嘻的笑道我聽這兩句話倒像和姑娘項圈上的兩句話是一對兒寶玉聽了忙笑道原來姐姐那項圈上也有字我也賞鑒賞鑒寶釵道你別聽他的話沒有什麼字寶玉央及道好姐姐你怎麼瞧我的呢寶釵被他纏不過因說道也是個人給了兩句吉利話兒鏨上了所以天天帶着不然沉甸甸的有什麼趣兒一面說一面解了排扣從裡面大紅襖兒上將那珠寶晶瑩黃金燦爛的瓔珞摘出來寶玉忙托着鎖看時果然一面有四個字兩面八個字共成兩句吉讖亦曾按

式畫下形相

金鎖正面

金鎖反面

寶玉看了也念了兩遍又念自巳的兩遍因笑問姐姐這八個字倒和我的是一對兒鶯兒笑道是個癩頭和尚送的他說必須鏨在金器上寶釵不等他說完便嗔着不去倒茶一面又問寶玉從那裡來寶玉此時與寶釵挨肩坐著只聞一陣陣的香

氣不知何味遂問姐姐燻的是什麼香我竟沒聞過這味兒寶釵道我最怕燻香好好兒的衣裳爲什麼燻他寶玉道那麼着這是什麼香呢寶釵想了想說是了是我早起吃了冷香丸的香氣寶玉笑道什麼冷香丸這麼好聞好姐姐給我一丸嚐嚐呢寶釵笑道又混鬧了一個藥也是混吃的一語未了忽聽外面人說林姑娘來了話猶未完黛玉已搖搖擺擺的進來一見寶玉便笑道哎喲我來的不巧了寶玉等忙起身讓坐寶釵笑道這是怎麼說黛玉道早知他來我就不來了寶釵道這是什麼意思黛玉道什麼意思呢來呢一齊來不來一個也不來今兒他來明兒我來間錯開了來豈不天天有人來呢也不至太

冷落也不至太熱鬧姐姐有什麽不解的呢寶玉因見他外面罩着大紅羽緞對襟褂子便問下雪了麽地下老婆們說下了這半日了寶玉道取了我的斗篷來黛玉便笑道是不是我來了他就該走了寶玉道我何曾說要去不過拿來預備着寶玉的奶母李嬤嬤便說道天又下雪也要看時候兒就在這裡和姐姐妹妹一處頑頑兒罷姨太太那裡擺茶呢我叫丫頭去取了斗篷來說給小么兒們散了罷寶玉點頭李嬤嬤出去命小斯們都散了罷這裡薛姨媽已擺了幾樣細巧茶食留他們喝茶吃菓子寶玉因誇前日在東府裡珍大嫂子的好鵝掌薛姨媽連忙把自已糟的取了來給他嚐寶玉笑道這個就酒纔好

薛姨媽便命人灌了上等酒來李嬤嬤上來道姨太太酒倒罷了寶玉笑央道好媽媽我只喝一鍾李媽道不中用當着老太太太太那怕你喝一罈呢不是那日我眼錯不見不知那個沒調教的只圖討你的喜歡給了你一口酒喝葬送的我挨了兩天罵姨太太不知道他的性子呢喝了酒更弄性有一天老太太高興又儘着他喝什麽日子又不許他喝何苦我白賠在裏頭呢薛姨媽笑道老貨只管放心喝你的去罷我也不許他喝多了就是老太太問有我呢一面命小丫頭來讓你奶奶去也吃一杯搪搪寒氣那李媽聽如此說只得且和衆人吃酒去這裏寶玉又說不必燙煖了我只愛喝冷的薛姨媽道這可使不

得吃了冷酒寫字手打顫兒寶釵笑道寶兄弟虧你每日家雜學旁收的難道就不知道酒性最熱要熱吃下去發散的就快要冷吃下去便凝結在內拿五臟去煖他豈不受害從此還不改了呢快別吃那冷的了寶玉聽這話有理便放下冷的令人燙來方飲黛玉磕著瓜子兒只管抿着嘴兒笑可巧黛玉的丫鬟雪雁走來給黛玉送小手爐兒黛玉因含笑問他說誰叫你送來的難爲他費心那裡就冷死我了呢雪雁道紫鵑姐姐怕姑娘冷叫我送来的黛玉接了抱在懷中笑道也虧了你倒聽他的話我平日和你說的全當耳旁風怎麼他說了你就依比聖旨還快呢寶玉聽這話知是黛玉借此奚落也無回覆之詞

只嘻嘻的笑了一陣罷了寶釵素知黛玉是如此慣了的也不理他薛姨媽因笑道你素日身子單弱禁不得冷他們惦記着你倒不好黛玉笑道姨媽不知道幸虧是姨媽這裡倘或在別人家那不叫人家惱嗎難道人家連個手爐也沒有巴巴兒的打家裡送了來不說丫頭們太小心還只當我素日是這麼輕狂慣了的呢薛姨媽道你是個多心的有這些想頭我就沒有這些心說話時寶玉已是三杯過去了李嬤嬤又上來攔阻寶玉正在個心甜意洽之時又兼姐妹們說說笑笑那裡肯不吃只得屈意央告好媽媽我再吃兩杯就不吃了李嬤嬤道你可仔細今兒老爺在家隄防着問你的書寶玉聽了此話便心中

大不悅慢慢的放下酒垂了頭黛玉忙說道別掃大家的興舅舅若叫只說姨媽這裡留住你這媽媽他又該拿我們來醒脾了一面悄悄的推寶玉叫他賭賭氣一面咕噥說別理那老貨偺們只管樂偺們的那李媽也素知黛玉的爲人說道林姐兒你別助着他了你要勸他只怕他還聽些黛玉冷笑道我爲什麼助着他我也不犯着勸他你這媽媽太小心了往常老太太又給他酒吃如今在姨媽這裡多吃了一口想來也不妨事必定姨媽這裡是外人不當在這裡吃也未可知李嬤嬤聽了又是急又是笑說道真真這林姐兒說出一句話來比刀子還利害寶釵也忍不住笑著把黛玉腮上一擰說道真真的這個顰

丫頭一張嘴叫人恨又不是喜歡又不是薛姨媽一面笑着又說別怕別怕我的兒來到這裡沒好的給你吃別把這點子東西嚇的存在心裡倒叫我不安只管放心吃有我呢索性吃了晚飯去要醉了就跟着我睡罷因命再燙些酒來姨媽陪你吃兩杯可就吃飯罷寶玉聽了、方又鼓起興來李嬤嬤因吩咐小丫頭你們在這裡小心着我家去換了衣裳就來悄悄的回薛姨媽道、姨太太別由他儘着吃了說着便家去了這裡雖還有兩三個老婆子都是不關痛癢的、見李媽走了也都悄悄的自尋方便去了、只剩了兩個小丫頭、樂得討寶玉的喜歡、幸而薛姨媽千哄萬哄只容他吃了幾杯就忙收過了、作了酸笋鷄皮湯寶玉痛喝了几碗又吃了半碗多碧粳粥一時薛林二人也吃完了飯又釅釅的喝了几碗茶薛姨媽纔放了心雪雁等幾個人也吃了飯進來伺候黛玉因問寶玉道你走不走寶玉也斜倦眼道你要走我和你同走黛玉聽說遂起身道偺們来了一日也該回去了說着二人便告辭小丫頭忙捧過斗笠來寶玉把頭略低一低吩他戴上那丫頭便將這大紅猩毡斗笠一抖纔往寶玉頭上一合寶玉便說罷了罷了好蠢東西你也輕些兒難道没見別人戴過等我自巳戴罷黛玉站在炕沿上道過來我給你戴罷寶玉忙近前來黛玉用手輕輕籠住束髮冠兒將笠沿掖在抹額之上把那一顆核桃大的絳絨簪纓扶

起顫巍巍露于笠外整理已畢端詳了一會說道好了披上斗篷罷寶玉聽了方接了斗篷披上薛姨媽忙道跟你們的媽媽都還沒來呢且略等等兒寶玉道我們倒等着他們有丫頭們跟着就是了薛姨媽不放心吩咐兩個女人送了他兄妹們去他二人道了擾一徑囘至賈母房中賈母尚未用晚飯知是薛姨媽處來更加喜歡因見寶玉吃了酒遂命他自囘房中歇着不許再出來了又令人好生招呼着忽想起跟寶玉的人來遂問衆人李奶子怎麽不見衆人不敢直說他家去了只說纔進來了想是有事又出去了寶玉踉蹌着囘頭道他比老太太還受用呢問他作什麽沒有他只怕我還多活兩日兒一面說一

面來至自己卧室只見筆墨在案晴雯先接出來笑道好啊叫我研了墨早起高興只寫了三個字扔下筆就走了哄我等了這一天快來給我寫完了這些墨纔算呢寶玉方想起早起的事來因笑道我寫的那三個字在那裡呢晴雯笑道這個人可醉了你頭裡過那府裡去囑咐我貼在門斗兒上的我恐怕別人貼壞了親自爬高上梯貼了半天這會子還凍的手僵着呢寶玉笑道我忘了你手冷我替你握着便伸手拉着晴雯的手同看門斗上新寫的三個字一時黛玉來了寶玉笑道好姐姐你別撒謊你看這三個字那一個好黛玉仰頭看見是絳芸軒三字笑道個個都好怎麼寫的這樣好了明兒也替我寫個匾

寶玉笑道你又哄我了說著又問襲人姐姐呢晴雯向裡間炕上努嘴兒寶玉看時見襲人和衣睡着寶玉笑道好啊這麼早就睡了又問晴雯道今兒我那邊吃早飯有一碟子豆腐皮兒的包子我想著你愛吃和珍大奶奶要了只說我晚上吃叫人送來的你可見了沒有晴雯道快別提了一送來我就知道是我的偏纔吃了飯就擱在那裡後來李奶奶來了看見說寶玉未必吃了拿去給我孫子吃罷就叫人送了家去了正說着茜雪捧上茶來寶玉還讓林妹妹喝茶衆人笑道林姑娘早走了還讓呢寶玉吃了半盞忽又想起早晨的茶來問茜雪道早起沏了碗楓露茶我說過那茶是三四次後纔出色這會子怎麼

又斟上這個茶來茜雪道我原留着來着那會子李奶奶來了喝了去了寶玉聽了將手中茶杯順手往地下一摔豁琅一聲打了個粉碎潑了茜雪一裙子又跳起來問着茜雪道他是你那一門子的奶奶你們這麼孝敬他不過是我小時候兒吃過他幾日奶罷了如今慣的比祖宗還大攆出去大家干净說着立刻便要去回賈母原來襲人未睡不過是故意兒粧睡引着寶玉來慪他頑耍先聽見說字問包子也還可以不必起來後來摔了茶鍾動了氣遂連忙起來解勸早有賈母那邊的人來問是怎麼了襲人忙道我纔倒茶叫雪滑倒了失手砸了鍾子了一面又勸寶玉道你誠心要攆他也好我們都願意出去不

如就勢兒連我們一齊攆了你也不愁沒有好的來伏侍你寶玉聽了方纔不言語了襲人等便攙至炕上脫了衣裳不知寶玉口內還說些什麼只覺口齒纏綿眉眼愈加餳澀忙伏侍他睡下襲人摘下那通靈寶玉來用絹子包好塞在褥子底下恐怕次日帶時氷了他的脖子那寶玉到枕就睡着了彼時李嬤嬤等已進來了聽見醉了也就不敢上前只悄悄的打聽睡着了方放心散去次日醒來就有人回那邊小蓉大爺帶了秦鐘來拜寶玉忙接出去領了拜見賈母賈母見秦鐘形容標緻舉止温柔堪陪寶玉讀書心中十分喜歡便留茶留飯又叫人帶去見王夫人等衆人因愛秦氏見了秦鐘是這樣人品也都歡

喜歸去時都有表禮賈母又給了一個荷包和一個金魁星取文星和合之意又囑咐他道你家住的遠或一時冷熱不便只管住在我們這裡只和你寶二叔在一處別跟着那不長進的東西們學秦鐘一一的答應回家禀知他父親他父親秦邦業現任營繕司郎中年近七旬夫人早亡因年至五旬時尚無兒女便向養生堂抱了一個兒子和一個女兒誰知兒子又死了只剩下個女兒小名叫做可兒又起個官名叫做兼美長大時生得形容嫋娜性格風流因素與賈家有些瓜葛故結了親秦邦業卻於五十三歲上得了秦鐘今年十二歲了因去歲業師回南在家温習舊課正要與賈親家商議附往他家塾中去可

巧遇見寶玉這個機會又知賈家塾中司塾的乃現今之老儒賈代儒秦鐘此去可望學業進益從此成名因十分喜悅只是宦囊羞澁那邊都是一雙富貴眼睛少了拿不出來況是兒子的終身大事所關說不得東併西湊恭恭敬敬封了二十四兩贄見禮帶了秦鐘到代儒家來拜見然後聽寶玉揀的好日子一同入塾塾中從此鬧起事來未知如何下回分解

紅樓夢第八回終

紅樓夢第九回

訓劣子李貴承申飭　嗔頑童茗煙閙書房

話說秦邦業父子專候賈家人來送上學之信原來寶玉急子要和秦鐘相遇遂擇了後日一定上學打發人送了信到了這天寶玉起來時襲人早已把書筆文物收拾停妥坐在床沿上發悶見寶玉起來只得伏侍他梳洗寶玉見他悶悶的問道好姐姐你怎麽又不喜歡了難道怕我上學去撂的你們淸冷了不成襲人笑道這是那裡的話念書是狠好的事不然就潦倒一輩子了終久怎麽樣呢但只一件只是念書的時候兒想着書不念的時候兒想著家總别和他們頑鬧碰見老爺不是頑

的雖說是奮志要强那工課寧可少些一則貪多嚼不爛二則身子也要保重這就是我的意思你好歹體諒些襲人說一句寶玉答應一句襲人又道大毛兒衣服我也包好了交給小子們去了學裡冷好歹想着添換比不得家裡有人照顧脚爐手爐也交出去了你可逼着他們給你籠上那一起懶賊你不說他們樂得不動白凍壞了你寶玉道你放心我自己都會調停的你們也可別悶死在這屋裡長和林妹妹一處頑頑兒去纔好說著俱已穿戴齊脩襲人催他去見賈母賈政王夫人寶玉又囑咐了晴雯麝月幾句方出來見賈母賈母也不免有幾句囑咐的話然後去見王夫人又出來到書房中見賈政這日賈

政正在書房中和清客相公們說閒話兒忽見寶玉進來請安回說上學去賈政冷笑道你要再提上學兩個字連我也羞死了依我的話你竟頑你的去是正經看仔細站腌臢了我這個地靠腌臢了我這個門衆清客都起身笑道老世翁何必如此今日世兄一去二三年就可顯身成名的斷不似往年仍作小兒之態了天也將飯時了世兄竟快請罷說著便有兩個年老的携了寶玉出去賈政因問跟寶玉的是誰只聽見外面答應了一聲早進來三四個大漢打千兒請安賈政看時是寶玉奶姆的兒子名喚李貴的因向他道你們成日家跟他上學他到底念了些什麽書倒念了些流言混話在肚子裡學了些精緻

的淘氣等我閒一閒先揭了你的皮再和那不長進的東西算賬嚇的李貴忙雙膝跪下摘了帽子碰頭連連答應是又回說哥兒已經念到第三本詩經什麼攸攸鹿鳴荷葉浮萍小的不敢撒謊說的滿坐鬨然大笑起來賈政也掌不住笑了因說道那怕再念三十本詩經也是掩耳盜鈴哄人而已你去請學裏太爺的安就說我說的什麼詩經古文一槩不用虛應故事只是先把四書一齊講明背熟是最要緊的李貴忙答應是見賈政無話方起來退出去此時寶玉獨站在院外屏聲靜候等他們出來同走李貴等一面撣衣裳一面說道哥兒可聽見了先要揭我們的皮呢人家的奴才跟主子賺些個體面我們這些

奴才白陪著挨打受罵的從此也可憐見些纔好寶玉笑道好哥哥你別委屈我明兒請你李貴道小祖宗誰敢望請只求聽一兩句話就有了說着又至賈母這邊秦鐘早已來了賈母正和他說話兒呢於是二人見過辭了賈母寶玉忽想起未辭黛玉又忙至黛玉房中來作辭彼時黛玉在窗下對鏡理粧聽寶玉說上學去因笑道好這一去可是要蟾宮折桂了我不能送你了寶玉道好妹妹等我下學再吃晚飯那胭脂膏子也等我再來製嘮叨了半日方抽身去了黛玉忙又叫住問道你怎麽不去辭你寶姐姐來呢寶玉笑而不答一徑同秦鐘上學去了原來這義學也離家不遠原係當日始祖所立恐族中子弟有

力不能延師者即入此中讀書凡族中爲官者皆有幫助銀兩以爲學中膏火之費舉年高有德之人爲塾師如今秦寶二人來了一一的都互相拜見過讀起書來自此後二人同來同往同起同坐愈加親密兼賈母愛惜也常留下秦鐘一住三五天和自已重孫一般看待因見秦鐘家中不甚寬裕又助些衣服等物不上一兩月工夫秦鐘在榮府裡便慣熟了寶玉終是個不能安分守理的人一味的隨心所欲因此發了癖性又向秦鐘悄說偺們兩個人一樣的年紀況又同窗以後不必論叔姪只論弟兄朋友就是了先是秦鐘不敢寶玉不從只叫他兄弟叫他表字鯨卿秦鐘也只得混着亂叫起來原來這學中雖都

是本族子弟與些親戚家的子姪俗語說的好一龍九種種各別未免人多了就有龍蛇混雜下流人物在內自秦寶二人來了都生的花朵兒一般的模樣又見秦鐘腼腆温柔未語先紅怯怯羞羞有女兒之風寶玉又是天生成慣能作小服低賠身下氣性情體貼話語纒綿因他二人又這般親厚也怨不得那起同窗人起了嫌疑之念背地裡你言我語詬誶謠諑佈滿書房内外原來薛蟠自來王夫人處住後便知有一家學學中廣有青年子弟偶動了龍陽之興因此也假說來上學不過是三日打魚兩日晒網白送些束修禮物與賈代儒却不曾有一點兒進益只圖結交些契弟誰想這學內的小學生圖了薛蟠

的銀錢穿吃被他哄上手了也不消多記又有兩個多情的小學生亦不知是那一房的親眷亦未考真姓名只因生得嫵媚風流滿學中都送了兩個外號一個叫香憐一個叫玉愛別人雖都有羨慕之意不利于孺子之心只是懼怕薛蟠的威勢不敢來沾惹如今秦寶二人一來了見了他兩個也不免繾綣羨愛亦知係薛蟠相知未敢輕舉妄動香玉二人心中一般的留情與秦寶因此四人心中雖有情意只未發出每日一入學中四處各坐卻八目勾留或設言托意或咏桑寓柳遙以心照卻外面自爲避人眼目不料偏又有幾個滑賊看出形景來都背後擠眉弄眼或咳嗽揚聲這也非止一日可巧這日代儒有事

回家只留下一句七言對聯令學生對了明日再來上書將學中之事又命長孫賈瑞管理妙在薛蟠如今不大上學應卯了因此秦鐘趂此和香憐弄眉擠眼二人假出小恭走至後院說話秦鐘先問他家裡的大人可管你交朋友不管一語未了只聽見背後咳嗽了一聲二人唬的忙回顧時原來是窗友名金榮的香憐本有些性急便羞怒相激問他道你咳嗽什麼難道不許我們說話不成金榮笑道許你們說話難道不許我咳嗽不成我只問你們有話不分明說許你們這樣鬼鬼祟祟的幹什麼故事我可也拿住了還賴什麼先讓我抽個頭兒偺們一聲兒不言語不然大家就翻起來秦香二人就急得飛紅的臉

便問道你拿住什麽了金榮笑道我現拿住了是真的説着又拍着手笑嚷道貼的好燒餅你們都不買一個吃去秦鐘香憐二人又氣又急忙進來向賈瑞前告金榮説金榮無故欺負他兩個原來這賈瑞最是個圖便宜没行止的人每在學中以公報私勒索子弟們請他後又助着薛蟠圖些銀錢酒肉一任薛蟠橫行覇道他不但不去管約反助紂爲虐討好兒偏那薛蟠本是浮萍心性今日愛東明日愛西近來有了新朋友把香玉二人丢開一邉就連金榮也是當日的好友自有了香玉二人便見棄了金榮近日連香玉亦已見棄故賈瑞也無了提携帮襯之人不怨薛蟠得新厭故只怨香玉二人不在薛蟠跟前提

搆了因此賈瑞金榮等一干人也正醋妬他兩個今見秦香二人來告金榮賈瑞心中便不自在起來雖不敢呵叱秦鐘却拿着香怜作法反說他多事著實搶白了幾句香怜反討了沒趣連秦鐘也訕訕的各歸坐位去了金榮越發得了意搖頭咂嘴的口內還說許多閒話玉愛偏又聽見兩個人隔坐咕咕唧唧的角起口来金榮只一口咬定說方纔明明的撞見他兩個在後院裡親嘴摸屁股兩個商議定了一對兒論長道短那時只顧得志亂說却不防還有別人誰知早又觸怒了一個人你道這一個人是誰原来這人名喚賈薔亦係寧府中之正派元孫父母早亡從小兒跟着賈珍過活如今長了十六歲比賈蓉生

得還風流俊俏他兄弟二人最相親厚常共起居寧府中人多口雜那些不得志的奴僕耑能造言誹謗主人因此不知又有什麽小人詬誶謠諑之辭賈珍想亦風聞得些口聲不好自已也要避些嫌疑如今竟分與房舍命賈薔搬出寧府自已立門戶過活去了這賈薔外相既美內性又聰敏雖然虛名來上學亦不過虛掩眼目而已仍是鬭鷄走狗賞花閱柳爲事上有賈珍溺愛下有賈蓉匡助因此族中人誰敢觸逆于他他既和賈蓉最好今見有人欺負秦鐘如何肯依如今自已要挺身出來報不平心中且忖度一番金榮賈瑞一等人都是薛大叔的相知我又與薛大叔相好倘或我一出頭他們告訴了老薛我們

豈不傷和氣呢欲要不管這謠言說的大家沒趣如今何不用計制伏又止息了口聲又不傷臉面想畢也粧出小恭去走至後面悄悄把跟寶玉書童茗烟叫至身邊如此這般調撥他幾句這茗烟乃是寶玉第一個得用且又年輕不諳事的今聽賈薔說金榮如此欺負秦鐘連你們的爺寶玉都干連在內不給他個知道下次越發狂縱這茗烟無故就要欺壓人的如今得了這信又有賈薔助著便一頭進來找金榮也不叫金相公了只說姓金的你什麼東西賈薔遂跺一跺靴子故意整整衣服看看日影兒說正時候了遂先向賈瑞說有事要早走一步賈瑞不敢止他只得隨他去了這裡茗烟走進來便一把揪住金

榮問道我們肏屁股不肏骨你毜毜相干橫豎沒肏你爹罷了說你是好小子出來動一動你茗大爺嚇的滿屋中子弟都忙忙的痴望賈瑞忙喝茗烟不得撒野金榮氣黃了臉說反了奴才小子都敢如此我只和你主子說便奪手要去抓打寶玉秦鐘剛轉出身來聽得腦後颼的一聲早見一方硯瓦飛來並不知係何人打來郑打了賈藍賈菌的坐上這賈藍賈菌亦係榮府近派的重孫這賈菌少孤其母疼愛非常書房中與賈藍最好所以二人同坐誰知這賈菌年紀雖小志氣最大極是淘氣不怕人的他在位上冷眼看見金榮的朋友暗助金榮飛硯來打茗烟偏打錯了落在自己面前將個磁硯水壺兒打粉碎濺

了一書墨水賈菌如何依得便罵好囚攮的們這不都動了手了麼罵着也便抓起硯台來要飛賈藍是個省事的忙按住硯台忙勸道好兄弟不與偺們相干賈菌如何忍得住見按住硯台他便兩手抱起書篋子來照這邊扔去終是身小力薄卻扔不到反扔到寶玉秦鐘案上就落下來了只聽嘩啷一响砸在桌上書本紙片筆硯等物撒了一桌又把寶玉的一碗茶也砸得碗碎茶流那賈菌即便跳出來要揪打那飛硯的人金榮此時隨手抓了一根毛竹大板在手地狹人多那裡經得舞動長板茗烟早吃了一下亂嚷你們還不來動手寶玉還有幾個小廝一名掃紅一名鋤藥一名墨雨這三個豈有不淘氣的一齊

亂嚷小婦養的動了兵器了墨雨遂掇起一根門閂掃紅鋤藥手中都是馬鞭子蜂擁而上賈瑞急得攔一回這個勸一回那個誰聽他的話肆行大亂衆頑童也有幫着打太平拳助樂的也有胆小藏過一邊的也有立在桌上拍著手亂笑喝着聲兒叫打的登時鼎沸起來外邊幾個大僕人李貴等聽見裏邊作反起來忙都進來一齊喝住問是何故衆聲不一這一個如此說那一個又如彼說李貴且喝罵了茗煙等四個一頓攆了出去秦鐘的頭早撞在金榮的板上打去一層油皮寶玉正拿褂襟子替他揉見喝住了衆人便叫李貴收書拉馬來我去回太爺去我們被人欺負了不敢說別的守禮來告訴瑞大爺瑞大

爺反泒我們的不是聽着人家駡我們還調唆人家打我們茗烟見人欺負我他豈有不為我的他們反打夥兒打了茗烟連秦鐘的頭也打破了還在這裡念書麽李貴勸道哥兒不要性急太爺既有事囘家去了這會子為這點子事去聒噪他老人家到顯的偺們没禮是的依我的主意那裡的事情那裡了結何必驚動老人家這都是瑞大爺的不是太爺不在家裡你老人家就是這學裡的頭腦了衆人看你行事衆人有了不是該打的打該罰的罰如何等鬧到這步田地還不管呢賈瑞道我吆喝着都不聽李貴道不怕你老人家腦我素日你老人家到底有些不是所以這些兄弟不聽就鬧到太爺跟前去連你老

人家也脫不了的還不快作主意撕擄開了寶玉道撕擄什麼我必要回去的秦鐘哭道有金榮在這裡我是要回去的了寶玉道這是爲什麼難道別人家來得偺們倒來不得的我必回明白衆人攆了金榮去又問李貴這金榮是那一房的親戚李貴想一想道也不用問了若說起那一房親戚更傷了兄弟們的和氣了茗烟在窗外道他是東府裡璜大奶奶的姪兒什麼硬掙仗腰子的也來唬我們璜大奶奶是他姑媽你那姑媽只會打旋磨兒給我們璉二奶奶跪着借當頭我眼裡就看不起他那樣主子奶奶麼李貴忙喝道偏這小狗攮知道有這些蛆嚼寶玉冷笑道我只當是誰親戚原來是璜嫂子姪兒我就

去向他問問說着便要走叫茗煙進來包書茗烟進來包書又得意洋洋的道爺也不用自己去見他等我去找他就說老太太有話問他呢僱上一輛車子拉進去當着老太太問他豈不省事李貴忙喝道你要死啊仔細回去我好不好先捶了你然後回老爺太太就說寶哥兒全是你調唆我這裡好容易勸哄的好了一半你又來生了新法兒你鬧了學堂不說變個法兒壓息了纔是還往火裡奔茗烟聽了方不敢做聲此時賈瑞也生恐鬧不清自已也不干凈只得委曲着來央告秦鐘又央告寶玉先是他二人不肯後來寶玉說不回去也罷了只叫金榮賠不是便罷金榮先是不肯後來經不得賈瑞也來逼他權賠

個不是李貴等只得好勸金榮說原來是你起的頭兒你不這樣怎麽了局呢金榮强不過只得與秦鐘作了個揖寶玉還不依定要磕頭賈瑞只要暫息此事又悄悄的勸金榮說俗語說的忍得一時忿終身無腦悶未知金榮從也不從下囘分解

紅樓夢第九囘終

紅樓夢第十回

金寡婦貪利權受辱　張太醫論病細窮源

話說金榮因人多勢衆又兼賈瑞勒令賠了不是給秦鐘磕了頭寶玉方纔不吵鬧了大家散了學金榮自己回到家中越想越氣說秦鐘不過是賈蓉的小舅子又不是賈家的子孫附學讀書也不過和我一樣因他仗着寶玉和他相好就目中無人既是這樣就該幹些正經事也沒的說他素日又和寶玉鬼鬼祟祟的只當人家都是瞎子看不見今日他又去勾搭人偏偏撞在我眼裡就是鬧出事來我還怕什麽不成他母親胡氏聽見他咕咕唧唧的說你又要管什麼閒事好容易我和你姑媽

說了你姑媽又千方百計的和他們西府裡璉二奶奶跟前說了你纔得了這個念書的地方兒若不是仗着人家偺們家裡還有力量請的起先生麼況且人家學裡茶飯都是現成的你這二年在那裡念書家裡也省好大的嚼用呢省出來的你又愛穿件體面衣裳再者你不在那裡念書你就認得什麼薛大爺了那薛大爺一年也幫了偺們七八十兩銀子你如今要鬧出了這個學房再想找這麼個地方兒我告訴你說罷比登天的還難呢你給我老老實實的頑一會子睡你的覺去好多着呢於是金榮忍氣吞聲不多一時也自睡覺去了次日仍舊上學去了不在話下且說他姑媽原給了賈家玉字輩的嫡派名

與賈璜但其族人那裡皆能像寧榮二府的家勢原不用細說這賈璜夫妻守着些小小的產業又時常到寧榮二府裡去請安又會奉承鳳姐兒幷尤氏所以鳳姐兒尤氏也時常資助資助他方能如此度日今日正遇天氣晴明又值家中無事遂帶了一個婆子坐上車來家裡走走瞧瞧嫂子和姪兒說起話兒來金榮的母親偏提起昨日賈家學房裡的事從頭至尾一五一十都和他小姑子說了這璜大奶奶不聽則已聽了怒從心上起說道這秦鐘小雜種是賈門的親戚難道榮兒不是賈門的親戚也別太勢利了况且都做的是什麼有臉的事就是寶玉也不犯向着他到這個田地等我到東府裡瞧瞧我們珍大

奶奶再和秦鐘的姐姐說說叫他評評理金榮的母親聽了急的了不得忙說道這都是我的嘴快告訴了姑奶奶求姑奶奶快別去說罷別管他們誰是誰非倘或鬧出來怎麼在那裡站的住要站不住家裡不但不能請先生還得他身上添出許多嚼用來呢璜大奶奶說道那裡管的那些個等我說了看是怎麼樣也不容他嫂子勸一面叫老婆子瞧了車坐上竟往寧府裡來到了寧府進了東角門下了車進去見了尤氏那裡還有大氣兒殷殷勤勤敘過了寒溫說了些閒話兒方問道今日怎麼沒見蓉大奶奶尤氏說他這些日子不知怎麼了經期有兩個多月沒有來叫大夫瞧了又說並不是喜那兩日到下半日

就懶怠動了話也懶怠說神也發涅我叫他你且不必拘禮早晚不必照例上來你竟養養兒罷就有親戚來還有我呢别的長輩怪你等我替你告訴連蓉哥兒我都囑咐了我說你不許累掯他不許招他生氣叫他靜靜兒的養幾天就好了他要想什麽吃只管到我屋裡來取倘或他有個好歹你再要娶這麽一個媳婦兒這麽個模樣兒這麽個性格兒只怕打着燈籠兒也没處找去呢他這爲人行事兒那個親戚長輩兒不喜歡他所以我這兩日心裡狠煩偏偏兒的早起他兄弟來瞧他誰知那小孩子家不知好歹看見他姐姐身上不好這些事也不當告訴他就受了萬分委屈也不該向著他說誰知昨日學房裡

打架不知是那裡附學的學生倒欺負他裡頭還有些不干不淨的話都告訴了他姐姐嬸子你是知道的那媳婦雖則見了人有說有笑的他可心細不拘聽見什麽話兒都要忖量個三日五夜纔筭這病就是打這用心太過上得的今兒聽見有人欺負了他的兄弟又是惱又是氣惱的是那狐朋狗友搬弄是非調三窩四氣的是爲他兄弟不學好不上心念書纔弄的學房裡吵鬧他爲這件事索性連早飯還沒吃我纔到他那邊解勸了他一會子又囑咐了他的兄弟幾句我叫他兄弟到那邊府裡又找寶玉兒去我又瞧着他吃了半鍾兒燕窩湯我纔過來了嬸子你說我心焦不心焦況且目今又沒個好大夫我想

到他病上我心裡如同針扎的一般你們知道有什麽好大夫沒有金氏聽了這一番話把方纔在他嫂子家的那一團要向秦氏理論的盛氣早嚇的丟在爪窪國去了聽見尤氏問他好大夫的話連忙答道我們也沒聽見人說什麽好大夫如今聽起大奶奶這個病來定不得還是喜呢嫂子倒別教人混治倘若治錯了可了不得尤氏道正是呢說話之間賈珍從外進來見了金氏便問尤氏道這不是璜大奶奶麽金氏向前給賈珍請了安賈珍向尤氏說你讓大妹妹吃了飯去賈珍說着話便向那屋裡去了金氏此來原要向秦氏說秦鐘欺負他兄弟的事聽見秦氏有病連提也不敢提了况且賈珍尤氏又待的甚

好因轉怒爲喜的又說了一會子閒話方家去了金氏去後賈珍方過來坐下問尤氏道今日他來又有什麼說的尤氏答道倒没說什麼一進來臉上到像有些個惱意是的及至說了半天話兒又提起媳婦的病他倒漸漸的氣色平和了你又叫留他吃飯他聽見媳婦這樣的病也不好意思只管坐着又說了幾句話就去了倒没有求什麼事如今且說媳婦這病你那裡尋一個好大夫給他瞧瞧要緊可别耽悞了現今偺們家走的這羣大夫那裡要得一個個都是聽著人的口氣兒人怎麼說他也添幾句文話兒說一遍可倒殷勤的狠三四個人一日輪流着倒有四五遍來看脉大家商量着立個方兒吃了也不見

效倒弄的一日三五次換衣裳坐下起來的見大夫其實於病人無益賈珍道可是這孩子也糊塗何必又脫脫換換的倘或又着了凉更添一層病還了得任憑什麼好衣裳又值什麼呢孩子的身體要緊就是一天穿一套新的也不值什麼我正要告訴你方子馮紫英來看我他見我有些心裡煩問我怎麼了我告訴他媳婦身子不大爽快因爲不得個好大夫斷不透是喜是病又不知有妨碍沒妨碍所以我心裡實在着急馮紫英因說他有一個幼時從學的先生姓張名友士學問最淵博更兼醫理極精且能斷人的生死今年是上京給他兒子捐官現在他家住着呢這樣看來或者媳婦的病該在他手裡除災也

未可定我已叫人拿我的名帖去請了今日天晚或未必來明日想一定來的且馮紫英又回家親替我求他務必請他來瞧的等待張先生來瞧了再說罷尤氏聽說心中甚喜因說後日是太爺的壽日到底怎麼個辦法賈珍說道我方纔到了太爺那裡去請安兼請太爺來家受一受一家子的禮太爺因說道我是清淨慣了的我不願意往你們那是非場中去你們必定說是我的生日要叫我去受些衆人的頭你莫如把我從前注的陰隲文給我好好的叫人寫出來刻了比叫我無故受衆人的頭還強百倍呢倘或明日後日這兩天一家子要來你就在家裡好好的欵待他們就是了也不必給我送什麼東西來連

你後日也不必來你要心中不安你今日就給我磕了頭去倘或後日你又跟許多人來鬧我我必和你不依如此說了後日我是再不敢去的了且叫賴陞來吩咐他預備兩日的筵席尤氏因叫了賈蓉來吩咐賴陞照例預備兩日的筵席要豐豐富富的你再親自到西府裡請老太太大太太二太太和你璉二嬸子來逛逛你父親今日又聽見一個好大夫已經打發人請去了想明日必來你可將他這些日子的病症細細的告訴他賈蓉一一答應着出去了正遇着剛纔到馮紫英家去請那先生的小子回來了因回道奴才方纔到了馮大爺家拿了老爺名帖請那先生去那先生說是方纔這裡大爺也和我說了但

只今日拜了一天的客纔回到家此時精神實在不能支持就是去到府上也不能看脉須得調息一夜明日務必到府他又說醫學淺薄本不敢當此重荐因馮大爺和府上既已如此說了又不得不去你先替我回明大人就是了大人的名帖着實不敢當還叫奴才拿回來了哥兒替奴才回一聲兒罷賈蓉復轉身進去回了賈珍尤氏的話方出來叫了賴陞吩咐預備兩日的筵席的話賴陞答應自去照例料理不在話下且說次日午間門上人回道請的那張先生來了賈珍遂延入大廳坐下茶畢方開言道昨日承馮大爺示知老先生人品學問又兼深通醫學小弟不勝欽敬張公道晚生粗鄙下士知識淺陋昨因

馮大爺示知大人家第謙恭下士又承呼喚不敢違命但毫無實學倍增汗顏賈珍道先生不必過謙就請先生進去看看兒婦仰仗高明以釋下懷于是賈蓉同了進去到了內室見了秦氏向賈蓉說道這就是尊夫人了賈蓉道正是請先生坐下讓我把賤內的病症說一說再看脉如何那先生道依小弟意下竟先看脉再請教病源爲是我初造尊府本也不知道什麼但我們馮大爺務必叫小弟過來看看小弟所以不得不來如今看了脉息看小弟說得是不是再將這些日子的病勢講一講大家斟酌一個方兒可用可不用那時大爺再定奪就是了賈蓉道先生實在高明如今恨相見之晚就請先生看一看脉息

可治不可治得以使家父母放心於是家下媳婦們捧過大迎枕來一面給秦氏靠着一面拉著袖口露出手腕來這先生方伸手按在右手脉上調息了至數凝神細診了半刻工夫換過左手亦復如是診畢了說道我們外邊坐罷賈蓉於是同先生到外邊屋裡炕上坐了一個婆子端了茶來賈蓉道先生請茶茶畢問道先生看這脉息還治得治不得先生道看得尊夫人脉息左寸沉數左關沉伏右寸細而無力右關虛而無神其左寸沉數者乃心氣虛而生火左關沉伏者乃肝家氣滯血虧右寸細而無力者乃肺經氣分太虛右關虛而無神者乃脾土被肝木尅制心氣虛而生火者應現今經期不調夜間不寐肝家

血虧氣滯者應脇下痛脹月信過期心中發熱肺經氣分太虛者頭目不時眩暈寅卯間必然自汗如坐舟中脾土被肝木尅制者必定不思飲食精神倦怠四肢酸軟據我看這脉當有這些症候纔對或以這個的為喜脉則小弟不敢聞命矣旁邊一個貼身伏侍的婆子道何嘗不是這樣呢真正先生說得如神倒不用我們說了如今我們家裡現有好幾位太醫老爺瞧着呢都不能說得這樣真切有的說道是喜有的說道是病這位說不相干這位又說怕冬至前後總沒有個真着話兒求老爺明白指示指示那先生說大奶奶這個症候可是眾位耽擱了要在初次行經的時候就用藥治起只怕此時已全愈了如今

旣是把病耽悞到這地位也是應有此灾依我看起來病到尚有三分治得吃了我這藥看若是夜間睡的著覺那時又添了二分拿手了據我看這脉息大奶奶是個心性高強聰明不過的人但聰明太過則不如意事常有不如意事常有則思慮太過此病是憂慮傷脾肝木忒旺經血所以不能按時而至大奶奶從前行經的日子問一問斷不是常縮必是常長的是不是這婆子答道可不是從沒有縮過或是長兩日三日以至十日不等都長過的先生聽道是了這就是病源了從前若能以養心調氣之藥服之何至於此這如今明顯出一個水虧火旺的症候來待我用藥看於是寫了方子遞與賈蓉上寫的是

益氣養榮補脾和肝湯

人參二錢　白朮土炒二錢　雲苓三錢　熟地四錢

歸身二錢　白芍二錢　川芎一錢五分　黃芪三錢

香附米二錢　醋柴胡八分　懷山藥炒二錢　真阿膠蛤粉炒二錢

延胡索酒炒一錢半　炙甘草八分

引用建蓮子七粒去心大棗二枚

賈蓉看了說高明的很還要請教先生這病與性命終久有妨無妨先生笑道大爺是最高明的人人病到這個地位非一朝一夕的症候了吃了這藥也要看醫緣了依小弟看來今年一冬是不相干的總是過了春分就可望全愈了賈蓉也是個聰

明人也不往下細問了于是賈蓉送了先生去了方將這藥方子並脉案都給賈珍看了說的話也都回了賈珍並尤氏了尤氏向賈珍道從來大夫不像他說的痛快想必用藥不錯的賈珍笑道他原不是那等混飯吃久慣行醫的人因爲馮紫英我們相好他好容易求了他來的既有了這個人媳婦的病或者就能好了他那方子上有人參就用前日買的那一觔好的罷賈蓉聽畢了話方出來叫人抓藥去煎給秦氏吃不知秦氏服了此藥病勢如何且聽下回分解

紅樓夢第十回終

紅樓夢第十一回

慶壽辰寧府排家宴　見熙鳳賈瑞起淫心

話說是日賈敬的壽辰賈珍先將上等可吃的東西稀奇的菓品裝了十六大捧盒着賈蓉帶領家下人送與賈敬去向賈蓉說道你留神看太爺喜歡不喜歡你就行了禮起來說父親遵太爺的話不敢前來在家裡率領合家都朝上行了禮了賈蓉聽罷即率領家人去了這裡漸漸的就有人來先是賈璉賈薔來看了各處的座位并問有什麼頑意兒沒有家人答道我們爺算計本來請太爺今日來家所以並未敢預備頑意兒前日聽見太爺不來了現叫奴才們找了一班小戲兒並一檔子打

十番的都在園子裡戲臺上預備着呢次後邢夫人王夫人鳳姐兒寶玉都來了賈珍並尤氏接了進去尤氏的母親已先在這裡大家見過了彼此讓了坐賈珍尤氏二人遞了茶因笑道老太太原是個老祖宗我父親又是姪兒這樣年紀這個日子原不敢請他老人家來但是這時候天氣又涼爽滿園的菊花盛開請老祖宗過來散散悶看看衆兒孫熱熱鬧鬧的是這個意思誰知老祖宗又不賞臉鳳姐兒未等王夫人開口先說道老太太昨日還說要來呢因爲晚上看見寶兄弟吃桃兒他老人家又嘴饞吃了有大半個五更天時候就一連起來兩次今日早晨略覺身子倦些因叫我回太爺今日斷不能來了說有

好吃的要幾樣還要狠爛的呢賈珍聽了笑道我說老祖宗是愛熱鬧的今日不來必定有個緣故這就是了王夫人說前日聽見你大妹妹說蓉哥媳婦身上有些不大好到底是怎麽樣尤氏道他這個病得的也奇上月中秋還跟着老太太太太頑了半夜回家來好好的到了二十日已後一日比一日覺懶了又懶待吃東西這將近有半個多月經期又有兩個月没來邢夫人接着說道不要是喜罷正說着外頭人回道大老爺二老爺並一家的爺們都來了在廳上呢賈珍連忙出去了這裡尤氏復說從前大夫也有說是喜的昨日馮紫英薦了他幼時從學過的一個先生醫道狠好瞧了說不是喜是一個大症候昨

日開了方子吃了一劑藥今日頭暈的略好些別的仍不見大效鳳姐兒道我說他不是十分支持不住今日這樣日子再也不肯不掙扎着上来尤氏道你是初三日在這裡見他的他强扎掙了半天也是因你們娘兒兩個好的上頭還戀戀的捨不得去鳳姐聽了眼圈兒紅了一會子方說道天有不測風雲人有旦夕禍福這點年紀倘或因這病上有個長短人生在世還有什麽趣兒呢正說着賈蓉進來給邢夫人王夫人鳳姐兒都請了安方回尤氏道方纔我給太爺送吃食去並說我父親在家伺候老爺們欵待一家子爺們遵太爺話並不敢来太爺聽了狠喜歡說這纔是叫告訴父親母親好生伺候太爺太太們

叫我好生伺候叔叔嬸子并哥哥們還說那陰隲文叫他們急急刻出來印一萬張散人我將這話都回了我父親了我這會子還得快出去打發太爺們并合家爺們吃飯鳳姐兒說蓉哥兒你且站著你媳婦今日到底是怎麽着賈蓉皺皺眉兒說道不好呢嬸子回來瞧瞧去就知道了於是賈蓉出去了這裡尤氏向邢夫人王夫人道太太們在這裡吃飯還是在園子裡吃去有小戲兒現在園子裡預備着呢王夫人向邢夫人道這裡狠好尤氏就吩咐媳婦婆子們快擺飯來門外一齊答應了一聲都各人端各人的去了不多時擺上了飯尤氏讓邢夫人王夫人並他母親都上坐了他與鳳姐兒寶玉側席坐了邢夫人

王夫人道我們來原爲給大老爺拜壽這豈不是我們來過生日來了麼鳳姐兒說大老爺原是好養靜的已修煉成了也算得是神仙了太太們這麼一說就叫作心到神知了一句話說得滿屋子裡笑起來尤氏的母親並邢夫人王夫人鳳姐兒都吃了飯漱了口淨了手纔說要往園子裡去賈蓉進來向尤氏道老爺們並各位叔叔哥哥們都吃了飯了大老爺說家裡有事二老爺是不愛聽戲又怕人鬧的慌都去了別的一家子爺們被璉二叔並薔大爺都讓過去聽戲去了方纔南安郡王東平郡王西寧郡王北靜郡王四家王爺並鎮國公牛府等六家忠靖侯史府等八家都差人持名帖送壽禮來俱回了我父親

收在賬房裡禮單都上了檔子了領謝名帖都交給各家的來人了來人也各照例賞過都讓吃了飯去了母親該請一位太太老娘嬸子都過園子裡去坐着罷尤氏道這裡也是纔吃完了飯就要過去了鳳姐兒說道我回太太我先瞧瞧蓉哥媳婦兒去我再過去罷王夫人道狠是我們都要去瞧瞧倒怕他嫌我們鬧的慌說我們問他好罷尤氏道好妹妹媳婦聽你的話你去開導開導他我也放心你就快些過園子裡來罷寶玉也要跟着鳳姐兒去瞧秦氏王夫人道你看看就過來罷那是姪兒媳婦呢于是尤氏請了王夫人邢夫人並他母親都過會芳園去了鳳姐兒寶玉方和賈蓉到秦氏這邊來進了房門悄悄

的走到裡間房內秦氏見了要站起來鳳姐兒說快別起來看頭暈於是鳳姐兒緊行了兩步拉住了秦氏的手說道我的奶奶怎麼幾日不見就瘦的這樣了于是就坐在秦氏坐的褥子上寶玉也問了好在對面椅子上坐了賈蓉叫快倒茶來嬸子和二叔在上房還未吃茶呢秦氏拉着鳳姐兒的手強笑道這都是我沒福這樣人家公公婆婆當自家的女孩兒是的待嬸娘你姪兒雖說年輕却是他敬我我敬他從來沒有紅過臉兒就是一家子的長輩同輩之中除了嬸子不用說了別人也從無不疼我的也從無不和我好的如今得了這個病把我那要強心一分也沒有公婆面前未得孝順一天嬸娘這樣疼我我就

就有十分孝順的心如今也不能彀了我自想着未必熬得過年去寶玉正把眼瞅着那海棠春睡圖并那秦太虛寫的嫩寒鎖夢因春冷芳氣襲人是酒香的對聯不覺想起在這裡睡晌覺時夢到太虛幻境的事來正在出神聽得秦氏說了這些話如萬箭攢心那眼淚不覺流下來了鳳姐兒見了心中十分難過但恐病人見了這個樣子反添心酸倒不是來開導他的意思了因說寶玉你忒婆婆媽媽的了他病人不過是這樣說那裡就到這個田地况且年紀又不大畧病病兒就好了又回向秦氏道你別胡思亂想豈不是自己添病了麽賈蓉道他這病也不用別的只吃得下些飯食就不怕了鳳姐兒道寶兄弟太

太叫你快些過去呢你倒别在這裡只管這麽着倒招得媳婦也心裡不好過太太那裡又惦着你因向賈蓉説道你先同你寳叔叔過去罷我還略坐坐呢賈蓉聽説即同寳玉過會芳園去這裡鳳姐兒又勸解了一番又低低説許多衷腸話兒尤氏打發人來兩三遍鳳姐兒纔向秦氏説道你好生養着我再來看你罷合該你這病要好了所以前日遇著這個好大夫再也是不怕的了秦氏笑道任憑他是神仙治了病治不得命嬸子我知道這病不過是挨日子的鳳姐説道你只管這麽想這那裡能好呢總要想開了纔好况且聽得大夫説若是不治怕的是春天不好偺們若是不能吃人參的人家也難説了你公公

婆婆聽見治得好別說一日二錢人參就是二斤也吃得起好生養著罷我就過園子裡去了秦氏又道嬸子恕我不能跟過去了閑了的時候還求過來瞧瞧我呢偺們娘兒們坐坐多說幾句閒話兒鳳姐兒聽了不覺的眼圈兒又紅了道我得了閒兒必常來看你於是帶着跟來的婆子媳婦們並寧府的媳婦婆子們從裡頭繞進園子的便門來只見

黃花滿地白柳橫坡小橋通若耶之溪曲徑接天台之路石中清流滴滴籬落飄香樹頭紅葉翩翩疎林如畫西風乍緊猶聽鶯啼煖日常暄又添蛩語遙望東南建幾處依山之榭近觀西北結三間臨水之軒笙簧盈座別有幽情

羅綺穿林倍添韻致

鳳姐兒看著園中景的一步步行來正讚賞時猛然從假山石後走出一個人來向前對鳳姐說道請嫂子安鳳姐猛吃一驚將身往後一退說道這是瑞大爺不是賈瑞說道嫂子連我也不認得了鳳姐兒道不是不認得猛然一見想不到是大爺在這裡賈瑞道也是合該我與嫂子有緣我方纔偷出了席在這裡清淨地方略散一散不想就遇見嫂子這不是有緣麼一面說着一面拿眼睛不住的覷看鳳姐鳳姐是個聰明人見他這個光景如何不猜八九分呢因向賈瑞假意含笑道怪不得你哥哥常提你說你好今日見了聽你這幾何話兒就知道你是

個聰明和氣的人了這會子我要到太太們那邊去呢不得合你說話等閒了再會罷賈瑞道我要到嫂子家裡去請安又怕嫂子年輕不肯輕易見人鳳姐又假笑道一家骨肉說什麽年輕不年輕的話賈瑞聽了這話心中暗喜因想道再不想今日得此奇遇那情景越發難堪了鳳姐兒說道你快去入席去罷看他們拿住了罰你的酒賈瑞聽了身上已木了半邊慢慢的走着一面回過頭來看鳳姐兒故意的把脚放遲了見他去遠了心裡暗忖道這纔是知人知面不知心呢那裡有這樣禽獸的人他果如此幾時叫他死在我手裡他纔知道我的手段於是鳳姐兒方移步前來將轉過了一重山坡兒見兩三個婆子

慌慌張張的走來見鳳姐兒笑道我們奶奶見二奶奶不來急的了不得叫奴才們又來請奶奶來了鳳姐兒說你們奶奶就是這樣急脚鬼似的鳳姐兒慢慢的走着問戲文唱了幾齣了那婆子回道唱了八九齣了說話之間已到天香樓後門見寳玉和一羣丫頭小子們那裡頑呢鳳姐兒說寳兄弟别忒淘氣了一個丫頭說道太太們都在樓上坐着呢請奶奶就從這邊上去罷鳳姐兒聽了款步提衣上了樓尤氏已在樓梯口等着尤氏笑道你們娘兒兩個忒好了見了面總捨不得來了你明日搬來和他同住罷你坐下我先敬你一鍾於是鳳姐兒至邢夫人王夫人前告坐尤氏拿戲單來讓鳳姐兒點戲鳳姐兒說

太太們在這裡我怎麽敢點邢夫人王夫人道我們和親家太太點了好幾齣了你點幾齣好的我們聽鳳姐兒立起身來答應了接過戲單從頭一看點了一齣還魂一齣談詞遞過戲单來說現在唱的這雙官誥完了再唱這兩齣也就是時候了王夫人道可不是呢也該趂早叫你哥哥嫂子歇歇他們心裡又不靜尤氏道太太們又不是常來的娘兒們多坐一會子去纔有趣兒天氣還早呢鳳姐兒立起身来望樓下一看說爺們都往那裡去了傍邊一個婆子道爺們纔到凝曦軒帶了十番那裡吃酒去了鳳姐兒道在這裡不便宜背地裡又不知幹什麽去了尤氏笑道那裡都像你這麽正經人呢於是說說笑笑點

的戲都唱完了方纔徹下酒席擺上飯來吃畢大家纔出園子來到上房坐下吃了茶纔叫預備車向尤氏的母親告了辭尤氏率同衆姬妾並家人媳婦們送出來賈珍率領衆子姪在車傍侍立都等候着見了邢王二夫人說道二位嬸子明日還過來逛逛王夫人道罷了我們今兒整坐了一日也乏了明日也要歇歇於是都上車去了賈瑞猶不住拿眼看着鳳姐兒賈珍進去後李貴纔拉過馬來寶玉騎上隨了王夫人去了這裏賈珍同一家子的弟兄子姪吃過飯方大家散了次日仍是衆族人等鬧了一日不必細說此後鳳姐不時親自來看秦氏秦氏也有幾日好些也有幾日歹些賈珍尤氏賈蓉甚是焦心且說

賈瑞到榮府來了幾次偏都値鳳姐兒往寧府去了這年正是十一月三十日冬至到交節的那幾日賈母王夫人鳳姐兒日日差人去看秦氏回來的人都說這幾日沒見添病也沒見大好王夫人向賈母說這個症候遇着這樣節氣不添病就有指望了賈母說可是呢好個孩子要有個長短豈不叫人疼死說着一陣心酸向鳳姐兒說道你們娘兒們好了一塲明日大初一過了明日你再看看他去你細細的瞧瞧他的光景倘或好些兒你回來告訴我那孩子素日愛吃什麼你也常叫人送些給他鳳姐兒一一答應了到初二日吃了早飯來到寧府裡看見秦氏光景雖未添什麼病但那臉上身上的肉都瘦乾了於

是和秦氏坐了半日說了些閒話又將這病無妨的話開導了一番秦氏道好不好春天就知道了如今現過了冬至又沒怎麼樣或者好的了也未可知嬸子回老太太太太放心罷昨日老太太賞的那棗泥餡的山藥糕我吃了兩塊倒像剋化的動的是的鳳姐兒道明日再給你送來我到你婆婆那裡瞧瞧就要趕着回去回老太太話去秦氏道嬸子替我請老太太太太的安罷鳳姐兒答應着就出來了到了尤氏上房坐下尤氏道你冷眼瞧媳婦是怎麼樣鳳姐兒低了半日頭說道這個就沒法兒了你也該將一應的後事給他料理料理冲一冲也好尤氏道我也暗暗的叫人預備了就是那件東西不得好木頭且

慢慢的辦著呢於是鳳姐兒喝了茶說了一會子話兒說道我要快些回去回老太太的話去呢尤氏道你可慢慢兒的說别嚇著老人家鳳姐兒道我知道於是鳳姐兒起身回到家中見了賈母說蓉哥媳婦請老太太安給老太太磕頭說他好些了求老祖宗放心能他再略好些還給老太太磕頭請安來呢賈母道你瞧他是怎麽樣鳳姐兒說暫且無妨精神還好呢賈母聽了沉吟了半日因向鳳姐說你換換衣裳歇歇去罷鳳姐兒答應着出來見過了王夫人到了家中平兒將烘的家常衣服給鳳姐兒換上了鳳姐兒坐下因問家中有什麽事没有平兒方端了茶來遞過去說道没有什麽事就是那三百兩銀子的

利銀旺兒媳子送進來我收了還有瑞大爺使人來打聽奶奶在家没有他要來請安說話鳳姐兒聽了哼了一聲說道這畜生合該作死看他來了怎麼樣平兒回道這瑞大爺是爲什麼只管來鳳姐兒遂將九月裡在寧府園子裡遇見他的光景他說的話都告訴了平兒平兒說道癩蝦蟆想吃天鵝肉没人倫的混賬東西起這樣念頭叫他不得好死鳳姐兒道等他來了我自有道理不知賈瑞來時作何光景且聽下回分解

紅樓夢第十一回終

紅樓夢第十二回

王熙鳳毒設相思局　賈天祥正照風月鑑

話說鳳姐正與平兒說話只見有人回說瑞大爺來了鳳姐命請進來罷賈瑞見請心中暗喜見了鳳姐滿面陪笑連連問好鳳姐兒也假意勤殷讓坐讓茶賈瑞見鳳姐如此打扮越發酥倒因餳了眼問道二哥哥怎麼還不回來鳳姐道不知什麼緣故賈瑞笑道別是路上有人絆住了脚捨不得回來了罷鳳姐道可知男人家見一個愛一個也是有的賈瑞笑道嫂子這話錯了我就不是這樣人鳳姐笑道像你這樣的人能有幾個呢十個裡也挑不出一個來賈瑞聽了喜的抓耳撓腮又道嫂子

天天也悶的狠鳳姐道正是呢只盼個人來說話解解悶兒賈瑞笑道我到天天閒着若天天過來替嫂子解解悶兒可好麽鳳姐笑道你哄我呢你那裡肯往我這裡來賈瑞道我在嫂子面前若有一句謊話天打雷劈只因素日聞得人說嫂子是個利害人在你跟前一點也錯不得所以唬住我了我如今見嫂子是個有說有笑極疼人的我怎麽不來死了也情愿鳳姐笑道果然你是個明白人比蓉兒兄弟兩個强遠了我看他那樣清秀只當他們心裡明白誰知竟是兩個糊塗虫一點不知人心賈瑞聽這話越發撞在心坎上由不得又往前湊一湊覷着眼看鳳姐的荷包又問戴着什麽戒指鳳姐悄悄的道放尊重

些別叫丫頭們看見了賈瑞聽如綸音佛語一般忙往後退鳳姐笑道你該去了賈瑞道我再坐一坐兒好狠心的嫂子鳳姐見又悄悄的道大天白日人來人往你就在這裡也不方便你且去等到晚上起了更你來悄悄的在西邊穿堂兒等我賈瑞聽了如得珍寶忙問道你別哄我但是那裡人過的多怎麼好躲呢鳳姐道你只放心我把上夜的小厮們都放了假兩邊門一關再沒別人了賈瑞聽了喜之不盡忙忙的告辭而去心內以爲得手盼到晚上果然黑地裡摸入榮府趁掩門時鑽入穿堂果見漆黑無一人來往賈母那邊去的門已倒鎖了只有向東的門未關賈瑞側耳聽著半日不見人來忽聽咯噔一聲東

邊的門也關上了賈瑞急的也不敢則聲只得悄悄出來將門撼了撼關得鉄桶一般此時要出去亦不能了南北俱是大墻要跳也無攀援這屋內又是過堂風空落落的現是臘月天氣夜又長朔風凜凜侵肌裂骨一夜幾乎不會凍死好容易盼到早辰只見一個老婆子先將東門開了進來去叫西門賈瑞瞅他背着臉一溜煙抱了肩跑出來幸而天氣尚早人都未起從後門一徑跑回家去原來賈瑞父母早亡只有他祖父代儒教養那代儒素日教訓最嚴不許賈瑞多走一步生怕他在外吃酒賭錢有悞學業今忽見他一夜不歸只料定他在外非飲即賭嫖娼宿妓那裡想到這段公案因此也氣了一夜賈瑞也捻

着一把汗少不得回來撒謊只說往舅舅家去了天黑了留我住了一夜代儒道自來出門非稟我不敢擅出如何昨日私自去了據此也該打何况是撒謊因此發狠按倒打了三四十板還不許他吃飯叫他跪在院內讀文章定要補出十天工課來方罷賈瑞先凍了一夜又挨了打又餓着肚子跪在風地裡念文章其苦萬狀此時賈瑞邪心未改再不想到鳳姐捉弄他過了兩日得了空兒仍找尋鳳姐鳳姐故意抱怨他失信賈瑞急的起誓鳳姐因他自投羅網少不的再尋別計令他知改故又約他道今日晚上你別在那裡了你在我這房後小過道兒裡頭那間空屋子裡等我可別冒撞了賈瑞道果真麼鳳姐道你

不信就别來賈瑞道必來必來死也要來的鳳姐道這會子你先去罷賈瑞料定晚間必妥此時先去了鳳姐在這裡便點兵派將設下圈套那賈瑞只盼不到晚偏偏家裡親戚又來了吃了晚飯纔去那天已有掌燈時候又等他祖父安歇方溜進榮府徃那夾道中屋子裡來等着熱鍋上螞蟻一般只是左等不見人影右聽也沒聲响心中害怕不住猜疑道别是不來了又凍我一夜不成正自胡猜只見黑魆魆的進來一個人賈瑞便打定是鳳姐不管青紅皂白那人剛到面前便如餓虎撲食猫兒捕鼠的一般抱住叫道親嫂子等死我了說着抱到屋裡炕上就親嘴扯褲子滿口裡親爹親娘的亂叫起來那人只不做

聲賈瑞便扯下自巳的袴子來硬幇幇就想頂入忽然燈光一閃只見賈薔舉着個蠟台照道誰在這屋裡呢只見炕上那人笑道瑞大叔要肏我呢賈瑞不看則巳看了時真臊的無地可入你道是誰却是賈蓉賈瑞回身要跑被賈薔一把揪住道別走如今璉二嬸子巳經告到太太跟前說你調戲他他暫時穩住你在這裡太太聽見氣死過去了這會子叫我來拿你快跟我走罷賈瑞聽了魂不附體只說好姪兒你只說沒有我我明日重重的謝你賈薔道放你不值什麽只不知你謝我多少况且口說無憑寫一張文契纔算賈瑞道這怎麽落紙呢賈薔道這也不妨寫個賭錢輸了借銀若干兩就完了賈瑞道這也容

易賈薔翻身出來紙筆現成拿來叫賈瑞寫他兩個做好做歹只寫了五十兩銀子畫了押賈薔收起來然後撕擄賈蓉賈蓉先咬定牙不依只說明日告訴族中的人評評理賈瑞急的至於磕頭賈薔做好做歹的也寫了一張五十兩欠契纔罷賈薔又道如今要放你我就擔著不是老太太那邊的門早已關了老爺正在廳上看南京來的東西那一條路定難過去如今只好走後門要這一走倘或遇見了人連我也不好等我先去探探再來領你這屋裡你還藏不住少時就來堆東西等我尋個地方說畢拉着賈瑞仍息了燈出至院外摸着大台階底下說道這窩兒裡好只蹲着别哼一聲等我來再走說畢二人去了

賈瑞此時身不由巳只得蹲在那臺堦下正要盤筭只聽頭頂上一聲响嘩喇喇一淨桶尿糞從上面直潑下來可巧澆了他一身一頭賈瑞掌不住噯喲一聲忙又掩住口不敢聲張滿頭滿臉皆是尿屎渾身氷冷打戰只見賈薔跑來叫快走快走賈瑞方得了命三步兩步從後門跑到家中天已三更只得叫開了門家人見他這般光景問是怎麽了少不得撒謊說天黑了失脚掉在茅厮裡了一面即到自己房中更衣洗濯心下方想到鳳姐頑他因此發一回狠再想想鳳姐的模樣兒標緻又恨不得一時摟在懷裡胡思亂想一夜也不曾合眼自此雖想鳳姐只不敢往榮府去了賈蓉等兩個常常來要銀子他又怕祖

父知道正是相思尚且難禁況又添了債務日間工課又緊他二十來歲的人尚未娶親想着鳳姐不得到手自不免有些指頭兒告了消乏更兼兩回凍惱奔波因此三五下裡夾攻不覺就得了一病心內發膨脹口內無滋味腳下如綿眼中似醋黑夜作燒白日常倦下溺遺精嗽痰帶血諸如此症不上一年都添全了于是不能支持一頭躺倒合上眼還只夢魂顛倒滿口胡話驚怖異常百般請醫療治諸如肉桂附子鼈甲麥冬玉竹等藥吃了有幾十斤下去也不見個動靜倏又臘盡春回這病更加沉重代儒也着了忙各處請醫療治皆不見效因後來吃獨參湯代儒如何有這力量只得往榮府裡來尋王夫人命鳳

姐秤二兩給他鳳姐回說前兒新近替老太太配了藥那整的太太又說留着送楊提督的太太配藥偏偏昨兒我已經叫人送了去了王夫人道就是偺們這邊没了你叫個人往你婆婆那裡問問或是你珍大哥哥那裡有尋些來湊着給人家吃好了救人一命也是你們的好處鳳姐應了也不遣人去尋只將些渣末湊了幾錢命人送去只說太太叫送來的再也没了然後向王夫人說都尋了來了共湊了二兩多送去了那賈瑞此時要命心急無藥不吃只是白花錢不見效忽然這日有個疲足道人來化齋口稱專治冤孽之症賈瑞偏偏在内聽見了直着聲叫喊說快去請進那位菩薩來救命一面在枕頭上磕頭

衆人只得帶進那道士來賈瑞一把拉住連叫菩薩救我那道士嘆道你這病非藥可醫我有個寶貝與你你天天看時此命可保矣說畢從搭褳中取出個正面反面皆可照人的鏡子來背上鏨着風月寶鑑四字遞與賈瑞道這物出自太虛幻境空靈殿上警幻仙子所製專治邪思妄動之症有濟世保生之功所以帶他到世上來单與那些聰明俊秀風雅王孫等照看千萬不可照正面只照背面要緊要緊三日後我來收取管叫你病好說畢徉長而去衆人苦留不住賈瑞接了鏡子想道這道士倒有意思我何不照一照試試想畢拿起那寶鑑來向反面一照只見一個骷髏兒立在裡面賈瑞忙掩了駡那道士混賬

如何唬我我倒再照照正面是什麽想著便將正面一照只見鳳姐站在裡面點手兒叫他賈瑞心中一喜蕩悠悠覺得進了鏡子與鳳姐雲雨一番鳳姐仍送他出來到了床上噯喲了一聲一睜眼鏡子從新又掉過來仍是反面立着一個骷髏賈瑞自覺汗津津的底下已遺了一灘精心中到底不足又翻過正面來只見鳳姐還招手叫他他又進去如此三四次到了這次剛要出鏡子來只見兩個人走來拿鐵鎖把他套住拉了就走賈瑞叫道讓我拿了鏡子再走只說這句就再不能說話了旁邊伏侍的人只見他先還拿著鏡子照落下來仍睜開眼拾在手內末後鏡子掉下來便不動了衆人上來看時已經嚥了氣

了身子底下冰凉精濕遺下了一大灘精這纔忙着穿衣抬床代儒夫婦哭的死去活來大罵道士是何妖道遂命人架起火來燒那鏡子只聽空中叫道誰叫他自已照了正面呢你們自已以假爲真爲何燒我此鏡忽見那鏡從房中飛出代儒出門看時郤還是那個跛足道人喊道還我的風月寶鑑來說着搶了鏡子眼看着他飄然去了當下代儒沒法只得料理喪事各處去報三日起經七日發引寄靈鐵檻寺後一時賈家衆人齊來弔問榮府賈赦贈銀二十兩賈政也是二十兩寧府賈珍亦有二十兩其餘族中人貧富不一或一二兩三四兩不等外又有各同窗家中分資也凑了二三十兩代儒家道雖然淡薄得

此帮助倒也丰丰富富完了此事谁知这年冬底林如海因为
身染重疾写书来特接黛玉回去贾母听了未免又加忧闷只
得忙忙的打点黛玉起身宝玉大不自在争奈父女之情也不
好拦阻于是贾母定要贾琏送他去仍叫带回来一应土仪盘
费不消絮说自然要妥贴的作速择了日期贾琏同着黛玉辞
别了众人带领仆从登舟往扬州去了要知端的且听下回分
解

紅樓夢 卷十二 八

紅樓夢第十二回終

紅樓夢第十三回

秦可卿死封龍禁尉　王熙鳳協理寧國府

話說鳳姐兒自賈璉送黛玉往揚州去後心中實在無趣每到晚間不過同平兒說笑一回就胡亂睡了這日夜間和平兒燈下擁爐早命濃薰繡被二人睡下屈指計算行程該到何處不知不覺已交三鼓平兒已睡熟了鳳姐方覺睡眼微朦恍惚只見秦氏從外走進來含笑說道嬸娘好睡我今日回去你也不送一我程因娘兒們素日相好我捨不得嬸娘故來別你一別還有一件心願未了非告訴嬸娘別人未必中用鳳姐聽了恍惚問道有何心願只管托我就是了秦氏道嬸娘你是個脂粉

隊裡的英雄連那些束帶頂冠的男子也不能過你你如何連兩句俗語也不曉得常言月滿則虧水滿則溢又道是登高必跌重如今我們家赫赫揚揚已將百載一日倘或樂極生悲若應了那句樹倒猢猻散的俗語豈不虛稱了一世詩書舊族了鳳姐聽了此話心胸不快十分敬畏忙問道這話慮的極是但有何法可以永保無虞秦氏冷笑道嬸娘好癡也否極泰來榮辱自古週而復始豈人力所能常保的但如今能於榮時籌畫下將來衰時的世業亦可以常遠保全了即如今日諸事俱妥只有兩件未妥若把此事如此一行則後日可保無患了鳳姐便問道什麼事秦氏道目今祖塋雖四時祭祀只是無一定的

錢粮第二家塾雖立無一定的供給依我想來如今盛時固不缺祭祀供給但將來敗落之時此二項有何出處莫若依我定見趁今日富貴將祖塋附近多置田庄房舍地畝以備祭祀供給之費皆出自此處將家塾亦設於此合同族中長幼大家定了則例日後按房掌管這一年的地畝錢糧祭祀供給之事如此週流又無爭競也沒有典賣諸弊便是有罪已物可以入官這祭祀產業連官也不入的便敗落下來子孫回家讀書務農也有個退步祭祀又可永繼若目今以爲榮華不絕不思後日終非長策眼見不日又有一件非常的喜事真是烈火烹油鮮花著錦之盛要知道也不過是瞬息的繁華一時的歡樂萬不

可忘了那盛筵不散的俗語若不早為後慮只恐後悔無益了
鳳姐忙問有何喜事秦氏道天機不可洩漏只是我與嬸娘好
了一場臨別贈你兩句話須要記着因念道

三春去後諸芳盡　各自須尋各自門

鳳姐還欲問時只聽二門上傳出雲板連叩四下正是喪音將
鳳姐驚醒人回東府蓉大奶奶沒了鳳姐嚇了一身冷汗出了
一回神只得忙穿衣服往王夫人處來彼時合家皆知無不納
悶都有些傷心那長一輩的想他素日孝順平輩的想他素日
和睦親密下一輩想他素日慈愛以及家中僕從老小想他素
日憐貧惜賤愛老慈幼之恩莫不悲號痛哭閒言少敘卻說寶

玉因近日林黛玉回去剩得自已落單也不和人頑耍每到晚間便索然睡了如今從夢中聽見說秦氏死了連忙翻身爬起來只覺心中似戳了一刀的不覺的哇的一聲直噴出一口血來襲人等慌慌忙忙上來扶着問是怎麽樣的又要回賈母去請大夫寶玉道不用忙不相干這是急火攻心血不歸經說着便爬起來要衣服換了來見賈母即時要過去襲人見他如此心中雖放不下又不敢攔阻只得由他罷了賈母見他要去因說纔嚥氣的人那裡不干凈二則夜裡風大等明早再去不遲寶玉那裡肯依賈母命人備車多派跟從人役擁護前來一直到了寧國府前只見府門大開兩邊燈火照如白晝亂烘烘人

來人往裡面哭聲搖振山岳寶玉下了車忙忙奔至停靈之室痛哭一番然後見過尤氏誰知尤氏正犯了胃氣疼的舊症睡在床上然後又出來見賈珍彼時賈代儒代修賈敕賈效賈敦賈赦賈政賈琮賈㻞賈珩賈珖賈琛賈瓊賈璘賈薔賈菖賈菱賈芸賈芹賈蓁賈萍賈藻賈蘅賈芬賈芳賈藍賈菌賈芝等都來了賈珍哭的淚人一般正和賈代儒等說道合家大小遠近親友誰不知我這媳婦比兒子還強十倍如今伸腿去了可見這長房內絕滅無人了說着又哭起來衆人勸道人已辭世哭也無益且商議如何料理要緊賈珍拍手道如何料理不過盡我所有罷了正說着見秦邦業秦鐘尤氏幾個眷屬尤氏姊妹

也都來了賈珍便命賈瓊賈琛賈璘賈薔四個人去陪客一面
吩咐去請欽天監陰陽司來擇日擇准停靈七七四十九日三
日後開喪送訃聞這四十九日單請一百零八衆僧人在大廳
上拜大悲懺超度前亡後死鬼魂另設一壇于天香樓是九十
九位全真道士打十九日解冤洗業醮然後停靈于會芳園中
靈前另外五十衆高僧五十位高道對壇按七作好事那賈敬
聞得長孫媳婦死了因自為早晚就要飛昇如何肯又回家染
了紅塵將前功盡棄呢故此並不在意只憑賈珍料理且說賈
珍恣意奢華看板時幾副杉木板皆不中意可巧薛蟠來弔因
見賈珍尋好板便說我們木店裡有一付板說是鐵網山上出

的作了棺材萬年不壞的這還是當年先父帶來的原係忠義親王老千歲要的因他壞了事就不曾用現在還封在店裡也沒有人買得起你若要就擡來看看賈珍聽說甚喜即命擡來大家看時只見帮底皆厚八寸紋若檳榔味若檀麝以手扣之聲如玉石大家稱奇賈珍笑問道價值幾何薛蟠笑道拿著一千兩銀子只怕沒處買什麼價不價賞他們幾兩銀子作工錢就是了賈珍聽說連忙道謝不盡即命解鋸造成賈政因勸道此物恐非常人可享殮以上等杉木也罷了賈珍如何肯聽忽又聽見秦氏之丫鬟名喚瑞珠見秦氏死了也觸柱而亡此事更爲可罕合族都稱嘆賈珍遂以孫女之禮殯殮之一並停靈

於會芳園之登仙閣又有小丫鬟名寶珠的因秦氏無出乃原爲義女請任摔喪駕靈之任賈珍甚喜即時傳命從此皆呼寶珠爲小姑娘那寶珠按未嫁女之禮在靈前哀哀欲絕於是合族人並家下諸人都各遵舊制行事自不得錯亂賈珍因想道賈蓉不過是黌門監生靈旛上寫時不好看便是執事也不多因此心下甚不自在可巧這日正是首七第四日早有大明宮掌宮內監戴權先備了祭禮遣人來次後坐了大轎打道鳴鑼親來上祭賈珍忙接待讓坐至逗蜂軒獻茶賈珍心中早打定主意因而趁便就說要與賈蓉捐個前程的話戴權會意因笑道想是爲喪禮上風光些賈珍忙道老內相所見不差戴權道

事倒凑巧正有個美缺如今三百員龍禁尉缺了兩員昨兒襄侯陽的兄弟老三來求我現拿了一千五百兩銀子送到我家裡你知道偺們都是老相好不拘怎麽樣看着他爺爺的分上胡亂應了還剩了一個缺誰知永興節度使馮胖子要求與他孩子捐我就没工夫應他既是偺們的孩子要捐快寫個履歷來賈珍忙命人寫了一張紅紙履歷來戴權看了上寫着江南應天府江寧縣監生賈蓉年二十歲曾祖原任京營節度使世襲一等神威將軍賈代化祖丙辰科進士賈敬父世襲三品爵威烈將軍賈珍戴權看了回手遞與一個貼身的小厮收了道回去送與戶部堂官老趙説我拜上他起一張五品龍禁尉的

票再給個執照就把這履歷填上明日我來兌銀子送過去小厮答應了戴權告辭賈珍款留不住只得送出府門臨上轎賈珍問銀子還是我到部去兌還是送入內相府中戴權道若到部裡兌你又吃虧了不如平准一千兩銀子送到我家就完了賈珍感謝不盡說待服滿親帶小犬到府叩謝于是作別接着又聽喝道之聲原來是忠靖侯史鼎的夫人帶着侄女史湘雲來了王夫人邢夫人鳳姐等剛迎入正房又見錦鄉侯川寧侯壽山伯三家祭禮也擺在靈前少時三人下轎賈珍接上大廳如此親朋你來我去也不能計數只這四十九日寧國府街上一條白漫漫人來往人花簇簇官去官來賈珍令賈蓉次日換

了吉服領憑回來靈前供用執事等物俱按五品職例靈牌疏上書誥授賈門秦氏宜人之靈位會芳園臨街大門洞開兩邊起了鼓樂廳兩班青衣按時奏樂一對對執事擺的刀斬斧截更有兩面硃紅銷金大牌豎在門外上面大書道防護內廷紫禁道御前侍衛龍禁尉對面高起着宣壇僧道對壇榜上大書世襲寧國公冢孫婦防護內廷御前侍衛龍禁尉賈門秦氏宜人之喪四大部州至中之地奉天永建太平之國總理虛無寂靜沙門僧錄司正堂萬總理元始正一教門道紀司正堂葉等敬謹修齋朝天叩佛以及恭請諸伽藍揭諦功曹等神聖恩普錫神威遠振四十九日銷災洗業平安水陸道場等語亦不

及繁記只是賈珍雖然心意滿足但裡面尤氏又犯了舊疾不能料理事務惟恐各誥命來往虧了禮數怕人笑話因此心中不自在當下正憂慮時因寶玉在側便問道事事都算安貼了大哥哥還愁什麼賈珍便將裡面無人的話告訴了他寶玉聽說笑道這有何難我荐一個人與你權理這一個月的事管保妥當賈珍忙問是誰寶玉見坐間還有許多親友不便明言走向賈珍耳邊說了兩句賈珍聽了喜不自勝笑道這果然妥貼如今就去說着拉了寶玉辭了衆人便往上房裡來可巧這日非正經日期親友來的少裡面不過幾位近親堂客邢夫人王夫人鳳姐並合族中的內眷陪坐聞人報大爺進來了唬的衆

婆娘們的一聲往後藏之不迭獨鳳姐款款站了起來賈珍此時也有些病症在身二則過于悲痛因拄個拐蹭了進來邢夫人等因說道你身上不好又連日多事該歇歇纔是又進來做什麼賈珍一面拄拐扎挣着要蹲身跪下請安道乏邢夫人等忙叫寶玉攙住命人挪椅子與他坐賈珍不肯坐因勉强陪笑道姪兒進來有一件事要求二位嬸娘大妹妹邢夫人等忙問什麼事賈珍忙說道嬸娘自然知道如今孫子媳婦沒了姪兒媳婦又病倒我看裡頭着實不成體統要屈尊大妹妹一個月在這裡料理料理我就放心了邢夫人笑道原來爲這個你大妹妹現在你二嬸娘家只和你二嬸娘說就是了王夫人忙道

他一個小孩子何曾經過這些事倘或料理不清反叫人笑話倒是再煩別人好賈珍笑道嬸娘的意思姪兒猜着了是怕大妹妹勞苦了若說料理不開從小兒大妹妹頑笑時就有殺伐决斷如今出了閣在那府裡辦事越發歷練老成了我想了這幾日除了大妹妹再無人可求了嬸娘不看姪兒和姪兒媳婦面上只看死的分上罷說着流下淚來王夫人心中為的是鳳姐未經過喪事怕他料理不起被人見笑今見賈珍苦苦的說心中已活了幾分却又眼看著鳳姐出神那鳳姐素日最喜攬事好賣弄能幹今見賈珍如此央他心中早已允了又見王夫人有活動之意便向王夫人道大哥說得如此懇切太太就依

了罷王夫人悄悄的問道你可能麼鳳姐道有什麼不能的外面的大事已經大哥哥料理清了不過是裡面照管照管便是我有不知的問太太就是了王夫人見說得有理便不出聲賈珍見鳳姐允了又陪笑道也管不得許多了橫豎要求大妹妹辛苦辛苦我這裡先與大妹妹行禮等完了事我再到那府裡去謝說着就作揖鳳姐連忙還禮不迭賈珍便命人取了寧國府的對牌來命寶玉送與鳳姐就怎麼樣說道妹妹愛怎麼樣辦要什麼只管拿這個取去也不必問我只求別存心替我省錢要好看為上二則也同那府裡一樣待人纔好不要存心怕人抱怨只這兩件外我再沒不放心的了鳳姐不敢就接牌只

看著王夫人王夫人道你大哥旣這麼說你就照看照看罷了只是別自作主意有了事打發人問你哥哥嫂子一聲兒要緊寶玉早向賈珍手裏接過對牌來强遞與鳳姐了賈珍又問妹妹還是住在這裏還是天天來呢若是天天來越發辛苦了我這裏赶着收拾出一個院落來妹妹住過這幾日倒安穩鳳姐笑說不用那邊也離不得我倒是天天來的好賈珍說也罷了然後又說了一回閒話方纔出去一時女眷散後王夫人因問鳳姐你今兒怎麽樣鳳姐道太太只管請囘去我須得先理出一個頭緒來纔囘得去呢王夫人聽說便先同邢夫人囘去不在話下這裏鳳姐來至三間一所抱厦中坐了因想頭一件是

人口混雜遺失東西二件事無專管臨期推委三件需用過費濫支冒領四件任無大小苦樂不均五件家人豪縱有臉者不能服鈐束無臉者不能上進此五件實是寧府中風俗不知鳳姐如何處治且聽下回分解

紅樓夢第十三回終

紅樓夢第十四回

林如海靈返蘇州郡　賈寶玉路謁北靜王

話說寧國府中都總管賴陞聞知裡面委請了鳳姐因傳齊同事人等說道如今請了西府裡璉二奶奶管理內事倘或他來支取東西或是說話小心伺候纔好每日大家早來晚散寧可辛苦這一個月過後再歇息別把老臉面扔了那是個有名的烈貨臉酸心硬一時惱了不認人的衆人都道說的是又有一個笑道論理我們裡頭也得他來整治整治都忒不像了正說着只見來旺媳婦拿了對牌來領呈文經文榜紙票上開著數目衆人連忙讓坐倒茶一面命人按數取紙來旺抱著同來旺

媳婦一路來至儀門方交與來旺媳婦自己抱進去了鳳姐卽命彩明釘造冊簿卽時傳了賴陞媳婦要家口花名冊查看又限明日一早傳齊家人媳婦進府聽差大槩點了一點數目单冊問了賴陞媳婦幾句話便坐車回家至次日卯正二刻便過來了那寧國府中老婆媳婦早已到齊只見鳳姐和賴陞媳婦分派衆人執事不敢擅入在牕外打聽聽見鳳姐和賴陞媳婦道旣託了我我就說不得要討你們嫌了我可比不得你們奶奶好性兒諸事由得你們再別說你們這府裏原是這麽樣的話如今可要依着我行錯我一點兒管不得誰是有臉的誰是沒臉的一例淸白處治說罷便吩咐彩明念花名冊按名一個

一個叫進來看視一時看完又吩咐道這二十個分作兩班一班十個每日在內單管親友來往倒茶別的事不用管這二十個也分作兩班每日單管本家親戚茶飯也不管別的事這四十個人也分作兩班單在靈前上香添油挂幔守靈供飯供茶隨起舉哀也不管別的事這四個人專在內茶房收管盃碟茶器要少了一件四人分賠這四個人单管酒飯器皿少一件也是分賠這八個人单管收祭禮這八個單管各處燈油蠟燭紙劄我一總支了來交給你們八個人然後按我的數兒往各處分派這二十個每日輪流各處上夜照管門戶監察火燭打掃地方這下剩的按房分開某人守某處某處所有桌椅古玩起

至於痰盒撣子等物一草一苗或丟或壞就問這看守的賠補賴陞家的每日攬總查看或有偷懶的賭錢吃酒打架拌嘴的立刻拿了來回我你要徇情叫我查出來三四輩子的老臉就顧不成了如今都有了定規以後那一行亂了只和那一行算賬素日跟我的人隨身俱有鐘表不論大小事都有一定的時刻橫豎你們上房裡也有時辰鐘卯正二刻我來點卯巳正吃早飯凡有領牌回事只在午初二刻戌初燒過黃昏紙我親到各處查一遍回來上夜交明鑰匙第二日還是卯正二刻過來說不得偺們大家辛苦幾日罷事完了你們大爺自然賞你們說罷又吩咐按數發茶葉油燭雞毛撣子笤箒等物一面又搬

取傢伙桌圍椅搭坐褥毡席痰盒脚踏之類一面交發一面提筆登記某人管某處某人領物件開的十分清楚衆人領了去也都有了投奔不似先時只揀便宜的做剩下苦差沒個招攬各房中也不能趁亂迷失東西便是人來客去也都安靜了不比先前紊亂無頭緒一切偷安竊取等獘一概都蠲了鳳姐自已威重令行心中十分得意因見尤氏犯病賈珍也過於悲哀不大進飲食自已每日從那府中熬了各樣細粥精美小菜令人送過來賈珍也另外分付每日送上等菜到抱厦內單預備鳳姐鳳姐不畏勤勞天天按時刻過來點卯理事獨在抱厦內起坐不與衆妯娌合羣便有女眷來往也不迎送這日乃五七

正五日上那應付僧正開方破獄傳燈照亡參閻君拘都鬼延請地藏王開金橋引幢幡那道士們正伏章申表朝三清叩玉帝禪僧們行香放焰口拜水懺又有十二衆青年尼僧搭繡衣靸紅鞋在靈前默誦接引諸咒十分熱鬧那鳳姐知道今日的客不少寅正便起來梳洗及收拾完備更衣盥手喝了幾口奶子漱口已畢正是卯正二刻了來旺媳婦率領衆人伺候已久鳳姐出至廳前上了車前面一對明角燈上寫榮國府三個大字來至寧府大門首門燈朗掛兩邊一色綽燈照如白晝白汪汪穿孝家人兩行侍立請車至正門上小廝退去衆媳婦上來揭起車簾鳳姐下了車一手扶着豐兒兩個媳婦執着手把燈

照着攙擁鳳姐進來寧府諸媳婦迎著請安鳳姐款步入會芳園中登仙閣靈前一見棺材那眼淚恰似斷線之珠滚將下來院中多少小厮垂手侍立伺候燒紙鳳姐分付一聲供茶燒紙只聽一棒鑼鳴諸樂齊奏早有人請過一張大圈椅來放在靈前鳳姐坐下放聲大哭于是裡外上下男女都接聲嚎哭賈珍尤氏忙令人勸止鳳姐纔止住了哭來旺媳婦倒茶漱口畢方起身別了族中諸人自入抱厦來按名查點各項人數俱已到齊只有迎送親友上的一人未到即令傳來那人惶恐鳳姐冷笑道原來是你悮了你比他們有體面所以不聽我的話那人回道奴才天天都来的早只有今兒來遲了一步求奶奶饒過

初次正說著只見榮國府中的王興媳婦來了往裡探頭見鳳姐且不發放這人却問王興媳婦來作什麼王興家的近前說領牌取線打車轎網絡說着將帖兒遞上鳳姐令彩明念道大轎兩頂小轎四頂車四輛共用大小絡子若干根每根用珠兒線若干觔鳳姐聽了數目相合便命彩明登記取榮國對牌發下王興家的去了鳳姐方欲說話只見榮國府的四個執事人進來都是支取東西領牌的鳳姐命他們要了帖念過聽了一共四件因指兩件道這個開銷錯了再算清了來領說着將帖子摔下來那二人掃興而去鳳姐因見張材家的在傍便問你有什麼事張材家的忙取帖子回道就是方纔車轎圍子做成

領取裁縫工銀若干兩鳳姐聽了收了帖子命彩明登記待王興交過得了買辦的回押相符然後與張材家的去領一面又命唸那一件是爲寶玉外書房完竣支領買紙料糊裱鳳姐聽了即命收帖兒登記待張材家的繳清再發鳳姐便說道明兒他也來遲了後兒我也來遲了將來都沒有人了本來要饒你只是我頭一次寬了下次就難管別人了不如開發了好登時放下臉來叫帶出去打他二十板子衆人見鳳姐動怒不敢怠慢拉出去照數打了進來回覆鳳姐又擲下寧府對牌說與賴陞革他一個月的錢粮吩咐散了罷衆人方各自辦事去了那被打的也含羞飲泣而去彼時榮寧兩處領牌交牌人往來不

絕鳳姐又一一開發了于是寧府中人纔知鳳姐利害自此俱各兢兢業業不敢偷安不在話下如今且說寶玉因見人衆恐秦鐘受委曲遂同他往鳳姐處坐坐鳳姐正吃飯見他們來了笑道好長腿子快上來罷寶玉道我們偏了鳳姐道在這邊外頭吃的還是那邊吃的寶玉道同那些渾人吃什麽還是那邊跟着老太太吃了來的說着一面歸坐鳳姐飯畢就有寧府一個媳婦來領牌爲支取香燈鳳姐笑道我算着你今兒該來支取想是忘了要終久忘了自然是你包出來都便宜了我那媳婦笑道何嘗不是忘了方纔想起來再遲一步也領不成了說畢領牌而去一時登記交牌秦鐘因笑道你們兩府裏都是這

牌倘别人私造一個支了銀子去怎麽好鳳姐笑道依你說都沒王法了寶玉因道怎麽偺們家沒人來領牌子支東西鳳姐道他們來領的時候你還做夢呢我且問你你們多早晚纔念夜書呢寶玉道巴不得今日就念纔好只是他們不快給收拾書房也是沒法兒鳳姐笑道你請我請兒包管就快了寶玉道你也不中用他們該做到那裡的時候自然有了鳳姐道就是他們做也得要東西擱不住我不給對牌是難的寶玉聽說便猴向鳳姐身上立刻要牌說好姐姐給他們牌好支東西去收拾鳳姐道我乏的身上生疼還擱的住你這麽揉搓你放心罷今兒纔領了裱糊紙去了他們該要的還等叫去呢可不傻了

寶玉不信鳳姐便叫彩明查冊子給他看正鬧着人來囬蘇州去的昭兒來了鳳姐急命叫進來昭兒打千兒請安鳳姐便問囬來做什麼昭兒道二爺打發回來的林姑老爺是九月初三巳時没的二爺帶了林姑娘同送林姑老爺的靈到蘇州大約趕年底囬來二爺打發奴才來報個信兒請安討老太太的示下還瞧瞧奶奶家裡好叫把大毛衣裳帶幾件去鳳姐道你見過别人了没有昭兒道都見過了說畢連忙退出鳳姐向寶玉笑道你林妹妹可在偺們家住長了寶玉道了不得想來這幾日他不知哭的怎麼樣呢說着蹙眉長嘆鳳姐見昭兒囬來因當着人不及細問賈璉心中七上八下待要囬去奈事未畢少

不得耐到晚上回來又叫進昭兒來細問一路平安連夜打點大毛衣服和平兒親自檢點收拾再細細追想所需何物一並包裹交給昭兒又細細兒的吩咐昭兒在外好生小心些伏侍別惹你二爺生氣時常勸他少喝酒別勾引他認得混賬女人我知道了回來打折了你的腿昭兒笑着答應出去那時天已四更睡下不覺早又天明忙梳洗過寧府來那賈珍因見發引日近親自坐車帶了陰陽生往鐵檻寺來踏看寄靈之所又一一囑咐住持色空好生預備新鮮陳設多請名僧以備接靈使用色空忙備晚齋賈珍也無心茶飯因天晚不及進城就在淨室胡亂歇了一夜次日一早赶忙的進城來料理出殯之事一

紅樓夢

面又派人先往鉄檻寺連夜另外修飾停靈之處並厨茶等項接靈人口鳳姐見發引日期在邇也預先逐細分派料理一面又派榮府中車轎人從跟王夫人送殯又顧自巳送殯去占下處目今正値繕國公誥命亡故邢王二夫人又去弔祭送殯西安郡妃華誕送壽禮又有胞兄王仁連家眷回南一面寫家信並帶往之物又兼迎春染疾每日請醫服藥看醫生的啟帖講論症源斟酌藥案各事冗雜亦難盡述因此忙的鳳姐茶飯無心坐卧不寧到了寧府裡這邊榮府的人跟着囘到榮府裡那邊寧府的人又跟着鳳姐雖然如此之忙只因素性好勝惟恐落人褒貶故費盡精神籌畫的十分整齊於是合族中上下無

不稱歎這日伴宿之夕裏面兩班小戲並耍百戲的與親朋堂客伴宿尤氏猶臥於內室一切張羅款待都是鳳姐一人周全承應合族中雖有許多妯娌也有言語鈍拙的也有舉止輕浮的也有羞口羞脚不慣見人的也有懼貴怯官的越顯得鳳姐洒爽風流典則俊雅真是萬綠叢中一點紅了那裡還把衆人放在眼裡揮霍指示任其所爲那一夜中燈明火彩客送官迎百般熱鬧自不用說至天明吉時一般六十四名青衣請靈前面銘旌上大書誥封一等寧國公冢孫婦防護內廷紫禁道御前侍衛龍禁尉享強壽賈門秦氏宜人之靈柩一應執事陳設皆係現赶新做出來的一色光彩奪目寶珠自行未嫁女之禮摔喪駕靈十分哀苦那時官客送殯

的有鎮國公牛清之孫現襲一等伯牛繼宗理國公柳彪之孫現襲一等子柳芳齊國公陳翼之孫世襲三品威鎮將軍陳瑞文治國公馬魁之孫世襲三品威遠將軍馬尚德修國公侯曉明之孫世襲一等子侯孝康繕國公誥命亡故其孫石光珠守孝不得來這六家與榮寧二家當日所稱八公的便是餘者更有南安郡王之孫西寧郡王之孫忠靖侯史鼎平原侯之孫世襲二等男蔣子寧定城侯之孫世襲二等男兼京營游擊謝鯤襄陽侯之孫世襲二等男戚建輝景田侯之孫五城兵馬司裘良餘者錦鄉伯公子韓奇神武將軍公子馮紫英陳也俊衛若蘭等諸王孫公子不可枚數堂客也共有十來頂大轎三四十

頂小轎連家下大小轎子車輛不下百十餘乘連前面各色執事陳設接連一帶擺了有三四里遠走不多時路上彩棚高搭設席張筵和音奏樂俱是各家路祭第一棚是東平郡王府的祭第二棚是南安郡王的祭第三棚是西寧郡王的祭第四棚便是北靜郡王的祭原來這四王當日惟北靜王功最高及今子孫猶襲王爵現今北靜王世榮年未弱冠生得美秀異常性情謙和近聞寧國府冢孫婦告殂因想當日彼此祖父有相與之情同難同榮因此不以王位自居前日也曾探喪弔祭如今又設了路奠命麾下的各官在此伺候自己五更入朝公事一畢便換了素服坐着大轎鳴鑼張傘而來到了棚前落轎手下

各官兩旁擁侍軍民人衆不得往還一時只見寧府大殯浩浩蕩蕩壓地銀山一般從北而至早有寧府開路傳事人報與賈珍賈珍急命前面執事扎住同賈赦賈政三人連忙迎上來以國禮相見北靜王轎內欠身含笑答禮仍以世交稱呼接待并不自大賈珍道犬婦之喪累蒙郡駕下臨蔭生輩何以克當北靜王笑道世交至誼何出此言遂回頭令長府官主祭代奠賈赦等一旁還禮復親身來謝北靜王十分謙遜因問賈政道那一位是啣玉而誕者久欲一見爲快今日一定在此何不請來賈政忙退下來命寶玉更衣領他前來謁見那寶玉素聞北靜王的賢德且才貌俱全風流跌宕不爲官俗國體所縛每思相

會只是父親拘束不克如願今見反來叫他自是喜歡一面走一面瞥見那北靜王坐在轎内好個儀表不知近前又是怎樣且聽下回分解

紅樓夢第十四回終

紅樓夢第十五回

王鳳姐弄權鐵檻寺　秦鯨卿得趣饅頭庵

話說寶玉舉目見北靜王世榮頭上戴着净白簪纓銀翅王帽穿着江牙海水五爪龍白蟒袍繫着碧玉紅鞓帶面如美玉目似明星真好秀麗人物寶玉忙搶上來叅見世榮從轎內伸手攙住見寶玉戴著束髮銀冠勒着雙龍出海抹額穿着白蟒箭袖圍著攢珠銀帶面若春花目如點漆北靜王笑道名不虛傳果然如寶似玉問啣的那寶貝在那裡寶玉見問連忙從衣內取出遞與北靜王細細看了又念了那上頭的字因問果靈驗否賈政忙道雖如此說只是未曾試過北靜王一面極口稱奇

一面理順絲絲親自與寶玉帶上又携手問寶玉幾歲現讀何書寶玉一一答應北靜王見他語言清朗談吐有致一面又向賈政笑道令郎真乃龍駒鳳雛非小王在世翁前唐突將來雛鳳清于老鳳聲未可諒也賈政陪笑道犬子豈敢謬承金獎賴藩郡餘恩果如所言亦廕生輩之幸矣北靜王又道只是一件令郎如此資質想老太夫人自然鍾愛但吾輩後生甚不宜溺愛溺愛則未免荒失了學業昔小王曾蹈此轍想令郎亦未必不如是也若令郎在家難以用功不妨常到寒邸小王雖不才郤多蒙海內衆名士凡至都者未有不垂青目的是以寒邸高人頗聚令郎常去談談會會則學問可以日進矣賈政忙躬身

答道是北靜王又將腕上一串念珠卸下來遞與寶玉道今日初會倉卒無敬賀之物此係聖上所賜鶺鴒香念珠一串權爲賀敬之禮寶玉連忙接了回身奉與賈政賈政帶着寶玉謝過了於是賈赦賈珍等一齊上來叩請回輿北靜王道逝者已登仙界非你我碌碌塵寰中人小王雖上叨天恩虛邀郡襲豈可越仙輀而進呢賈赦等見執意不從只得謝恩回來命手下人掩樂停音將殯過完方讓北靜王過去不在話下且說寧府送殯一路熱鬧非常剛至城門又有賈赦賈政賈珍諸同寅屬下各家祭棚接祭一一的謝過然後出城竟奔鐵檻寺大路而來彼時賈珍帶着賈蓉來到諸長輩前讓坐轎上馬因而賈赦一

輩的各自上了車轎賈珍一輩的也將要上馬鳳姐因惦記着寶玉怕他在郊外縱性不服家人的話賈政管不着惟恐有閃失因此命小厮來喚他寶玉只得到他車前鳳姐笑道好兄弟你是個尊貴人和女孩兒是的人品別學他們猴在馬上下來偺們姐兒兩個同坐車好不好寶玉聽說便下了馬爬上鳳姐車內二人說笑前進不一時只見那邊兩騎馬直奔鳳姐車來下馬扶車回道這裡有下處奶奶請歇歇更衣鳳姐命請邢王二夫人示下那二人回說太太們說不歇了叫奶奶自便鳳姐便命歇歇再走小厮帶着轎馬岔出人羣往北而來寶玉忙命人去請秦鐘那時秦鐘正騎着馬隨他父親的轎忽見寶玉的

小廝跑來請他去打尖秦鐘遠看着寶玉所騎的馬搭着鞍籠隨着鳳姐的車往北而去便知寶玉同鳳姐一車自巳也帶馬趕上來同入一庄門內那庄農人家無多房舍婦女無處廻避那些村姑野婦見了鳳姐寶玉秦鐘的人品衣服幾疑天人下降鳳姐進入茅屋先命寶玉等出去頑頑寶玉會意因同秦鐘帶了小廝們各處遊玩凡庄家動用之物俱不曾見過的寶玉見了都以為奇不知何名何用小廝中有知道的一一告訴了名色並其用處寶玉聽了因點頭道怪道古人詩上說誰知盤中餐粒粒皆辛苦正為此也一面說一面又到一間房內見炕上有個紡車兒越發以為稀奇小廝們又說是紡線織布的寶

玉便上炕搖轉只見一個村粧丫頭約有十七八歲走來說道別弄壞了衆小廝忙上來吆喝寶玉也住了手說道我因沒有見過所以試一試頑兒那丫頭道你不會轉等我轉給你瞧秦鐘暗拉寶玉道此卿大有意趣寶玉推他道再胡說我就打了說著只見那丫頭紡起線來果然好看忽聽那邊老婆子叫道二丫頭快過來那丫頭丟了紡車一逕去了寶玉悵然無趣只見鳳姐打發人來叫他兩個進去鳳姐洗了手換了衣服問他換不換寶玉道不換也就罷了僕婦們端上茶食菓品來又倒上香茶來鳳姐等吃了茶待他們收拾完備便起身上車外面旺兒預備賞封賞了那庄戸人家那婦人等忙來謝賞寶玉留

心看時並不見紡線之女走不多遠却見這二丫頭懷裡抱著個小孩子同著兩個小女孩子在村頭站着瞅他寶玉情不自禁然身在車上只得眼角留情而已一時電捲風馳回頭已無踪跡了說笑間已趕上大殯早又前面法鼓金鐃幢幡寶蓋鐵檻寺中僧衆擺列路旁少時到了寺中另演佛事重設香壇安靈于內殿偏室之中寶珠安理寢室為伴外面賈珍款待一應親友也有坐住的也有告辭的一一謝了乏從公侯伯子男一起一起的散至未末方散盡了裡面的堂客皆是鳳姐接待先從誥命散起也到未正上下方散完了只有幾個近親本族等做過三日道場方去的那時邢王二夫人知鳳姐必不能回家

便要帶了寶玉同進城去那寶玉乍到郊外那裡肯回去只要
跟着鳳姐住着王夫人只得交與鳳姐而去原來這鐵檻寺是
寧榮二公當日修造的現今還有香火地畝以備京中老了人
口在此停靈其中陰陽兩宅俱是預備妥貼的好爲送靈人口
寄居不想如今後人繁盛其中貧富不一或性情參商有那家
道艱難的便住在這裡了有那有錢有勢尚排場的只說這裡
不方便一定另外或村庄或尼菴尋個下處爲事畢宴退之所
即今秦氏之喪族中諸人也有在鐵檻寺的也有別尋下處的
鳳姐也嫌不方便因遣人來和饅頭菴的姑子靜虛說了騰出
幾間房來預備原來這饅頭菴和水月寺一勢因他廟裡做的

饅頭好就起了這個渾號離鐵檻寺不遠當下和尚工課已完奠過茶飯賈珍便命賈蓉請鳳姐歇息鳳姐見還有幾個妯娌們陪着女親自已便辭了衆人帶着寶玉秦鐘往饅頭菴來只因秦邦業年邁多病不能在此只命秦鐘等待安靈罷所以秦鐘只跟着鳳姐寶玉一時到了菴中靜虛帶領智善智能兩個徒弟出來迎接大家見過鳳姐等至淨室更衣淨手畢因見智能兒越發長高了模樣兒越發出息的水靈了因說道你們師徒怎麽這些日子也不往我們那裡去靜虛道可是這幾日因胡老爺府裡産了公子太太送了十兩銀子來這裡叫請幾位師父念三日血盆經忙的就沒得來請奶奶的安不言老尼陪

着鳳姐且說那秦鐘寶玉二人正在殿上頑耍因見智能兒過來寶玉笑道能兒來了秦鐘說理他作什麼寶玉笑道你別弄鬼兒那一日在老太太屋裡一個人沒有你摟着他作什麼呢這會子還哄我秦鐘笑道這可是沒有的話寶玉道有沒有也不管你你只叫他倒碗茶來我喝就擱過手秦鐘笑道這又奇了你叫他倒去還怕他不倒何用我說呢寶玉道我叫他倒的是無情意的不及你叫他倒的是有情意的秦鐘沒法只得說道能兒倒碗茶來那能兒自幼在榮府走動無人不識常和寶玉秦鐘頑笑如今長大了漸知風月便看上了秦鐘人物風流那秦鐘也愛他妍媚二人雖未上手却已情投意合了智能走

去倒了茶來秦鐘笑說給我寶玉又叫給我智能兒抿着嘴兒笑道一碗茶也爭難道我手上有蜜寶玉先搶着了喝著方要問話只見智善來叫智能去擺菓碟子一時來請他兩個去吃菓茶他兩個那裡吃這些東西略坐坐仍出來頑耍鳳姐也便回至淨室歇息老尼相伴此時衆婆子媳婦見無事都陸續散了自去歇息跟前不過幾個心腹小丫頭老尼便趂機說道我有一事要到府裡來求太太先請奶奶的示下鳳姐問道什麼事老尼道阿彌陀佛只因當日我先在長安縣善才菴裡出家的時候兒有個施主姓張是大財主他的女孩兒小名金哥那年都往我廟裡來進香不想遇見長安府太爺的小舅子李少爺

那李少爺一眼看見金哥就愛上了立刻打發人來求親不想金哥已受了原任長安守備公子的聘定張家欲待退親又怕守備不依因此說已有了人家了誰知李少爺一定要娶張家正在沒法兩處爲難不料守備家聽見此信也不問青紅皂白就來吵鬧說一個女孩兒你許幾家子人家兒偏不許退定禮就打起官司來女家急了只得着人上京找門路賭氣偏要退定禮我想如今長安節度雲老爺和府上相好怎麽求太太和老爺說說寫一封書子求雲老爺和那守備說一聲不怕他不依要是肯行張家那怕傾家孝順也是情願的鳳姐聽了笑道這事倒不大只是太太再不管這些事老尼道太太不管奶奶

可以主張了鳳姐笑道我也不等銀子使也不做這樣的事靜虛聽了打去妄想半晌嘆道雖這麽說只是張家已經知道求了府裡如今不管張家不說沒工夫不希圖他的謝禮倒像府裡連這點子手段也沒有是的鳳姐聽了這話便發了興頭說道你是素日知道我的從來不信什麽陰司地獄報應的憑是什麽事我說要行就行你叫他拿三千兩銀子來我就替他出這口氣老尼聽說喜之不勝忙說有有這個不難鳳姐又道我比不得他們扯篷拉縴的圖銀子這三千兩銀子不過是給打發說去的小厮們作盤纏使他賺幾個辛苦錢兒我一個錢也不要就是三萬兩我此刻還拿的出來老尼忙答應道既如此

奶奶明日就開恩罷了鳳姐道你瞧瞧我忙的那一處少的了我我既應了你自然給你了結啊老尼道這點子事要在別人自然忙的不知怎麼樣要是奶奶跟前再添上些也不勾奶奶一辦的俗語說的能者多勞太太見奶奶這樣才情越發都推給奶奶了只是奶奶也要保重貴體些纔是一路奉承鳳姐越發受用了也不顧勞乏更攀談起來誰想秦鐘趂黑無人來尋智能兒剛到後頭房裡只見智能兒獨在那裡洗茶碗秦鐘便摟著親嘴智能兒急的跺脚說這是做什麼就要叫喚秦鐘道好妹妹我要急死了你今兒再不依我我就死在這裡智能兒道你要怎麼樣除非我出了這牢坑離了這些人纔好呢秦

鐘道這也容易只是遠水解不得近渴說着一口吹了燈滿屋裡漆黑將智能兒抱到炕上那智能兒百般的扎掙不起來又不好嚷不知怎麽樣就把中衣兒解下來了這裡剛纔入港說時遲那時快猛然間一個人從身後冒冒失失的按住也不出聲二人唬的魂飛魄散只聽嗤的一笑這纔知是寶玉秦鐘連忙起來抱怨道這筭什麽寶玉道你倒不依咱們就嚷出來羞的智能兒趂暗中跑了寶玉拉着秦鐘出來道你可還强嘴不强秦鐘笑道好哥哥你只別嚷你要怎麽着都使的寶玉笑道這會子也不用說等一會兒睡下咱們再慢慢兒的筭賬一時寬衣安歇的時節鳳姐在裡間寶玉秦鐘在外間滿地下皆是

婆子們打鋪坐更鳳姐因怕通靈玉失落等寶玉睡下令人拿手攥在自已枕邊却不知寶玉和秦鐘如何算賬未見真切此係疑案不敢創纂且說次日一早便有賈母王夫人打發了人來看寶玉命多穿兩件衣服無事寧可回去寶玉那裡肯又兼秦鐘戀著智能兒調唆寶玉求鳳姐再住一天鳳姐想了一想喪儀大事雖妥還有些小事也可以再住一日一則賈珍跟前送了滿情二則又可以完了靜虛的事三則順了寶玉的心因此便向寶玉道我的事都完了你要在這裡逛少不得索性辛苦了明兒是一定要走的了寶玉聽說千姐姐萬姐姐的央求只住一日明兒必回去的于是又住了一夜鳳姐便命悄悄將

昨日老尼之事說與來旺兒旺兒心中俱已明白急忙進城找着主文的相公假托賈璉所囑修書一封連夜往長安縣來不過百里之遙兩日工夫俱已妥協那節度使名喚雲光久懸賈府之情這些小事豈有不允之理給了回書旺兒回來不在話下且說鳳姐等又過了一日次日方別了老尼着他三日後往府裡去討信那秦鐘和智能兒兩個百般的不忍分離背地裡設了多少幽期密約只得含恨而別俱不用細述鳳姐又到鐵檻寺中照望一番寶珠執意不肯回家賈珍只得派婦女相伴後事如何且聽下回分解

紅樓夢第十五回終

紅樓夢第十六回

賈元春才選鳳藻宮　秦鯨卿夭逝黃泉路

且說秦鐘寶玉二人跟着鳳姐自鐵檻寺照應一番坐車進城到家見過賈母王夫人等回到自己房中一夜無話至次日寶玉見收拾了外書房約定了和秦鐘念夜書偏偏那秦鐘秉賦最弱因在郊外受了些風霜又與智能兒幾次偷期綣繾未免失于檢點回來時便咳嗽傷風飲食懶進大有不勝之態只在家中調養不能上學寶玉便掃了興然亦無法只得候他病痊再議那鳳姐却已得了雲光的回信俱已妥協老尼達知張家那守備無奈何忍氣吞聲受了前聘之物誰知愛勢貪財的父

母却養了一個知義多情的女兒聞得退了前夫另許李門他便一條汗巾悄悄的尋了自盡那守備之子誰知也是個情種聞知金哥自縊遂投河而死可憐張李二家沒趣真是人財兩空這裡鳳姐却安享了三千兩王夫人連一點消息也不知自此鳳姐胆識愈壯以後所作所爲諸如此類不可勝數一日正是賈政的生辰寧榮二處人丁都齊集慶賀熱鬧非常忽有門吏報道有六宮都太監夏老爺特來降旨嚇的賈赦賈政一干人不知何事忙止了戲文撤去酒席擺香案啟中門跪接早見都太監夏秉忠乘馬而至又有許多跟從的內監那夏太監也不曾負詔捧勅直至正廳下馬滿面笑容走至廳上南面而立

口內說奉特旨立刻宣賈政入朝在臨敬殿陛見說畢也不吃茶便乘馬去了賈政等也猜不出是何來頭只得卽忙更衣入朝賈母等合家人心俱惶惶不定不住的使人飛馬來往探信有兩個時辰忽見賴大等三四個管家喘吁吁跑進儀門報喜又說奉老爺的命就請老太太率領太太等進宮謝恩呢那時賈母心神不定在大堂廊下竚候邢王二夫人尤氏李紈鳳姐迎春姊妹以及薛姨媽等皆聚在一處打聽信息賈母又喚進賴大來細問端底賴大禀道奴才們只在外朝房伺候着裡頭的信息一槩不知後來夏太監出來道喜說咱們家的大姑奶奶封爲鳳藻宮尚書加封賢德妃後來老爺出來也這麼吩咐

如今老爺又往東宮裡去了急速請太太們去謝恩賈母等聽了方放下心來一時皆喜見於面于是都按品大粧起來賈母率領邢王二夫人并尤氏一共四乘大轎魚貫入朝賈赦賈珍亦換了朝服帶領賈蔷賈蓉奉侍賈母前往寧榮兩處上下內外人等莫不歡天喜地獨有寶玉置若罔聞你道什麼緣故原來近日水月庵的智能私逃入城來找秦鐘不意被秦邦業知覺將智能逐出將秦鐘打了一頓自已氣的老病發了三五日便嗚呼哀哉了秦鐘本自怯弱又帶病未痊受了笞杖今見老父氣死悔痛無及又添了許多病症因此寶玉心中悵悵不樂雖有元春晉封之事那解得他的愁悶賈母等如何謝恩如何

回家親友如何來慶賀寧榮兩府近日如何熱鬧衆人如何得意獨他一個皆視有如無毫不介意因此衆人嘲他越發獃了且喜賈璉與黛玉回來先遣人來報信明日就可到家了寶玉聽了方略有些喜意細問原由方知賈雨村也進京引見皆由王子騰累上薦本此來候補京缺與賈璉是同宗弟兄又與黛玉有師徒之誼故同路作伴而來林如海已葬入祖塋了諸事停妥賈璉這番進京若按站走時本該出月到家因聽見元春喜信遂晝夜兼程而進一路俱各平安寶玉只問了黛玉好餘者也就不在意了好容易盼到明日午錯果報璉二爺和林姑娘進府了見面時彼此悲喜交集未免大哭一場又致慶慰之

詞寶玉細看那黛玉時越發出落的超逸了黛玉又帶了許多書籍來忙著打掃臥室安排器具又將些紙筆等物分送與寶釵迎春寶玉等寶玉又將北靜王所贈零苓香串珍重取出來轉送黛玉黛玉說什麼臭男人拿過的我不要這東西遂擲還不取寶玉只得收回暫且無話且說賈璉自回家見過衆人回至房中正值鳳姐事繁無片刻閒空見賈璉遠路歸來少不得撥冗接待因房內別無外人便笑道國舅老爺大喜國舅老爺一路風塵辛苦小的聽見昨日的頭起報馬來說今日大駕歸府略預備了一杯水酒撣塵不知可賜光謬領否賈璉笑道豈敢豈敢多承多承一面平兒與衆丫鬟參見畢端上茶來賈璉

遂問别後家中諸事又謝鳳姐的辛苦鳳姐道我那裡管的上這些事來見識又淺嘴又笨心又直人家給個棒槌我就拿着認作針了臉又軟擱不住人家給兩句好話兒况且又没經過事胆子又小太太略有點不舒服就嚇的也睡不著了我苦辭過幾回太太不許倒說我圖受用不肯學習那裡知道我是捻着把汗兒呢一句也不敢多說一步也不敢妄行你是知道的偺們家所有的這些管家奶奶那一個是好纏的錯一點兒他們就笑話打趣偏一點兒他們就指桑罵槐的抱怨坐山看虎鬬借刀殺人引風吹火站乾岸兒推倒了油瓶兒不扶都是全掛子的本事况且我又年輕不壓人怨不得不把我擱在眼裡

更可笑那府裡蓉兒媳婦死了珍大哥再三在太太跟前跪着討情只要請我帮他幾天我再四推辭太太做情應了只得從命到底叫我鬧了個馬仰人翻更不成個體統至今珍大哥還抱怨後悔呢你明兒見了他好歹賠釋賠釋就說我年輕原沒見過世面誰叫大爺錯委了他呢說著只聽外間有人說話鳳姐便問是誰平兒進來回道姨太太打發香菱妹子來問我一句話我已經說了打發他回去了賈璉笑道正是呢我纔見姨媽去和一個年輕的小媳婦子剛走了個對臉兒長得好齊整模樣兒我想咱們家沒這個人哪說話時問姨媽纔知道是打官司的那小丫頭子叫什麽香菱的竟給薛大傻子作了屋裡

人開了臉越發出挑的標緻了那薛大傻子真玷辱了他鳳姐把嘴一撇道哎往蘇杭走了一趟回來也該見點世面了還是這麽眼饞肚飽的你要愛他不值什麽我拿平兒換了他來好不好那薛老大也是吃着碗裏瞧着鍋裏的這一年來的時候他爲香菱兒不能到手和姑媽打了多少饑荒姑娘看着香菱的模樣兒好還是小事因他做人行事又比別的女孩子不同温柔安静差不多兒的主子姑娘還跟不上他纔擺酒請客的費事明堂正道給他做了屋裏人過了没半月也没事人一大推了一語未了二門上的小厮傳報老爺在大書房裏等着二爺呢賈璉聽了忙忙整衣出去這裏鳳姐因問平兒方纔姑媽

有什麼事巴巴兒的打發香菱來平兒道那裡來的香菱是我借他暫撒個謊兒奶奶瞧旺兒嫂子越發連個算計兒也沒了說著又走至鳳姐身邊悄悄說道那項利銀早不送來晚不送來這會子二爺在家他偏送這個來了幸虧我在堂屋裡碰見了不然他走了來回奶奶叫二爺要是知道了偺們二爺那脾氣油鍋裡的還要撈出來花呢知道奶奶有了體巳他還不大着胆子花麼所以我赶着接過來叫我說了他兩句誰知奶奶偏聽見了爲什麼當着二爺我纔只說是香菱來了呢鳳姐聽了笑道我說呢姑媽知道你二爺來了忽剌巴兒的打發個屋裡人來原來是你這蹄子鬧鬼說着賈璉已進來了鳳姐命擺

上酒饌來夫妻對坐鳳姐雖善飲却不敢任興正喝着見賈璉的乳母趙嬤嬤走來賈璉鳳姐忙讓吃酒叫他上炕去趙嬤嬤執意不肯平兒等早于炕沿設下一几擺一脚踏趙嬤嬤在脚踏上坐了賈璉向桌上揀兩盤餚饌與他放在几上自吃鳳姐又道媽媽狠嚼不動那個沒的到硌了他的牙因問平兒道早起我說那一碗火腿燉肘子狠爛正好給媽媽吃你怎麼不拿了去赶着叫他們熱來又道媽媽你嚐一嚐你兒子帶來的惠泉酒趙嬤嬤道我喝呢奶奶也喝一鍾怕什麼只不要過多了就是了我這會子跑了來倒也不為酒飯倒有一件正經事奶奶好歹記在心裡疼顧我些罷我們這爺只是嘴裡說的好到

了跟前就忘了我們幸虧我從小兒奶了你這麼大我也老了有的是那兩個兒子你就另眼照看他們些別人也不敢呲牙兒的我還再三的求了你幾遍你答應的倒好如今還是落空這如今又從天上跑出這樣一件大喜事來那裡用不着人所以倒是來和奶奶說是正經靠着我們爺只怕我還餓死了呢鳳姐笑道媽媽你的兩個奶哥哥都交給我你從小兒奶的兒子還有什麼不知他那脾氣的拿着皮肉倒往那不相干的外人身上貼可是現放着奶哥哥那一個不比人強你疼顧照看他們誰敢說個不字兒沒的白便宜了外人我這話也說錯了我們看着是外人你卻看着是內人一樣呢說着滿屋裡人都

笑了趙嬤嬤也笑個不住又念佛道可是屋子裡跑出青天來了要說內人外人這些混賬事我們爺是沒有的不過是臉軟心慈擱不住人求兩句罷了鳳姐笑道可不是呢有內人的他纔慈軟呢他在偺們娘兒們跟前纔是剛硬呢趙嬤嬤道奶奶說的太盡情了我也樂了再喝一鐘好酒從此我們奶奶做了主我就沒的愁了賈璉此時不好意思只是赸笑道你們別胡說了快盛飯來吃還要到珍大爺那邊去商量事呢鳳姐道可是別悮了正事纔剛老爺叫你說什麼賈璉道就爲省親的事鳳姐忙問道省親的事竟准了賈璉笑道雖不十分準也有八九分了鳳姐笑道可是當今的恩典呢從來聽書聽戲古時候

見也沒有的趙嬷嬷又接口道可是呢我也老糊塗了我聽見上上下下吵嚷了這些日子什麽省親不省親我也不理論如今又說省親到底是怎麽個緣故呢賈璉道如今當今體貼萬人之心世上至大莫如孝字想來父母兒女之性皆是一理不在貴賤上分的當今自爲日夜侍奉太上皇皇太后尚不能略盡孝意因見宮裡嬪妃才人等皆是入宮多年拋離父母豈有不思想之理且父母在家思想女兒不能一見倘因此成疾亦大傷天和之事所以啟奏太上皇皇太后每月逢二六日期準椒房眷屬入宮請候於是太上皇皇太后大喜深讚當今至孝純仁體天格物因此二位老聖人又下諭旨說椒房眷屬入宮

未免有關國體儀制母女尚未能愜懷竟大開方便之恩特降諭諸椒房貴戚除二六日入宮之恩外凡有重宇別院之家可以駐蹕關防者不妨啟請內廷鑾輿入其私第庶可盡骨肉私情共享天倫之樂事此旨下了誰不踴躍感戴現今周貴妃的父親已在家裡動了工修蓋省親的別院呢又有吳貴妃的父親吳天祐家也往城外踏看地方去了這豈非有八九分了趙嬤嬤道阿彌陀佛原來如此這樣說起咱們家也要預偹接大姑奶奶了賈璉道這何用說不麼這會子忙的是什麼鳳姐笑道果然如此我可也見個大世面了可恨我小幾歲年紀若早生二三十年如今這些老人家也不薄我沒見世面了說起當

年太祖皇帝仿舜巡的故事比一部書還熱鬧我偏偏的沒趕上趙嬤嬤道嗳喲那可是千載難逢的那時候我纔記事兒偺們賈府正在姑蘇揚州一帶監造海船修理海塘只預備接駕一次把銀子花的像淌海水是的說起來鳳姐忙接道我們王府裡也預備過一次那時我爺爺專管各國進貢朝賀的事凡有外國人來都是我們家養活粵閩滇浙所有的洋船貨物都是我們家的趙嬤嬤道那是誰不知道的如今還有個俗語兒呢說東海少了白玉床龍王來請金陵王這說的就是奶奶府上了如今還有現在江南的甄家嗳喲好勢派獨他們家接駕四次要不是我們親眼看見告訴誰也不信的別講銀子成了

糞土凴是世上有的沒有不是堆山積海的罪過可惜四個字竟顧不得了鳳姐道我常聽見我們大爺說也是這樣的豈有不信的只納罕他家怎麽就這樣富貴呢趙嬷嬷道告訴奶奶一句話也不過拿着皇帝家的銀子往皇帝身上使罷了誰家有那些錢買這個虛熱鬧去正說着王夫人又打發人來瞧鳳姐吃完了飯不曾鳳姐便知有事等他赶忙的吃了飯漱口要走又有二門上小厮們回東府裡蓉薔二位哥兒来了賈璉纔漱了口平兒捧着盆盥手見他二人來了便問說什麽話鳳姐因亦止步只聽賈蓉先回說我父親打發我來回叔叔老爺們已經議定了從東邊一帶接着東府裡花園起至西北丈量了

一共三里半大可以蓋造省親別院了已經傳人畫圖樣去了明日就得叔叔纔囘家未免勞乏不用過我們那邊去有話明日一早再請過去面議賈璉笑說多謝大爺費心體諒我就從命不過去了正經是這個主意纔省事蓋造也容易若採置別的地方去那更費事且不成體統你囘去說這樣很好若老爺們再要改時全仗大爺諫阻萬不可另尋地方明日一早我給大爺請安去再細商量賈蓉忙應幾個是賈薔又近前囘說下姑蘇請聘教習採買女孩子置辦樂器行頭等事大爺派了姪兒帶領着賴管家兩個兒子還有單聘仁卜固修兩個清客相公一同前去所以叫我來見叔叔賈璉聽了將賈薔打諒了打

諒笑道你能彀在行麼這個事雖不甚大裡頭却有藏掖的賈薔笑道只好學着辦罷咧賈蓉在燈影兒後頭悄悄的拉鳳姐兒的衣裳襟兒鳳姐會意也悄悄的擺手兒佯作不知因笑道你也太操心了難道大爺比偺們還不會用人偏你又怕他不在行了誰都是在行的孩子們這麼大了沒吃過猪肉也見過猪跑大爺派他去原不過是個坐纛旗兒難道認真的叫他講價錢會經紀去呢依我說狠好賈璉道這是自然不是我駁回少不得替他籌算籌算因問這一項銀子動那一處的賈薔道剛纔也議到這裡賴爺爺說竟不用從京裡帶銀子去江南甄家還收着我們五萬銀子明日寫一封書信會票我們帶去先

支三萬兩剩二萬存着等置辦彩燈花燭並各色簾帳的使用賈璉點頭道這個主意好鳳姐忙向賈薔道旣這麼着我有兩個妥當人你就帶了去辦這可便宜你賈薔忙陪笑道正要和嬸娘討兩個人呢這可巧了因問名字鳳姐便問趙嬤嬤彼時趙嬤嬤已聽獃了平兒笑着推他纔醒悟過來忙說一個叫趙天樑一個叫趙天棟鳳姐道可別忘了我幹我的去了說著便出去了賈蓉忙跟出來悄悄的笑向鳳姐道你老人家要什麼開個賬兒帶去按着置辦了來鳳姐笑著啐道別放你娘的屁你拿東西換我的人情來了嗎我狠不希罕你那鬼鬼祟祟的說着一笑去了這里賈薔也問賈璉要什麼東西順便織來孝

敬賈璉笑道你別興頭纔學着辦事到先學會了這把戲短了什麼少不得寫信來告訴你說畢打發他二人去了接着回事的人不止三四起賈璉乏了便傳與二門上一應不許傳報俱待明日料理鳳姐至三更時分方下來安歇一宿無話次早賈璉起來見過賈赦賈政便往寧國府中來合同老管事的家人等並幾位世交門下清客相公們審察兩府地方繕畫省親殿宇一面察度辦理人丁自此後各行匠役齊全金銀銅錫以及土木磚瓦之物搬運移送不歇先令匠役拆寧府會芳園的墻垣樓閣直接入榮府東大院中榮府東邊所有下人一帶羣房已盡拆去當日寧榮二宅雖有一條小巷界斷不通然亦係私

地並非官道故可以聯絡會芳園本是從北墻角下引了來的一股活水今亦無煩再引其山樹木石雖不敷用賈赦住的乃是榮府舊園其中竹樹山石以及亭榭欄杆等物皆可挪就前來如此兩處又甚近便湊成一處省許多財力大槩算計起來所添有限全虧一個胡老名公號山子野一一籌畫起造賈政不慣于俗務只憑賈赦賈珍賈璉賴大賴升林之孝吳新登詹光程日興等幾人安插擺佈堆山鑿池起樓豎閣種竹栽花一應點景又有山子野制度下朝閒暇不過各處看望看望最要緊處和賈赦等商議商議便罷了賈赦只在家高臥有芥豆之事賈珍等或自去回明或寫畧節或有話說便傳呼賈璉賴大

等來領命賈薔單管打造金銀器皿賈薔已起身往姑蘇去了賈珍賴大等又點人丁開冊籍監工等事一筆不能寫到不過是喧闐熱鬧而已暫且無話且說寶玉近因家中有這等大事賈政不來問他的書心中自是暢快無奈秦鐘之病日重一日也着實懸心不能快樂這日一早起來纔梳洗了意欲回了賈母去望候秦鐘忽見茗煙在二門影壁前探頭縮腦寶玉忙出來問他做什麽茗煙道秦大爺不中用了寶玉聽了嚇了一跳忙問道我昨兒纔瞧了他還明明白白的怎麽就不中用了呢茗烟道我也不知道剛纔是他家的老頭子來特告訴我的寶玉聽畢忙轉身回明賈母賈母吩咐派妥當人跟去到那里盡

一盡同窗之情就回來不許多耽擱了寶玉忙出來更衣到外邊車猶未備急的滿廳亂轉一時催促的車到忙上了車李貴茗烟等跟隨來至秦家門首悄無一人遂蜂擁至內室唬的秦鐘的兩個遠房嬸娘嫂子並幾個姐妹都藏之不迭此時秦鐘已發過兩三次昏易簀多時矣寶玉一見便不禁失聲的哭起來李貴忙勸道不可秦哥兒是弱症怕炕上硌的不受用所以暫且挪下來鬆泛些哥兒這一哭倒添了他的病了寶玉聽了方忍住近前見秦鐘面如白蠟合目呼吸展轉枕上寶玉忙叫道鯨哥寶玉來了連叫了兩三聲秦鐘不睬寶玉又叫道寶玉來了那秦鐘早已魂魄離身只剩得一口悠悠餘氣在胸正見

許多鬼判持牌提索來捉他那秦鐘魂魄那里肯就去又記念着家中無人管理家務又惦記着智能兒尚無下落因此百般求告鬼判無奈這些鬼判都不肯徇私反叱咤秦鐘道虧你還是讀過書的人豈不知俗語說的閆王叫你三更死誰敢留人到五更我們陰間上下都是鐵面無私的不比陽間瞻情顧意有許多的關碍處正鬧着那秦鐘的魂魄忽聽見寶玉來了四字便忙又央求道列位神差略慈悲慈悲讓我回去和一個好朋友說一句話就來了眾鬼道又是什麽好朋友秦鐘道不瞞列位就是榮國公的孫子小名兒叫寶玉的那判官聽了先就唬的慌張起來忙喝罵那些小鬼道我說你們放了他回去走

走罷你們不依我的話如今鬧的請出個運旺時盛的人來了怎麽好衆鬼見都判如此也都忙了手脚一面又抱怨道你老人家先是那麽雷霆火炮原來見不得寶玉二字依我們想來他是陽間我們是陰間怕他亦無益那都判越發着急吆喝起來畢竟秦鐘死活如何且聽下回分解

紅樓夢第十六回終

紅樓夢第十七回

大觀園試才題對額　榮國府歸省慶元宵

話說秦鐘既死寶玉痛哭不止李貴等好容易勸解半日方住歸時還帶餘哀賈母幫了幾拾兩銀子外又另備奠儀寶玉去弔祭七日後便送殯掩埋了別無記述只有寶玉日日感悼思念不已然亦無可如何了又不知過了幾時纔罷這日賈珍等來回賈政園內工程俱已告竣大老爺已瞧過了只等老爺瞧了或有不妥之處再行改造好題匾額對聯賈政聽了沉思一會說道這匾對倒是一件難事論禮該請貴妃賜題纔是然貴妃若不親觀其景亦難懸擬若直待貴妃遊幸時再行請題若

大景致若干亭榭無字標題任是花柳山水也斷不能生色衆清客在旁笑答道老世翁所見極是如今我們有個主意各處匾對斷不可少亦斷不可定如今且按其景致或兩字三字四字虛合其意擬了來暫且做出燈匾對聯懸了待貴妃遊幸時再請定名豈不兩全賈政聽了道所見不差我們今日且看看去只管題了若妥便用若不妥將雨村請來令他再擬衆人笑道老爺今日一擬定佳何必又待雨村賈政笑道你們不知我自幼於花鳥山水題詠上就平平的如今上了年紀且案牘勞煩於這怡情悅性的文章更生疏了便擬出來也不免迂腐反使花柳園亭因而減色轉沒意思衆清客道這也無妨我們大

家看了公擬名舉所長優則存之劣則删之未爲不可賈政道此論極是且喜今日天氣和暖大家去逛逛說着起身引衆人前往賈珍先去園中知會可巧近日寶玉因思念秦鐘憂傷不已賈母常命人帶他到新園子裡來頑耍此時也纔進去忽見賈珍來了和他笑道你還不快出去呢一會子老爺就來了寶玉聽了帶着奶娘小厮們一溜烟跑出園來方轉過灣頂頭看見賈政引着衆客來了躲之不及只得一傍站住賈政近來聞得代儒稱讚他偏能對對雖不喜讀書却有些歪才所以此時便命他跟入園中意欲試他一試寶玉未知何意只得隨往剛至園門只見賈珍帶領許多執事人旁邊侍立賈政道你且把

園門關上我們先瞧外面再進去賈珍命人將門關上賈政先秉正看門只見正門五間上面筒瓦泥鰍脊那門欄窗槅俱是細雕時新花樣並無朱粉塗飾一色水磨羣墻下面白石臺階鑿成西番蓮花樣左右一望雪白粉墻下面虎皮石砌成紋理不落富麗俗套自是喜歡遂命開門進去只見一帶翠嶂擋在面前衆清客都道好山好山賈政道非此一山一進來園中所有之景悉入目中更有何趣衆人都道極是非胸中大有邱壑焉能想到這裏說畢往前一望見白石崚嶒或如鬼怪或似猛獸縱橫拱立上面苔蘚斑駁或藤蘿掩映其中微露羊腸小逕賈政道我們就從此小逕遊去回來由那一邊出去方可遍覽

說畢命賈珍前導自己扶了寶玉逶迤走進山口擡頭忽見山上有鏡面白石一塊正是迎面留題處賈政回頭笑道諸公請看此處題以何名方妙衆人聽說也有說該題叠翠二字的也有說該題錦嶂的又有說賽香爐的又有說小終南的種種名色不止幾十個原來衆客心中早知賈政要試寶玉的才情故此只將些俗套敷演寶玉也知此意賈政聽了便回頭命寶玉擬來寶玉道嘗聽見古人說編新不如述舊刻古終勝雕今況這裡並非主山正景原無可題不過是探景的一進步耳莫如直書古人曲逕通幽這舊句在上倒也大方衆人聽了讚道是極妙極二世兄天分高才情遠不似我們讀腐了書的賈政笑

道不當過獎他他年小的人不過以一知充十用取笑罷了再俟選擬說著進入石洞只見佳木蘢蔥奇花爛熳一帶清流從花木深處瀉於石隙之下再進數步漸向北邊平坦寬豁兩邊飛樓插空雕甍綉檻皆隱於山坳樹杪之間俯而視之但見青溪瀉玉石磴穿雲白石為欄環抱池沼石橋三港獸面啣吐橋上有亭賈政與諸人到亭內坐了問諸公以何題此諸人都道當日歐陽公醉翁亭記有云有亭翼然就名翼然罷賈政笑道翼然雖佳但此亭壓水而成還須偏於水題為稱依我拙裁歐陽公句瀉於兩峯之間竟用他這一個瀉字有一客道是極是極竟是瀉玉二字妙賈政拈鬚尋思因叫寶玉也擬一個來寶

玉回道老爺方纔所說已是但如今追究了去似乎當日歐陽公題釀泉用一瀉字則妥今日此泉也用瀉字似乎不妥況此處既爲省親別墅亦當依應制之體用此等字亦似粗陋不雅求再擬蘊藉含蓄者賈政笑道諸公聽此論何如方才衆人編新你說不如述古如今我們述古你又說粗陋不妥你且說你的寶玉道用瀉玉二字則不若沁芳二字豈不新雅賈政拈鬚點頭不語衆人都忙迎合稱贊寶玉才情不凡賈政道匾上二字容易再作一付七言對來寶玉四顧一望機上心來乃念道

繞堤柳借三篙翠　隔岸花分一脈香

賈政聽了點頭微笑衆人又稱贊了一番於是出亭過池一山

一石一花一木莫不著意觀覽忽抬頭見前面一帶粉垣數楹修舍有千百竿翠竹遮映衆人都道好個所在於是大家進入只見進門便是曲折遊廊堦下石子漫成甬路上面小小三間房舍兩明一暗裡面都是合着地步打的床几椅案從裡間房裡又有一小門出去却是後園有大株梨花濶葉芭蕉又有兩間小小退步後院墻下忽開一隙得泉一派開溝尺許灌入墻內繞堦緣屋至前院盤旋竹下而出賈政笑道這一處倒還好若能月夜至此窗下讀書也不枉虛生一世說着便看寶玉唬的寶玉忙垂了頭衆人忙用閒話解說又二客說此處的匾該題四個字賈政笑問那四字一個道是淇水遺風賈政道俗又

一個道是睢園遺跡賈政道也俗賈珍在旁說道還是寶兄弟擬一個罷賈政道他未曾做先要議論人家的好歹可見是個輕薄東西衆客道議論的是也無奈他何賈政忙道休如此縱了他因說道今日任你狂爲亂道等說出議論來方許你做方纔衆人說的可有使得的沒有寶玉見問便答道都似不妥賈政冷笑道怎麼不妥寶玉道這是第一處行幸之所必須頌聖方可若用四字的匾又有古人現成的何必再做賈政道難道淇水睢園不是古人的寶玉道這太板了莫若有鳳來儀四字衆人都鬨然叫妙賈政點頭道畜生畜生可謂管窺蠡測矣因命再題一聯來寶玉便念道

寶鼎茶閑煙尚綠　幽窗棋罷指猶凉

賈政搖頭道也未見長說畢引人出來方欲走時忽想起一事来問賈珍道這些院落屋宇並几案棹椅都算有了還有那些帳幔簾子並陳設玩器古董可也都是一處一處合式配就的麽賈珍回道那陳設的東西早已添了許多自然臨期合式陳設帳幔簾子昨日聽見璉兄弟說還不全那原是一起工程之時就畫了各處的圖樣量准尺寸就打發人辦去的想必昨日得了一半賈政聽了便知此事不是賈珍的首尾便叫人去喚賈璉一時來了賈政問他共有幾宗現今得了幾宗尚欠幾宗賈璉見問忙向靴筒內取出靴掖裡裝的一個紙摺略節來看

了一看回道糚蟒灑堆刻絲彈墨並各色紬綾大小幔子一百二十架昨日得了八十架下欠四十架簾子二百掛昨日俱得了外有猩猩毡簾二百掛湘妃竹簾一百掛金絲藤紅漆竹簾一百掛黒漆竹簾一百掛五彩線絡盤花簾二百掛每樣得了一半也不過秋天都全了椅搭桌圍床裙杌套每分一千二百件也有了一面說一面走忽見青山斜阻轉過山懷中隱隱露出一帶黃泥墻墻上皆用稲莖掩護有幾百枝杏花如噴火蒸霞一般裡面數楹茅屋外面却是桑榆槿柘各色樹稚新條隨其曲折編就兩溜青籬籬外山坡之下有一土井傍有桔槔轆轤之屬下面分畦列畝佳蔬菜花一望無際賈政笑道倒是此

處有些道理雖係人力穿鑿却入目動心未免勾引起我歸農之意我們且進去歇息歇息說畢方欲進去忽見籬門外路傍有一石亦爲留題之所衆人笑道更妙更妙此處若懸匾待題則田舍家風一洗盡矣立此一碣又覺許多生色非范石湖田家之咏不足以盡其妙賈政道諸公請題衆人云方纔世兄云編新不如述舊此處此人已道盡矣莫若直書杏花村爲妙賈政聽了笑向賈珍道正虧提醒了我此處都好只是還少一個酒幌明日竟做一個來就依外面村庄的式樣不必華麗用竹竿挑在樹梢頭賈珍答應了又回道此處竟不必養別樣雀鳥只養些鵝鴨雞之類纔相稱賈政與衆人都說好賈政又向衆

人道杏花村固佳只是犯了正村名直待請名方可衆客都道是呀如今虛的那是何字樣好呢大家正想寶玉那等不得了也不等賈政的話便說道舊詩云紅杏梢頭挂酒旗如今竟若且題以杏帘在望四字衆人都道好個在望又暗合杏花村意思寶玉冷笑道村名若用杏花二字便俗陋不堪了唐人詩裡還有柴門臨水稻花香何不用稻香村的妙衆人聽了越發同聲拍手道妙賈政一聲斷喝無知的畜生你能知道幾個古人能記得幾首舊詩敢在老先生們跟前賣弄方纔任你胡說也不過試你的清濁取笑而已你就認真了說着引衆人步入茆堂裡面紙窗木榻富貴氣象一洗皆盡賈政心中自是歡喜那

瞅寶玉道此處如何衆人見問都忙悄悄的推寶玉教他說好寶玉不聽人言便應聲道不及有鳳來儀多了賈政聽了道咳無知的蠢物你只知朱樓畫棟惡賴富麗爲佳那裡知道這清幽氣象呢終是不讀書之過寶玉忙答道老爺教訓的固是但古人云天然二字不知何意衆人見寶玉牛心都怕他討了沒趣今見問天然二字衆人忙道哥兒別的都明白如何天然反要問呢天然者天之自成不是人力之所爲的寶玉道却又來此處置一田庄分明是人力造作成的遠無鄰村近不負郭背山無脉臨水無源高無隱寺之塔下無通市之橋峭然孤出似非大觀那及前數處有自然之理自然之趣呢雖種竹引泉亦

不傷穿鑿古人云天然圖畫四字正恐非其地而強爲其地非其山而強爲其山即百般精巧終不相宜未及說完賈政氣的喝命叉出去纔出去又喝命回來命再題一聯若不通一併打嘴巴寳玉嚇的戰兢兢的半日只得念道

新綠漲添澣葛處　好雲香護采芹人

賈政聽了搖頭道更不好一面引人出來轉過山坡穿花度柳撫石依泉過了荼䕷架入木香棚越牡丹亭度芍葯圃到薔薇院傍芭蕉塢裡盤旋曲折忽聞水聲潺潺出于石洞上則蘿薜倒垂下則落花浮蕩衆人都道好景好景賈政道諸公題以何名衆人道再不必擬了恰恰乎是武陵源三字賈政笑道又落

塞了而且陳舊衆人笑道不然就用秦人舊舍四字也罷寶玉道越發背謬了秦人舊舍是避亂之意如何使得莫若蓼汀花漵四字賈政聽了道更是胡說於是賈政進了港洞又問賈珍有船無船賈珍道採蓮船共四隻座船一隻如今尚未造成賈政笑道可惜不得入了賈珍道從山上盤道也可以進去的說畢在前導引大家攀藤撫樹過去只見水上落花愈多其水愈加清溜溶溶蕩蕩曲折縈紆池邊兩行垂柳雜以桃杏遮天無一些塵土忽見柳陰中又露出一個折帶朱欄板橋來度過橋去諸路可通便見一所清凉瓦舍一色水磨磚墻清瓦花堵那大主山所分之脉皆穿墻而過賈政道此處這一所房子無味

的狼因而步入門時忽迎面突出插天的大玲瓏山石來四面羣繞各式石塊竟把裏面所有房屋悉皆遮住且一樹花木也無只見許多異草或有牽藤的或有引蔓的或垂山嶺或穿石脚甚至垂簷繞柱縈砌盤堦或如翠帶飄颻或如金繩蟠屈或實若丹砂或花如金桂味香氣馥非凡花之可比賈政不禁道有趣只是不大認識有的說是薜荔藤蘿賈政道薜荔藤蘿那得有此異香寶玉道果然不是這衆草中也有藤蘿薜荔那香的是杜若蘅蕪那一種大約是茝蘭這一種大約是金葛那一種是金簦草這一種是玉蕗藤紅的自然是紫芸綠的定是青芷想來那離騷文選所有的那些異草有叫作什麼藿納薑彙

的也有叫作什麽綸組紫絳的還有什麽石帆清松扶留等樣的見于左太冲吳都賦又有叫作什麽綠荑的還有什麽丹椒蘼蕪風蓮見於蜀都賦如今年深歲改人不能識故皆像形奪名漸漸的喚差了也是有的未及說完賈政喝道誰問你來唬的寶玉倒退不敢再說賈政因見兩邊俱是超手游廊便順着游廊步入只見上面五間清廈連着捲棚四面出廊綠窗油壁更比前清雅不同賈政歎道此軒中煮茗操琴也不必再焚香了此造却出意外諸公必有佳作新題以顏其額方不負此衆人笑道莫若蘭風蕙露貼切了賈政道也只好用這四字其聯云何一人道我想了一對大家批削改正道是

蘭麝芳靄斜陽院　杜若香飄明月洲

衆人道妙則妙矣只是斜陽二字不妥那人引古詩蘼蕪滿院斜泣陽句衆人云頹喪頹喪又一人道我也有一聯諸公評閱評閱念道

三徑香風飄玉蕙　一庭明月照金蘭

賈政拈髯沉吟意欲也題一聯忽抬頭見寶玉在傍不敢作聲因喝道怎麽你應說話時又不說了還要等人請教你不成寶玉聽了回道此處並沒有什麽蘭麝明月洲渚之類若要這樣著迹說來就題二百聯也不能完賈政道誰按着你的頭教你必定說這些字樣呢寶玉道如此說則匾上莫若蘅芷清芬四

字對聯則是

吟成豆蔻詩猶艷　睡足荼蘼夢亦香

賈政笑道這是套的書成蕉葉文猶綠不足為奇眾人道李太白鳳凰臺之作全套黃鶴樓只要套得妙如今細評起來方纔這一聯竟比書成蕉葉尤覺幽雅活動賈政笑道豈有此理說着大家出來走不多遠則見崇閣巍峩層樓高起面面琳宮合抱迢迢複道縈紆青松拂簷玉蘭繞砌金輝獸面彩煥螭頭賈政道這是正殿了只是太富麗了些眾人都道要如此方是雖然貴妃崇尚節儉然今日之尊禮儀如此不為過也一面說一面走只見正面現出一座玉石牌坊上面龍蟠螭護玲瓏鑿就

賈政道此處書以何文衆人道必是蓬萊仙境方妙賈政搖頭不語寶玉見了這個所在心中忽有所動尋思起来倒像在那裡見過的一般却一時想不起那年那日的事了賈政又命他題咏寶玉只顧細思前景全無心于此了衆人不知其意只當他受了這半日折磨精神耗散才盡詞窮了再要牛難逼迫着了急或生出事來倒不便遂忙都勸賈政道罷了明日再題罷了賈政心中也怕賈母不放心遂冷笑道你這畜生也竟有不能之時了也罷限你一日明日題不來定不饒你這是第一要緊處所要好生作來說著引人出來再一觀望原來自進門至此纔遊了十之五六又值人來回有雨村處遣人回話賈政笑

道此數處不能遊了雖如此到底從那一邊出去也可畧觀大槪說着引客行來至一大橋水如晶簾一般奔入原來這橋邊是通外河之閘引泉而入者賈政因問此閘何名寶玉道此乃沁芳源之正流卽名沁芳閘賈政道胡說偏不用沁芳二字於是一路行來或清堂或茅舍或堆石爲垣或編花爲門或山下得幽尼佛寺或林中藏女道丹房或長廊曲洞或方廈圓亭賈政皆不及進去因半日未嘗歇息腿酸脚軟忽又見前面露出一所院落來賈政道到此可要歇息歇息了說着一徑引入繞着碧桃花穿過竹籬花障編就的月洞門俄見粉垣環護綠柳週垂賈政與衆人進了門兩邊盡是遊廊相接院中點襯幾塊

山石一邊種幾本芭蕉那一邊是一樹西府海棠其勢若傘絲垂金縷葩吐丹砂衆人都道好花好花海棠也有從沒見過這樣好的賈政道這叫做女兒棠乃是外國之種俗傳出女兒國故花最繁盛亦荒唐不經之說耳衆人道畢竟此花不同女國之說想亦有之寶玉云大約騷人咏士以此花紅若施脂弱如扶病近乎閨閣風度故以女兒命名世人以訛傳訛都未免認真了衆人都說領教妙解一面說話一面都在廊下榻上坐了賈政因道想幾個什麽新鮮字来題一客道蕉鶴二字妙又一個道崇光泛彩方妙賈政與衆人都道好個崇光泛彩寶玉也道妙又說只是可惜了衆人問如何可惜寶玉道此處蕉棠兩

植其意暗蓄紅綠二字在內若說一樣過遍一樣便不足取賈政道依你如何寳玉道依我題紅香綠玉四字方兩全其美賈政搖頭道不好不好說着引人進入房內只見其中收拾的與別處不同竟分不出間隔來的原來四面皆是雕空玲瓏木板或流雲百蝠或歲寒三友或山水人物或翎毛花卉或集錦或博古或萬福萬壽各種花樣皆是名手雕鏤五彩銷金嵌玉的一隔一隔或貯書或設鼎或安置筆硯或供設瓶花或安放盆景其隔式樣或圓或方或葵花蕉葉或連環半璧真是花團錦簇剔透玲瓏倏爾五色紗糊竟係小窗倏爾彩綾輕覆竟如幽戶且滿牆皆是隨依古董玩器之形摳成的槽子如琴劍懸瓶

之類俱懸於壁却都是與壁相平的衆人都讚好精緻難爲怎
麽做的原來賈政走進來了未到兩層便都迷了舊路左瞧也
有門可通右瞧也有窗隔斷及到跟前又被一架書擋住回頭
又有窗紗明透門徑及至門前忽見迎面也進來了一起人與
自已的形相一樣却是一架大玻璃鏡轉過鏡去一發見門多
了賈珍笑道老爺隨我來從這裡出去就是後院出了後院倒
比先近了引着賈政及衆人轉了兩層紗厨果得一門出去院
中滿架薔薇轉過花障只見青溪前阻衆人咤異這水又從何
而來賈珍遥指道原從那閘起流至那洞口從東北山凹裡引
到那村庄裡又開一道岔口引至西南上共總流到這裡仍舊

合在一處從那墻下出去衆人聽了都道神妙之極說着忽見大山阻路衆人都迷了路賈珍笑道跟我來乃在前導引衆人隨着由山脚下一轉便是平坦大路豁然大門現於面前衆人都道有趣有趣搜神奪巧至于此極於是大家出來那寳玉一心只記掛着裡邊姊妹們又不見賈政吩咐只得跟到書房賈政忽想起來道你還不去看老太太惦記你難道還逛不足麽寳玉方退了出來至院外就有跟賈政的小厮上來抱住說道今日虧了老爺喜歡方纔老太太打發人出來問了幾遍我們回說老爺喜歡要不然老太太叫你進去了就不得展才了人人都說你纔那些詩比衆人都强今兒見得了彩頭該賞我們了

寶玉笑道每人一吊衆人道誰沒見那一吊錢把這荷包賞了罷說着一個個都上來解荷包解扇袋不容分說將寶玉所佩之物盡行解去又道好生送上去罷一個個圍繞着送至賈母門前那時賈母正等着他見他來了知道不曾難爲他心中自是喜歡少時襲人倒了茶來見身邊佩物一件不存因笑道帶的東西必又是那起沒臉的東西們解了去了黛玉聽說走過來一瞧果然一件沒有因向寶玉道我給你的那個荷包也給他們了你明兒再想我的東西可不能彀了說畢生氣回房將前日寶玉囑付他沒做完的香袋兒拿起剪子來就鉸寶玉見他生氣便忙赶過來早已剪破了寶玉曾見過這香袋雖未完

工却十分精巧無故剪了却也可氣因忙把衣領解了從裡面衣襟上將所繫荷包解下來了遞與黛玉道你瞧瞧這是什麽東西我何從把你的東西給人來着黛玉見他如此珍重帶在裡面可知是怕人拿去之意因此自悔莽撞剪了香袋低着頭一言不發寶玉道你也不用鉸我知你是懶怠給我東西我連這荷包奉還何如說着擲向他懷中而去黛玉越發氣的哭了拿起荷包又鉸寶玉忙回身搶住笑道好妹妹饒了他罷黛玉將剪子一摔拭淚說道你不用合我好一陣歹一陣的要惱就撂開手說着賭氣上床面向裡倒下拭淚禁不住寶玉上來妹妹長妹妹短賠不是前面賈母一片聲找寶玉衆人回說在林

姑娘房裡賈母聽說道好好讓他姐妹們一處頑頑兒罷纔他老子拘了他這半天讓他鬆泛一會子罷只别叫他們拌嘴衆人答應著黛玉被寶玉纏不過只得起來道你的意思不叫我安生我就離了你說著往外就走寶玉笑道你到那裡我跟到那裡一面仍拿着荷包來帶上黛玉伸手搶道你說不要這會子又帶上我也替你怪臊的說着嗤的一聲笑了寶玉道好妹妹明日另替我做個香袋兒罷黛玉道那也瞧我的高興罷了一面說一面二人出房到王夫人上房中去了可巧寶釵也在那裡此時王夫人那邊熱鬧非常原來賈薔已從姑蘇採買了十二個女孩子並聘了教習以及行頭等事來了那時薛姨媽

另於東北上一所幽靜房舍居住將梨香院另行修理了就令教習在此教演女戲又另派了家中舊曾學過歌唱的衆女人們如今皆是皤然老嫗看他們帶領管理其日月出入銀錢等事以及諸凡大小所需之物料賬目就令賈薔總理又有林之孝來回採訪聘買得十二個小尼姑小道姑都到了連新做的二十分道袍也有了外又有一個帶髮修行的本是蘇州人氏祖上也是讀書仕宦之家因自幼多病買了許多替身皆不中用到底這姑娘入了空門方纔好了所以帶髮修行今年十八歲取名妙玉如今父母俱已亡故身邊只有兩個老嬤嬤一個小丫頭伏侍文墨也極通經典也極熟模樣又極好因聽說長

安鄉中有觀音遺跡並貝葉遺文去年隨了師父上來現在西門外牟尼院住着他師父精演先天神數於去冬圓寂了遺言說他不宜回鄉在此靜候自有結果所以未曾扶靈回去王夫人便道這樣我們何不接了他來林之孝家的回道若請他他說侯門公府必以貴勢壓人我再不去的王夫人道他既是宦家小姐自然要性傲些就下個請帖請他何妨林之孝家的答應着出去叫書啟相公寫個請帖去請妙玉次日遣人備車轎去接不知後來如何且聽下回分解

紅樓夢第十七回終

紅樓夢第十八回

皇恩重元妃省父母　天倫樂寶玉呈才藻

話說彼時有人回工程上等着糊東西的紗綾請鳳姐去開庫又有人來回請鳳姐收金銀器皿王夫人並上房丫鬟等皆不得空兒寶釵因說道偺們别在這裡礙手礙脚說着和寶玉等便往迎春房中來王夫人日日忙亂直到十月裡纔全備了監辦的都交清賬目各處古董文玩俱已陳設齊備採辦鳥雀自仙鶴鹿兎以及雞鵝等亦已買全交於園中各處飼養賈薔那邊也演出一三十齣雜戲來一班小尼姑道姑也都學會念佛誦經於是賈政略覺心中安頓遂請賈母到園中色色斟酌點

綴妥當再無些微不合之處賈政纔敢題本本上之日奉旨於明年正月十五日上元之日貴妃省親賈府奉了此旨一發日夜不閑連年也不能好生過了轉眼元宵在邇自正月初八就有太監出來先看方向何處更衣何處燕坐何處受禮何處開宴何處退息又有巡察地方總理關防太監帶了許多小太監來各處關防擋圍幙指示賈宅人員何處出入何處進膳何處啟事種種儀注外面又有工部官員并五城兵馬司打掃街道攆逐閑人賈赦等監督匠人扎花燈烟火之類至十四日俱已停妥這一夜上下通不曾睡至十五日五鼓自賈母等有爵者俱各按品大裝大觀園內帳舞蟠龍簾飛綉鳳金銀煥彩珠寶

生輝鼎焚百合之香瓶插長春之蕊靜悄悄無一人咳嗽賈赦等在西街門外賈母等在榮府大門外街頭巷口用圍幙擋嚴正等的不耐煩忽見一個太監騎著匹馬來了賈政接着問其消息太監道早多着呢未初用晚膳未正還到寶靈宮拜佛酉初進大明宮領宴看燈方請旨只怕戌初纔起身呢鳳姐聽了道既這樣老太太和太太且請回房等到了時候再來也還不遲於是賈母等自便去了園中俱賴鳳姐照料執事人等帶領太監們去吃酒飯一面傳人挑進臘燭各處點起燈來忽聽外面馬跑之聲不一有十來個太監喘吁吁跑來拍手兒這些太監都會意知道是來了各按方向站立賈赦領合族子弟在西

街門外賈母領合族女眷在大門外迎接半日靜悄悄的忽見兩個太監騎馬緩緩而來至西街門下了馬將馬赶出圍幙之外便面西站立半日又是一對亦是如此少時便來了十來對方聞隱隱鼓樂之聲一對對鳳翣龍旌雉羽宮扇又有銷金提爐焚着御香然後一把曲柄七鳳金黃傘過來便是冠袍帶履又有執事太監捧着香巾綉帕漱盂拂塵等物一隊隊過完後面方是八個太監抬著一頂金頂鵝黃繡鳳鑾輿緩緩行來賈母等連忙跪下早有太監過來扶起賈母等來將那鑾輿抬入大門往東一所院落門前有太監跪請下輿更衣於是入門太監散去只有昭容彩嬪等引着元春下輿只見苑內各色花燈

燗灼皆係紗綾扎成精緻非常上面有一燈匾寫着體仁沐德
四個字元春入室更衣復出上輿進園只見園中香烟繚繞花
影繽紛處處燈光相映時時細樂聲喧說不盡這太平景象富
貴風流却說賈妃在轎內看了此園内外光景因點頭歎道太
奢華過費了忽又見太監跪請登舟賈妃下輿登舟只見清流
一帶勢若游龍兩邊石欄上皆係水晶玻璃各色風燈點的如
銀光雪浪上面柳杏諸樹雖無花葉却用各色綢綾紙絹及通
草為花粘於枝上每一株懸燈萬盞更兼池中荷荇鳬鷺諸燈
亦皆係螺蚌羽毛做就的上下爭輝水天煥彩真是玻璃世界
珠寶乾坤船上又有各種盆景珠簾綉幙桂楫蘭橈自不必說

了已而入一石港港上一面匾燈明現着蓼汀花溆四字看官聽說這蓼汀花溆及有鳳來儀等字皆係上回賈政偶試寶玉之才何至便認真用了想賈府世代詩書自有一二名手題詠豈似暴富之家竟以小兒語搪塞了事呢只因當日這賈妃未入宮時自幼亦係賈母教養後來添了寶玉賈妃乃長姊寶玉爲幼弟賈妃念母年將邁始得此弟是以獨愛憐之且同侍賈母刻不相離那寶玉未入學之先三四歲時已得元妃口傳教授了幾本書識了數千字在腹中雖爲姊弟有如母子自入宮後時時帶信出來與父兄說千萬好生扶養不嚴不能成器過嚴恐生不虞且致祖母之憂眷念之心刻刻不忘前日賈政聞

塾師讚他儘有才情故于遊園時聊一試之雖非名公大筆却是本家風味且使賈妃見之知愛弟所為亦不負其平日切望之意因此故將寶玉所題用了那日未題完之處後來又補題了許多且說賈妃看了四字笑道花溆二字便好何必蓼汀侍坐太監聽了忙下舟登岸飛傳與賈政賈政即刻換了彼時舟臨內岸去舟上輿便見琳宮綽約桂殿巍峩石牌坊上寫着天仙寶境四大字賈妃命換了省親別墅四字于是進入行宮只見庭燎繞空香屑布地火樹琪花金窗玉檻說不盡簾捲蝦鬚毯鋪魚獺鼎飄麝腦之香屏列雉尾之扇真是

金門玉戶神仙府　桂殿蘭宮妃子家

賈妃乃問此殿何無匾額隨侍太監跪啟道此係正殿外臣未敢擅擬賈妃點頭禮儀太監請升座受禮兩階樂起二太監引赦政等於月臺下排班上殿昭容傳諭曰免乃退又引榮國太君及女眷等自東階陞月臺上排班昭容再諭曰免於是亦退茶三獻賈妃降座樂止退入側室更衣方備省親車駕出園至賈母正室欲行家禮賈母等俱跪止之賈妃垂淚彼此上前廝見一手挽賈母一手挽王夫人三人滿心皆有許多話但說不出只是嗚咽對泣而已邢夫人李鳳迎探惜等俱在旁垂淚無言半日賈妃方忍悲強笑安慰道當日既送我到那不得見人的去處好容易今日回家娘兒們這時不說不笑反倒哭個不

了一會子我去了又不知多早晚纔能一見說到這何不禁又哽咽起來邢夫人忙上來勸解賈母等讓賈妃歸坐又逐次一一見過又不免哭泣一番然後東西兩府執事人等在外廳行禮其媳婦丫鬟行禮畢賈妃歎道許多親眷可惜都不能見面王夫人啟道現有外親薛王氏及寶釵黛玉在外候旨外眷無職不敢擅入賈妃即請來相見一時薛姨媽等進來欲行國禮元妃降旨免過上前各叙濶別又有原帶進宮的丫鬟抱琴等叩見賈母連忙扶起命人別室款待執事太監及彩嬪昭容各侍從人等寧府及賈赦那宅兩處自有人款待只留三四個小太監答應母女姊妹不免叙些久別的情景及家務私情又有

賈政至簾外問安行參等事元妃又向其父說道田舍之家虀鹽布帛得遂天倫之樂今雖富貴骨肉分離終無意趣賈政亦含淚啟道臣草芥寒門鳩羣鴉屬之中豈意得徵鳳鸞之瑞今貴人上錫天恩下昭祖德此皆山川日月之精華祖宗之遠德鍾于一人幸及政夫婦且今上體天地生生之大德垂古今未有之曠恩雖肝腦塗地豈能報效萬一惟朝乾夕惕忠於厥職伏願聖君萬歲千秋乃天下蒼生之福也貴妃切勿以政夫婦殘年爲念更祈自加珍愛惟勤慎肅恭以侍上庶不負上眷顧隆恩也賈妃亦囑以國事宜勤暇時保養切勿記念賈政又啟園中所有亭臺軒館皆係寶玉所題如果有一二可寓目者請

即賜名爲幸元妃聽了寶玉能題便含笑說道果進益了賈政退出元妃因問寶玉因何不見賈母乃啟道無職外男不敢擅入元妃命引進來小太監引寶玉進來先行國禮畢命他近前攜手攬于懷內又撫其頭頸笑道比先長了好些一語未終淚如雨下尤氏鳳姐等上來啟道筵宴齊備請貴妃遊幸元妃起身命寶玉導引遂同諸人步至園門前早見燈光之中諸般羅列進園先從有鳳來儀紅香綠玉杏帘在望蘅芷清芬等處登樓步閣涉水緣山眺覽徘徊一處處鋪陳華麗一樁樁點綴新奇元妃極加獎讚又勸以後不可太奢了此皆過分既而來至正殿降諭免禮歸坐大開筵宴賈母等在下相陪尤氏李紈鳳

姐等捧羮把盞元妃乃命筆硯伺候親拂羅箋擇其喜者賜名
因題其園之總名曰大觀園
正殿匾額云
顧恩思義
對聯云
天地啓宏慈赤子蒼生同感戴
古今垂曠典九州萬國被恩榮
又改題
有鳳來儀賜名瀟湘館
紅香綠玉改作怡紅快綠賜名怡紅院

蘅芷清芬賜名蘅蕪院
杏帘在望賜名浣葛山莊
正樓曰大觀樓
東面飛樓曰綴錦樓
西面斜樓曰含芳閣
更有蓼風軒　藕香榭　紫菱洲　荇葉渚等名
匾額有梨花春雨　桐剪秋風　荻蘆夜雪等名
又命舊有匾聯不可摘去於是先題一絕句云
啣山抱水建來精　多少工夫築始成
天上人間諸景備　芳園應錫大觀名

題畢向諸姊妹笑道我素乏捷才且不長于吟咏姊妹輩素所深知今夜聊以塞責不負斯景而已異日少暇必補撰大觀園記并省親頌等文以記今日之事妹等亦各題一匾一詩隨意發揮不可爲我微才所縛且知寶玉竟能題咏一發可喜此中瀟湘館蘅蕪苑二處我所極愛次之怡紅院浣葛山庄此四大處必得別有章句題咏方妙前所題之聯雖佳如今再各賦五言律一首使我當面試過方不負我自幼教授之苦心寶玉只得答應了下來自去構思迎春探春惜春三人中要算探春又出於姊妹之上然自忖似難與薛林爭衡只得隨衆應命李紈也勉強作成一絕賈妃挨次看姊妹們的題咏寫道是

曠性怡情匾額　迎春

園成景物特精奇奉命羞題額曠怡誰信世間有此境游
來寧不暢神思

文采風流匾額　探春

秀水名山抱復回風流文采勝蓬萊綠裁歌扇迷芳草紅
襯湘裙舞落梅珠玉自應傳盛世神仙何幸下瑶臺名園
一自邀遊賞未許凡人到此來

文章造化匾額　惜春

山水橫拖千里外樓臺高起五雲中園修日月光輝裡景
奪文章造化功

萬象爭輝匾額　　李紈

名園築就勢巍巍，奉命多慚學淺微。精妙一時言不盡，果然萬物有光輝。

凝暉鍾瑞匾額　　薛寶釵

芳園築向帝城西，華日祥雲籠罩奇。高柳喜遷鶯出谷，修篁時待鳳來儀。文風已著宸遊夕，孝化應隆歸省時。睿藻仙才瞻仰處，自慚何敢再為辭。

世外仙源匾額　　林黛玉

宸遊增悅豫，仙境別紅塵。借得山川秀，添來氣象新。香融金谷酒，花媚玉堂人。何幸邀恩寵，宮車過往頻。

元妃看畢稱賞不已又笑道終是薛林二妹之作與衆不同非愚姊妹所及原來黛玉安心今夜大展奇才將衆人壓倒不想元妃只命一匾一咏倒不好違諭多做只胡亂做了一首五言律應命便罷了時寶玉尚不做完纔做了瀟湘館與蘅蕪苑兩首正做怡紅院一首起稿内有綠玉春猶捲一句寶釵轉眼瞥見便趁衆人不理論推他道貴人因不喜紅香綠玉四字纔改了怡紅快綠你這會子偏又用綠玉二字豈不是有意和他分馳了况且蕉葉之典故頗多再想一個改了罷寶玉見寶釵如此說便拭汗說道我這會子總想不起什麽典故出處來寶釵笑道你只把綠玉的玉字改作蠟字就是了寶玉道綠蠟可有

出處寶釵悄悄的咂嘴點頭笑道虧你今夜不過如此將來金殿對策你大約連趙錢孫李都忘了呢唐朝韓翃詠芭蕉詩頭一句冷燭無烟綠蠟乾都忘了麽寶玉聽了不覺洞開心意笑道該死該死眼前現成的句子竟想不到姐姐真是一字師了從此只叫你師傅再不叫姐姐了寶釵也悄悄的笑道還不快做上去只姐姐妹妹的誰是你姐姐那上頭穿黃袍的纔是你姐姐呢一面說笑因怕他躭延工夫遂抽身走開了寶玉續成了此首共有三首此時黛玉未得展才心上不快因見寶玉搆思太苦走至案旁知寶玉只少杏帘在望一首因叫他抄錄前三首却自己吟成一律寫在紙條上搓成個團子擲向寶玉跟

前寶玉打開一看覺比自巳做的三首高得十倍遂忙恭楷謄
寫呈上元妃看道是
有鳳來儀　　寶玉
秀玉初成實堪宜待鳳凰竿竿青欲滴个个緑生凉迸砌
防階水穿簾碍鼎香莫摇分碎影好夢正初長
蘅芷清芬
蘅蕪滿静苑蘿薜助芬芳軟襯三春草柔拖一縷香輕烟
迷曲徑冷翠濕衣裳誰謂池塘曲謝家幽夢長
怡紅快緑
深庭長日静兩兩出嬋娟緑蠟春猶捲紅粧夜未眠凴欄

垂絳袖倚石護清烟對立東風裏主人應解憐

杏帘在望

杏帘招客飲在望有山莊菱荇鵝兒水桑榆燕子梁一畦
春韭熟十里稻花香盛世無饑餒何須耕織忙

元妃看畢喜之不盡說果然進益了又指杏帘一首為四首之冠遂將浣葛山莊改為稻香村又命探春將方纔十數首詩另以錦箋謄出令太監傳與外廂賈政等看了都稱頌不已賈政又進歸省頌元妃又命以瓊酪金膾等物賜與寶玉並賈蘭此時賈蘭尚幼未諳諸事只不過隨母依叔行禮而已那時賈薔帶領一班女戲子在樓下正等得不耐煩只見一個太監飛跑

下來說做完了詩了快拿戲單來賈薔忙將戲目呈上並十二個人的花名册子少時點了四齣戲

第一齣豪宴　第二齣乞巧

第三齣仙緣　第四齣離魂

賈薔忙張羅扮演起來一個個歌有裂石之音舞有天魔之態雖是粧演的形容𨚫做盡悲歡的情狀剛演完了一個太監托着一金盤糕點之屬進來問誰是齡官賈薔便知是賜齡官之物連忙接了命齡官叩頭太監又道貴妃有諭說齡官極好再做兩齣戲不拘那兩齣就是了賈薔忙答應了因命齡官做遊園驚夢二齣齡官自爲此二齣非本角之戲執意不從定要做

相約相罵二齣賈薔扭不過他只得依他做了元妃甚喜命莫難為了這女孩子好生教習額外賞了兩疋宮綢兩個荷包並金銀錁子之類然後撤筵將未到之處復又遊玩忽見山環佛寺忙盥手進去焚香拜佛又題一匾云苦海慈航又額外加恩與一班幽尼女道少時太監跪啟賜物俱齊請驗按例行賞乃呈上略節元妃從頭看了無話即命照此而行太監下來一一發放原來賈母的是金玉如意各一柄沉香拐杖一根伽楠念珠一串富貴長春宮緞四疋福壽綿長宮紬四疋紫金筆錠如意錁十錠吉慶有餘銀錁十錠邢夫人等二分只減了如意拐珠四樣賈敬賈赦賈政等每分御製新書二部寶墨二匣金銀

盞各二隻表禮按前寶釵黛玉諸姊妹等每人新書一部寶硯一方新樣格式金銀錁二對寶玉和賈蘭是金銀項圈二個金銀錁二對尤氏李紈鳳姐等皆金銀錁四錠表禮四端另有表禮二十四端清錢五百串是賞與賈母王夫人及各姊妹房中奶娘眾丫鬟的賈珍賈璉賈環賈蓉等皆是表禮一端金銀錁一對其餘彩緞百疋白銀千兩御酒數瓶是賜東西兩府及園中管理工程陳設荅應及司戲掌燈諸人的外又有清錢三百串是賜厨役優伶百戲雜行人等的眾人謝恩已畢執事太監啟道時已丑正三刻請駕回鑾元妃不由的滿眼又滴下淚來却又勉强笑着拉了賈母王夫人的手不忍放再四叮嚀不須

記掛好生保養如今天恩浩蕩一月許進內省視一次見面儘
容易的何必過悲倘明歲天恩仍許歸省不可如此奢華糜費
了賈母等已哭的哽噎難言元妃雖不忍别奈皇家規矩違錯
不得的只得忍心上輿去了這裡眾人好容易將賈母勸住及
王夫人攙扶出園去了未知如何下回分解

紅樓夢第十八回終

紅樓夢第十九回

情切切良宵花解語　意綿綿靜日玉生香

話說賈妃回宮次日見駕謝恩并回奏歸省之事龍顏甚悅又發內帑彩緞金銀等物以賜賈政及各椒房等員不必細說且說榮寧二府中連日用盡心力真是人人力倦各各神疲又將園中一應陳設動用之物收拾了兩三天方完第一個鳳姐事多任重別人或可偷閒躲靜獨他是不能脫得的二則本性要強不肯落人褒貶只扎掙着與無事的人一樣第一個寶玉是極無事最閑暇的偏這一早襲人的母親又親來回過賈母接襲人家去吃年茶晚上纔得回來因此寶玉只和衆丫頭們擲

骰子赶圍棋作戲正在房內頑得沒興頭忽見丫頭們來回說東府裡珍大爺來請過去看戲放花燈寶玉聽了便命換衣裳纔要去時忽又有賈妃賜出糖蒸酥酪來寶玉想上次襲人喜吃此物便命留與襲人了自已回過賈母過去看戲誰想賈珍這邊唱的是丁郎認父黄伯央大擺陰魂陣更有孫行者大鬧天宮姜太公斬將封神等類的戲文倏爾神鬼亂出忽又妖魔畢露內中揚旛過會號佛行香鑼鼓喊叫之聲聞於巷外弟兄子侄互為獻酬姊妹婢妾共相笑語獨有寶玉見那繁華熱鬧到如此不堪的田地只畧坐了一坐便走往各處閒耍先是進內去和尤氏并丫頭姬妾鬼混了一回便出二門來尤氏等仍

料他出來看戲遂也不曾照管賈珍賈璉薛蟠等只顧猜謎行令百般作樂縱一時不見他在座只道在裡邊去了也不理論至於跟寶玉的小廝們那年紀大些的知寶玉這一來了必是晚上纔散因此偷空兒也有會賭錢的也有往親友家去的或賭或飲都私自散了待晚上再來那些小些的都鑽進戲房裡瞧熱鬧兒去了寶玉見一個人沒有因想素日這裡有個小書房內曾掛著一軸美人畫的狠得神今日這般熱鬧想那裡自然無人那美人也自然是寂寞的須得我去望慰他一回想着便往那裡來剛到窗前聽見屋裡一片喘息之聲寶玉倒唬了一跳心想美人活了不成乃大着胆子舔破窗紙向內一看那

軸美人却不曾活那是茗烟按着個女孩子也幹那警幻所訓之事正在得趣故此呻吟寶玉禁不住大叫了不得一脚踹進門去將兩個唬的抖衣而顫茗煙見是寶玉忙跪下哀求寶玉道青天白日這是怎麽說珍大爺要知道了你是死是活一面看那丫頭倒也白白凈凈兒的有些動人心處在那裡羞的臉紅耳赤低首無言寶玉跺脚道還不快跑一語提醒那丫頭飛跑去了寶玉又赶出去叫道你别怕我不告訴人急的茗烟在後叫祖宗這是分明告訴人了寶玉因問那丫頭十幾歲了茗烟道不過十六七了寶玉道連他的歲數也不問問就作這個事可見他白認得你了可怜可憐又問名字叫什麽茗煙笑道

若說他名字來話長真正新鮮奇文他說他母親養他的時節做了一個夢夢得了一疋錦上面是五色富貴不斷頭的卍字花樣所以他的名字就叫做萬兒寶玉聽了笑道想必他將來有些造化等我明兒說了給你作媳婦好不好茗煙也笑了因問二爺爲何不看這樣的好戲寶玉道看了半日怪煩的出來逛逛就遇見你們了這會子作什麽呢茗烟微微笑道這會子沒人知道我悄悄的引二爺城外逛去一會兒再回這裡來寶玉道不好看仔細花子拐了去况且他們知道了又鬧大了不如往近些的地方去還可就來茗煙道就近地方誰家可去這却難了寶玉笑道依我的主意偺們竟找花大姐姐去瞧他在

家作什麽呢茗烟笑道好好倒忘了他家又道他們知道了說我引着二爺胡走要打我呢寶玉道有我呢茗烟聽說拉了馬二人從後門就走了幸而襲人家不遠不過一半里路程轉眼已到門前茗烟先進去叫襲人之兄花自芳此時襲人之母接了襲人與幾個外甥女兒幾個姪女兒來家正吃菓茶聽見外面有人叫花大哥花自芳忙出去看時見是他主僕兩個唬的驚疑不定連忙抱下寶玉來至院內嚷道寶二爺來了別人聽見還可襲人聽了也不知爲何忙跑出來迎着寶玉一把拉着問你怎麽來了寶玉笑道我怪悶的來瞧瞧你作什麽呢襲人聽了纔把心放下來說道你也胡鬧了可作什麽來呢一面又

問茗烟還有誰跟了來了茗烟笑道別人都不知道襲人聽了復又驚慌道這還了得倘或碰見人或是遇見老爺街上人擠馬碰有個失閃這也是頑得的嗎你們的膽子比斗還大呢都是茗煙調唆的等我回去告訴嬤嬤們一定打你個賊死茗煙撅了嘴道爺罵着打著叫我帶了來的這會子推到我身上我說別來罷要不我們回去罷花自芳忙勸道罷了已經來了也不用多說了只是茅簷草舍又窄又不干凈爺怎麼坐呢襲人的母親也早迎出來了襲人拉着寶玉進去寶玉見房中三五個女孩兒見他進來都低了頭羞的臉上通紅花自芳母子兩個恐怕寶玉冷又讓他上炕又忙另擺菓子又忙倒好茶襲人

笑道你們不用白忙我自然知道不敢亂給他東西吃的一面說一面將自已的坐褥拿了來鋪在一箇杌子上扶著寶玉坐下又用自已的脚爐墊了脚向荷包內取出兩個梅花香餅兒來又將自已的手爐掀開焚上仍葢好放在寶玉懷裡然後將自已的茶杯斟了茶送與寶玉彼時他母兄已是忙着齊齊整整的擺上一桌子菓品來襲人見總無可吃之物因笑道既來了沒有空回去的理好歹嚐一點兒也是來我家一輪說着捻了几個松瓤吹去細皮用手帕托着給他寶玉看見襲人兩眼微紅粉光融滑因悄問襲人道好好的哭什麽襲人笑道誰哭來着纔迷了眼揉的因此便遮掩過了因見寶玉穿著大紅金

褂狐腋箭袖外罩石青貂裘排穗褂說道你特爲往這裡來又換新衣裳他們就不問你往那裡去嗎寶玉道原是珍大爺請過去看戲換的襲人點頭又道坐一坐就回去罷這個地方兒不是你來得的寶玉笑道你就家去纔好呢我還替你留着好東西呢襲人笑道悄悄兒的罷叫他們聽著作什麽一面又伸手從寶玉項上將通靈玉摘下來向他姊妹們笑道你們見識見識時常說起來都當稀罕恨不能一見今兒可儘力兒瞧瞧再瞧什麽稀罕物兒也不過是這麽著了說畢遞與他們傳看了一遍仍與寶玉掛好又命他哥哥去僱一輛干干净净嚴嚴緊緊的車送寶玉回去花自芳道有我送去騎馬也不妨了襲

人道不爲不妨爲的是碰見人花自芳忙去僱了一輛車來衆人也不好相留只得送寶玉出去襲人又抓些菓子給茗烟又把些錢給他買花爆放叫他别告訴人連你也有不是一面說着一直送寶玉至門前看着上車放下車簾茗烟二人牽馬跟隨來至寧府街茗烟命住車向花自芳道須得我和二爺還到東府裡混一混纔過去得呢看人家疑惑花自芳聽說有理忙將寶玉抱下車來送上馬去寶玉笑說倒難爲你了於是仍進了後門來俱不在話下卻說寶玉自出了門他房中這些丫鬟們都索性恣意的頑笑也有趕圍棋的也有擲骰抹牌的磕了一地的瓜子皮兒偏奶母李嬤嬤拄拐進來請安瞧瞧寶玉見

寶玉不在家丫鬟們只顧頑鬧十分看不過因嘆道只從我出去了不大進來你們越發沒了樣兒了別的嬤嬤越不敢說你們了那寶玉是個丈八的燈臺照見人家照不見自己的只知嫌人家腌臢這是他的房子由着你們遭塌越不成體統了這些丫頭們明知寶玉不講究這些二則李嬤嬤已是告老解事出去的了如今管不著他們因此只顧頑笑並不理他那李嬤嬤還只管問寶玉如今一頓吃多少飯什麼時候睡覺丫頭們總胡亂答應有的說好個討厭的老貨李嬤嬤又問道這蓋碗裡是酪怎麼不送給我吃說畢拿起就吃一個丫頭道快別動那是說了給襲人留着的回來又惹氣了你老人家自己承認

別帶累我們受氣李嬤嬤聽了又氣又愧便說道我不信他這麼壞了腸子別說我吃了一碗牛奶就是再比這個值錢的也是應該的難道待襲人比我還重難道他不想想怎麼長大了我的血變了奶吃的長這麼大如今我吃他碗牛奶他就生氣了我偏吃了看他怎麼着你們看襲人不知怎麼樣那是我手裡調理出來的毛丫頭什麼阿物兒一面說一面賭氣把酪全吃了又一個丫頭笑道他們不會說話怨不得你老人家生氣寶玉還送東西給你老人家去豈有爲這個不自在的李嬤嬤道你也不必粧狐媚子哄我打量上次爲茶攆茜雪的事我不知道呢明兒有了不是我再來領說着賭氣去了少時寶玉回

來命人去接襲人只見晴雯躺在床上不動寶玉因問可是病了還是輸了呢秋紋道他倒是贏的誰知李老太太來了混輸了他氣的睡去了寶玉笑道你們别和他一般見識由他去就是了說着襲人已來彼此相見襲人又問寶玉何處吃飯多早晚回來又代母妹問諸同伴姊妹好一時換衣卸粧寶玉命取酥酪來丫鬟們回說李奶奶吃了寶玉纔要說話襲人便忙笑說道原來留的是這個多謝費心前兒我因為好吃吃多了好肚子疼鬧的吐了纔好了他吃了倒好擱在這裡白遭塌了我只想風乾栗子吃你替我剝栗子我去鋪炕寶玉聽了信以為真方把酥酪丟開取了栗子來自向燈下檢剝一面見衆人不

在房中乃笑問襲人道今兒那個穿紅的是你什麼人襲人道那是我兩姨姐姐寶玉聽了讚嘆了兩聲襲人道嘆什麼我知道你心裡的緣故想是說他那裡配穿紅的寶玉笑道不是不是那樣的人不配穿紅的誰還敢穿我因為見他實在好的很怎麼也得他在偺們家就好了襲人冷笑道我一個人是奴才命罷了難道連我的親戚都是奴才命不成定還要揀實在好的丫頭纔往你們家來寶玉聽了忙笑道你又多心了我說往偺們家來必定是奴才不成說親戚就使不得襲人道那也搬配不上寶玉便不肯再說只是剝栗子襲人笑道怎麼不言語了想是我纔冒撞冲犯了你明兒賭氣花幾兩銀子買進他們

來就是了寶玉笑道你說的話怎麽叫人答言呢我不過是讚他好正配生在這深宅大院裡沒的我們這宗濁物倒生在這裡襲人道他雖沒這樣造化倒也是嬌生慣養的我姨父姨娘的寶貝兒是的如今十七歲各樣的嫁粧都齊備了明年就出嫁寶玉聽了出嫁二字不禁又嗐了兩聲正不自在又聽襲人嘆道我這幾年姊妹們都不大見如今我要回去了他們又都去了寶玉聽這話裡有文章不覺吃了一驚忙扔下栗子問道怎麽着你如今要回去襲人道我今兒聽見我媽和哥哥商量教我再耐一年明年他們上來就贖出我去呢寶玉聽了這話越發忙了因問爲什麽贖你呢襲人道這話奇了我又比不得

是這裡的家生子兒我們一家子都在別處獨我一個人在這裡怎麽是個了手呢寶玉道我不叫你去也難哪襲人道從來没這個理就是朝廷宮裡也有定例幾年一挑幾年一放没有長遠留下人的理別說你們家寶玉想一想果然有理又道老太太要不放你呢襲人道爲什麽不放呢我果然是個難得的或者感動了老太太太太不肯放我出去再多給我們家幾兩銀子留下也還有的其實我又不過是個最平常的人比我强的多而且多我從小兒跟著老太太先伏侍了史大姑娘幾年這會子又伏侍了你幾年我們家要來贖我正是該叫去的只怕連身價不要就開恩放我去呢要說爲伏侍的你好不叫我

事斷然沒有的事那伏侍的好是分內應當的不是什麼奇功我去了仍舊又有好的了不是沒了我就使不得的寳玉聽了這些話竟是有去的理無留的理心裡越發急了因又道雖然如此說我的一心要留下你不怕老太太不和你母親說多多給你母親些銀子他也不好意思接你了襲人道我媽自然不敢强且慢說和他好說又多給銀子就便不好和他說一個錢也不給安心要强留下我他也不敢不依但只是偺們家從沒幹過這倚勢仗貴霸道的事這比不得別的東西因為喜歡加十倍利弄了來給你那賣的人不吃虧就可以行得的如今無故平空留下我于你又無益反教我們骨肉分離這件事老太

太太太肯行嗎寶玉聽了思忖半晌乃說道依你說來說去是去定了襲人道去定了寶玉聽了自思道誰知這樣一個人這樣薄情無義呢乃嘆道早知道都是要去的我就不該弄了來臨了剩我一個孤鬼兒說著便賭氣上牀睡了原來襲人在家聽見他母兄要贖他回去他就說至死也不回去又說當日原是你們沒飯吃就剩了我還值幾兩銀子要不叫你們賣沒有個看着老子娘餓死的理如今幸而賣到這個地方兒吃穿和主子一樣又不朝打暮罵況如今爹雖沒了你們却又整理的家成業就復了元氣若果然還艱難把我贖出來再多掏摸幾個錢也還罷了其實又不能了這會子又贖我做什麼權當我

死了再不必起贖我的念頭了因此哭了一陣他母兄見他這般堅執自然必不出來的了況且原是賣倒的死契明仗着賈宅是慈善寬厚人家兒不過求求只怕連身價銀一併賞了還是有的事呢二則賈府中從不曾踐作下人只有恩多威少的且凡老少房中所有親侍的女孩子們更比待家下衆人不同平常寒薄人家的女孩兒也不能那麼尊重因此他母子兩個就死心不贖了次後忽然寶玉去了他兩個又是那個光景兒母子二人心中更明白了越發一塊石頭落了地而且是意外之想彼此放心再無別意了且說襲人自幼兒見寶玉性格異常其淘氣憨頑出於衆小兒之外更有幾件千奇百怪口不能

言的毛病兒近来仗着祖母溺愛父母亦不能十分嚴緊拘管更覺放縱弛蕩任情恣性最不喜務正每欲勸時諒不能聽今日可巧有贖身之論故先用騙詞以探其情以壓其氣然後好下箴規今見寶玉默默睡去知其情有不忍氣已餒墮自已原不想栗子吃只因怕爲酥酪生事又像那茜雪之茶是以假要栗子爲由混過寶玉不提就完了於是命小丫頭子們將栗子拿去吃了自已來推寶玉只見寶玉淚痕滿面襲人便笑道這有什麽傷心的你果然留我我自然不肯出去寶玉見這話頭兒活動了便道你說說我還要怎麽留你我自已也難說了襲人笑道偺們兩個的好是不用說了但你要安心留我不在這

上頭我另說出三件事來你果然依了那就是真心留我了刀擱在脖子上我也不出去了寶玉忙笑道你說那幾件我都依你好姐姐好親姐姐別說兩三件就是兩三百件我也依的只求你們看守着我等我有一日化成了飛灰飛灰還不好灰還有形有跡還有知識的等我化成一股輕烟風一吹就散了的時候兒你們也管不得我我也顧不得你們了憑你們愛那裡去那裡去就完了急的襲人握他的嘴道好爺我正為勸你這些個更說的狠了寶玉忙說道再不說這話了襲人道這是頭一件要改的寶玉道改了再說你就擰嘴還有什麽襲人道第二件你真愛念書也罷假愛也罷只在老爺跟前或在別人

跟前你別只管嘴裡混批只作出個愛念書的樣兒來也叫老爺少生點兒氣在人跟前也好說嘴老爺心裡想着我家代代念書只從有了你不承望不但不愛念書巳經他心裡又氣又惱了而且背前面後混批評凡讀書上進的人你就起個外號兒叫人家祿蠹又說只除了什麽明明德外就沒書了都是前人自巳混編纂出來的這些話你怎麽怨得老爺不氣不時時刻刻的要打你呢寶玉笑道再不說了那是我小時候兒不知天多高地多厚信口胡說的如今再不敢說了還有什麽呢襲人道再不許謗僧毀道的了還有更要緊的一件事再不許弄花兒弄粉兒偷着吃人嘴上擦的胭脂和那個愛紅的毛病兒

了寶玉道都改都改再有什麽快說罷襲人道也没有了只是百事檢點些不任意任性的就是了你要果然都依了就拿八人轎也抬不出我去了寶玉笑道你這裡長遠了不怕没八人轎你坐襲人冷笑道這我可不希罕的有那個福氣没有那個道理縱坐了也没趣兒二人正說着只見秋紋走進來說三更天了該睡了方纔老太太打發嬤嬤來問我答應睡了寶玉命取表来看時果然針已指到子初二刻了方從新盥漱寬衣安歇不在話下至次日清晨襲人起来便覺身體發重頭疼目脹四肢火熱先時還扎掙的住次後捱不住只要睡因而和衣躺在炕上寶玉忙回了賈母傳醫胗視說道不過偶感風寒吃一

兩劑藥疎散疎散就好了開方去後令人取藥來煎好剛服下
去命他蓋上被窩握汗寶玉自去黛玉房中來看視彼時黛玉
自在床上歇午丫鬟們皆出去自便滿屋內靜悄悄的寶玉揭
起綉線軟簾進入裡間只見黛玉睡在那裡忙上來推他道好
妹妹纔吃了飯又睡覺將黛玉喚醒黛玉見是寶玉因說道你
且出去逛逛我前兒鬧了一夜今兒還沒歇過來渾身酸疼寶
玉道酸疼事小睡出來的病大我替你解悶兒混過困去就好
了黛玉只合着眼說道我不困只略歇歇兒你且別處去鬧會
子再來寶玉推他道我往那裡去呢見了別人就怪膩的黛玉
聽了嗤的一笑道你既要在這裡那邊去老老實實的坐著偺

們說話兒寶玉道我也歪着黛玉道你就歪着寶玉道沒有枕頭偺們在一個枕頭上罷黛玉道放屁外頭不是枕頭拿一個來枕着寶玉出至外間看了一看回來笑道那個我不要也不知是那個腌臢老婆子的黛玉聽了睁開眼起身笑道真真你就是我命中的魔星請枕這一個說着將自巳枕的推給寶玉又起身將自巳的再拿了一個來枕上二人對着臉兒躺下黛玉一回眼看見寶玉左邊腮上有鈕扣大小的一塊血蹟便欠身湊近前來以手撫之細看道這又是誰的指甲劃破了寶玉倒身一面躲一面笑道不是劃的只怕是纔剛替他們淘澄胭脂膏子濺上了一點兒說着便找絹子要擦黛玉便用自巳的

絹子替他擦了咂着嘴兒說道你又幹這些事了幹也罷了必定還要帶出幌子來就是舅舅看不見別人看見了又當作奇怪事新鮮話兒去學舌討好兒吹到舅舅耳朶裡大家又該不得心淨了寶玉總沒聽見這些話只聞見一股幽香却是從黛玉袖中發出聞之令人醉魂酥骨寶玉一把便將黛玉的衣袖拉住要瞧瞧籠着何物黛玉笑道這時候誰帶什麼香呢寶玉笑道那麼着這香是那裡來的黛玉道連我也不知道想必是櫃子裡頭的香氣燻染的也未可知寶玉搖頭道未必這香的氣味奇怪不是那些香餅子香毬子香袋兒的香黛玉冷笑道難道我也有什麼羅漢真人給我些奇香不成就是得了奇香

也沒有親哥哥親兄弟弄了花兒朵兒霜兒雪兒替我炮製我有的是那些俗香罷了寶玉笑道凡我說一句你就拉上這些不給你個利害也不知道從今兒可不饒你了說着翻身起來將兩隻手呵了兩口便伸向黛玉膈肢窩内兩脇下亂撓黛玉素性觸癢不禁見寶玉兩手伸來亂撓便笑的喘不過氣來口裡說寶玉你再鬧我就惱了寶玉方住了手笑問道你還說這些不說了黛玉笑道再不敢了一面理鬢笑道我有奇香你有暖香沒有寶玉見問一時解不來因問什麽暖香黛玉點頭笑嘆道蠢才蠢才你有玉人家就有金來配你人家有冷香你就沒有暖香去配他寶玉方聽出來因笑道方纔告饒如今更說

狠了說着又要伸手黛玉忙笑道好哥哥我可不敢了寶玉笑道饒你不難只把袖子我聞一聞說著便拉了袖子籠在面上聞個不住黛玉奪了手道這可該去了寶玉笑道要去不能偺們斯斯文文的躺着說話兒說着復又躺下黛玉也躺下用絹子蓋上臉寶玉有一搭沒一搭的說些鬼話黛玉總不理寶玉問他幾歲上京路上見何景致揚州有何古蹟土俗民風如何黛玉不答寶玉只怕他睡出病來便哄他道噯喲你們揚州衙門裡有一件大故事你可知道麽黛玉見他說的鄭重又且正言厲色只當是真事因問什麽事寶玉見問便忍著笑順口謅道揚州有一座黛山山上有個林子洞黛玉笑道這就扯謊自

來也没聽見這山寶玉道天下山水多着呢你那裡都知道等我說完了你再批評黛玉道你說寶玉又謅道林子洞裡原來有一羣耗子精那一年臘月初七老耗子升座議事說明兒是臘八兒了世上的人都熬臘八粥如今我們洞裡菓品短少須得趁此打刼些個來纔好乃拔令箭一枝遣了個能幹小耗子去打聽小耗子囘報各處都打聽了惟有山下廟裡菓米最多老耗子便問米有幾樣菓有幾品小耗子道米豆成倉菓品却只有五樣一是紅棗二是栗子三是落花生四是菱角五是香芋老耗子聽了大喜即時拔了一枝令箭問誰去偷米一個耗子便接令去偷米又拔令箭問誰去偷豆又一個耗子接令去

偷豆然後一一的都各領令去了只剩了香芋因又拔令箭問誰去偷香芋只見一個極小極弱的小耗子應道我願去偷香芋老耗子和衆耗見他這樣恐他不諳練又怯懦無力不准他去小耗子道我雖年小身弱却是法術無邊口齒伶俐機謀深遠這一去管比他們偷的還巧呢衆耗子忙問怎麼比他們巧呢小耗子道我不學他們直偷我只搖身一變也變成個香芋滚在香芋堆裏叫人瞧不出來却暗暗兒的搬運漸漸的就搬運盡了這不比直偷硬取的巧嗎衆耗子聽了都說妙却妙只是不知怎麼變你先變個我們瞧瞧小耗子聽了笑道這個不難等我變來說畢搖身說變竟變了一個最標緻美貌的一位

小姐衆耗子忙笑說錯了錯了原說變菓子怎麼變出個小姐來可呢小耗子現了形笑道我說你們沒見世面只認得這菓子是香芋都不知鹽課林老爺的小姐纔是真正的香玉呢黛玉聽了翻身爬起來按着寶玉笑道我把你這個爛了嘴的我就知道你是編派我呢說着便擰寶玉連連央告好妹妹饒了我能再不敢了我因為聞見你的香氣忽然想起這個故典來黛玉笑道饒罵了人你還說是故典呢一語未了只見寶釵走來笑問誰說故典呢我也聽聽黛玉忙讓坐笑道你瞧瞧還有誰他饒罵了還說是故典寶釵笑道哦是寶兄弟喲怪不得他他肚子裡的故典本來多麼就只是可惜一件該用故典的時

候兒他就偏忘了有今兒記得的前兒夜裡的芭蕉詩就該記得呀眼面前兒的倒想不起來別人冷的了不得他只是出汗這會子偏又有了記性了黛玉聽了笑道阿彌陀佛倒底是我的好姐姐你一般也遇見對子了可知一還一報不爽不錯的剛說到這裡只聽寶玉房中一片聲吵嚷起來未知何事下回分解

紅樓夢第十九回終

紅樓夢第二十回

王熙鳳正言弾妬意　林黛玉俏語謔嬌音

話說寶玉在黛玉房中說耗子精寳釵撞來諷刺寳玉元宵不知綠蠟之典三人正在房中互相取笑那寶玉恐黛玉飯後貪眠一時存了食或夜間走了困身體不好幸而寳釵走來大家談笑那黛玉方不欲睡自已纔放了心忽聽他房中嚷起來大家側耳聽了一聽黛玉先笑道這是你媽媽和襲人叫喚呢那襲人待他也罷了你媽媽再要認真排揎他可見老背晦了寶玉忙欲赶過去寳釵一把拉住道你別和你媽媽吵纔是呢他是老糊塗了倒要讓他一步兒的是寳玉道我知道了說畢走

來只見李嬤嬤拄着拐杖在當地罵襲人忘了本的小娼婦兒我抬舉起你來這會子我來了你大模厮樣兒的躺在炕上見了我也不理一理兒一心只想粧狐媚子哄寶玉哄的寶玉不理我只聽你的話你不過是幾兩銀子買了來的小丫頭子罷咧這屋裡你就作起耗來了好不好的拉出去配一個小子看你還妖精是的哄人不哄襲人先只道李嬤嬤不過因他躺着生氣少不得分辯說病了纔出汗蒙着頭原沒看見你老人家後來聽見他說哄寶玉又說配小子由不得又羞又委屈禁不住哭起來了寶玉雖聽了這些話也不好怎樣少不得替他分辯說病了吃藥又說你不信只問別的丫頭李嬤嬤聽了這話

越發氣起來了說道你只護着那起狐狸那裡還認得我了呢叫我問誰去誰不幫着你呢誰不是襲人拿下馬來的我都知道那些事我只和你到老太太太太跟前去講講把你奶了這麼大到如今吃不著奶了把我扔在一邊兒逞著丫頭們要我的強一面說一面哭彼時黛玉寶釵等也過來勸道媽媽你老人家擔待他們些就完了李嬤嬤見他二人來了便訴委屈將當日吃茶茜雪出去和昨日酥酪等事撈撈叨叨說個不了可巧鳳姐正在上房筭了輸贏賬聽見後面一片聲嚷便知是李嬤嬤老病發了又值他今兒輸了錢遷怒于人排揎寶玉的丫頭便連忙赶過來拉了李嬤嬤笑道媽媽別生氣大節下老太

太剛喜歡了一日你是個老人家別人吵你還要管他們纔是難道你倒不知規矩在這裏嚷起來叫老太太生氣不成你說誰不好我替你打他我屋裏燒的滾熱的野鷄快跟了我喝酒去罷一面說一面拉着走又叫豐兒替你李奶奶拿着拐棍子擦眼淚的絹子那李嬤嬤脚不沾地跟了鳳姐兒走了一面還說我也不要這老命了索性今兒沒了規矩閙一塲子討個沒臉强似受那些娼婦的氣後面寶釵黛玉見鳳姐兒這般都拍手笑道虧他這一陣風來把個老婆子撮了去了寶玉點頭歎道這又不知是那裏的賬只揀軟的欺負又不知是那個姑娘得罪了上在他賬上了一句未完晴雯在旁說道誰又沒瘋了

得罪他做什麽既得罪了他就有本事承任犯不着帶累别人襲人一面哭一面拉着寶玉道爲我得罪了一個老奶奶你這會子又爲我得罪這些人這還不彀我受的還只是拉扯人寶玉見他這般病勢又添了這些煩惱連忙忍氣吞聲安慰他仍舊睡下出汗又見他湯燒火熱自己守着他歪在旁邊勸他只養病别想那些没要緊的事襲人冷笑道要爲這些事生氣這屋裡一刻還住得了但只是天長日久儘着這麽鬧可叫人怎麽過呢你只顧一時爲我得罪了人他們都記在心裡遇着坎兒說的好說不好聽的大家什麽意思呢一面說一面禁不住流淚又怕寶玉煩惱只得又勉强忍著一時雜使的老婆子端

了二和藥來寶玉見他纔有點汗兒便不叫他起來自已端着給他就枕上吃了卽令小丫鬟們鋪炕襲人道你吃飯不吃飯到底老太太太太跟前坐一會子和姑娘們頑一會子再回來我就靜靜的躺一躺也好啊寶玉聽說只得依他看着他去了簪環躺下纔去上屋裏跟着賈母吃飯飯畢賈母猶欲和那幾個老管家的嬤嬤鬭牌寶玉惦記襲人便回至房中見襲人曚朧睡去自已要睡天氣尚早彼時晴雯綺霞秋紋碧痕都尋熱鬧找鴛鴦琥珀等耍戲去了見麝月一人在外間屋裏燈下抹骨牌寶玉笑道你怎麽不和他們去麝月道沒有錢寶玉道床底下堆着錢還不彀你輸的麝月道都樂去了這屋子交給誰

呢那一個又病了滿屋裡上頭是燈下頭是火那些老婆子們都老天拔地服侍了一天也該叫他們歇歇兒了小丫頭們也服侍了一天這會子還不叫頑頑兒去嗎所以我在這裡看着寶玉聽了這話公然又是一個襲人了因笑道我在這裡坐着你放心去罷麝月道你既在這裡越發不用去了偺們兩個說話兒不好寶玉道偺們兩個做什麼呢怪沒意思的也罷了早起你說頭上癢癢這會子沒什麼事我替你篦頭罷麝月聽了道使得說著將文具鏡匣搬來卸去釵鐶打開頭髮寶玉拿了篦子替他篦只篦了三五下兒見晴雯忙忙走進來取錢一見他兩個便冷笑道哦交盃盞兒還沒吃就上了頭了寶玉笑道

你來我也替你篦篦晴雯道我沒這麽大造化說着拿了錢摔了簾子就出去了寶玉在麝月身後麝月對鏡二人在鏡內相視而笑寶玉笑着道滿屋裡就只是他磨牙麝月聽說忙向鏡中擺手兒寶玉會意忽聽唿一聲簾子響晴雯又跑進來問道我怎麽磨牙了咱們倒得說說麝月笑道你去你的罷又來拌嘴兒了晴雯也笑道你又護着他了你們瞞神弄鬼的打諒我都不知道呢等我撈回本兒來再說說著一徑去了這裡寶玉通了頭命麝月悄悄的伏侍他睡下不肯驚動襲人一宿無話

次日清晨襲人已是夜間出了汗覺得輕鬆了些只吃些米湯靜養寶玉纔放了心因飯後走到薛姨媽這邊來閒逛彼時正

月內學房中放年學閨閣中忌針黹都是閒時因賈環也過來頑正遇見寶釵香菱鶯兒三個赶圍棋作耍賈環見了也要頑寶釵素日看他也如寶玉並沒他意今兒聽他要頑讓他上來坐在一處頑一注十個錢頭一回自己贏了心中十分喜歡誰知後來接連輸了幾盤就有些着急趕著這盤正該自己擲骰子若擲個七點便贏了若擲個六點也該贏擲個三點就輸了因拿起骰子來狠命一擲一個坐定了二那一個亂轉鶯兒拍着手只叫么賈環便瞪着眼六七八混叫那骰子偏生轉出么來賈環急了伸手便抓起骰子來就要拿錢說是個四點鶯兒便說明明是個么寶釵見賈環急了便瞅了鶯兒一眼說道越

大越没規矩難道爺們還賴你還不放下錢來呢鶯兒滿心委屈見姑娘說不敢出聲只得放下錢来口內嘟囔說一個做爺的還賴我們這幾個錢連我也瞧不起前兒和寶二爺頑他輸了那些也没着急下剩的錢還是幾個小丫頭子們一搶他一笑就罷了寶釵不等說完連忙喝住了賈環道我拿什麽比寶玉你們怕他都和他好都欺負我不是太太養的說着便哭寶釵忙勸他好兄弟快别說這話人家笑話又駡鶯兒正值寶玉走来見了這般景况問是怎麽了賈環不敢則聲寶釵素知他家規矩凡做兄弟的怕哥哥却不知那寶玉是不要人怕他的他想着兄弟們一併都有父母教訓何必我多事反生踈了况

且我是正出他是庶出饒這樣看待還有人背後談論還禁得轄治了他更有個獃意思存在心裡你道是何獃意因他自幼姐妹叢中長大親姊妹有元春探春叔伯的有迎春惜春親戚中又有湘雲黛玉寶釵等人他便料定天地間靈淑之氣只鍾於女子男兒們不過是些渣滓濁沫而已因此把一切男子都看成濁物可有可無只是父親伯叔兄弟之倫因是聖人遺訓不敢違忤所以弟兄間亦不過盡其大槩就罷了並不想自已是男子須要爲子弟之表率是以賈環等都不甚怕他只因怕賈母不依纔只得讓他三分現今寶釵生怕寶玉教訓他倒没意思便連忙替賈環掩飾寶玉道大正月裡哭什麽這裡不好

到別處頑去你天天念書倒念糊塗了譬如這件東西不好橫豎那一件好就捨了這件取那件難道你守着這件東西哭會子就好了不成你原是要取樂兒倒招的自已煩惱還不快去呢賈環聽了只得回來趙姨娘見他這般因問是那裡墊了踹窩來了賈環便說同寶姐姐頑來着鶯兒欺負我賴我的錢寶玉哥哥攆了我來了趙姨娘啐道誰叫你上高抬盤了下流沒臉的東西那裡頑不得誰叫你跑了去討這沒意思正說着可巧鳳姐在窗外過都聽到耳內便隔著牕戶說道大正月裡怎麼了兄弟們小孩子家一半點兒錯了你只教導他說這樣話做什麼憑他怎麼着還有老爺太太管他呢就大口家啐他他

現是主子不好横竪有教導他的人與你什麼相干環兄弟出來跟我頑去賈環素日怕鳳姐比怕王夫人更甚聽見叫他便赶忙出來趙姨娘也不敢出聲鳳姐向賈環道你也是個没性氣的東西喲時常說給你要吃要喝要頑你愛和那個姐姐妹妹哥哥嫂子頑就和那個頑你總不聽我的話倒叫這些人教的你歪心邪意狐媚魘道的自己又不尊重要往下流裏走安着壞心還只怨人家偏心呢輸了幾個錢就這麼個樣兒因問賈環你輸了多少錢賈環見問只得諾諾的説道輸了一二百錢鳳姐啐道虧了你還是個爺輸了一二百錢就這麼着回頭叫豐兒去取一吊錢來姑娘們都在後頭頑呢把他送了去你

明兒再這麼狐媚子我先打了你再叫人告訴學裡皮不揭了
你的為你這不尊貴你哥哥恨的牙癢癢不是我攔着窩心脚
把你的腸子還窩出來呢喝令去罷賈環諾諾的跟了豐兒得
了錢自去和迎春等頑去不在話下且說寶玉正和寶釵頑笑
忽見人說史大姑娘來了寶玉聽了連忙就走寶釵笑道等着
偺們兩個一齊兒走瞧瞧他去說着下了炕和寶玉來至賈母
這邊只見史湘雲大說大笑的見了他兩個忙站起來問好正
值黛玉在旁因問寶玉打那裡來寶玉便說打寶姐姐那裡來
黛玉冷笑道我說呢虧了絆住不然早就飛了來了寶玉道只
許和你頑替你解悶兒不過偶然到他那裡就說這些閒話黛

玉道好没意思的話去不去管我什麽事又没叫你替我解悶兒還許你從此不理我呢說着便賭氣回房去了寶玉忙跟了來問道好好兒的又生氣了就是我說錯了你到底也還坐坐兒合别人說笑一會子啊黛玉道你管我呢寶玉笑道我自然不敢管你只是你自已糟塌壞了身子呢黛玉道我作踐了我的身子我死我的與你何干寶玉道何苦来大正月裡死了活了的黛玉道偏說死我這會子就死你怕死你長命百歲的活着好不好寶玉笑道要像只管這麽閙我還怕死嗎倒不如死了干凈黛玉忙道正是了要是這樣閙不如死了干凈寶玉道我說自家死了干凈别錯聽了話又賴人正說着寶釵走來說

史大妹妹等你呢說着便拉寶玉走了這黛玉越發氣悶只向
窗前流淚沒兩盞茶時寶玉仍來了黛玉見了越發抽抽搭搭
的哭個不住寶玉見了這樣知難挽回打疊起百樣的欵語溫
言來勸慰不料自已沒張口只聽黛玉先說道你又來作什麼
死活憑我去罷了橫豎如今有人和你頑比我又會念又會作
又會寫又會說會笑又怕你生氣拉了你去哄著你你又來作
什麼呢寶玉聽了忙上前悄悄的說道你這麼個明白人難道
連親不隔踈後不僭先也不知道我雖糊塗却明白這兩句話
頭一件偺們是姑舅姐妹寶姐姐是兩姨姐妹論親戚也比你
遠第二件你先來偺們兩個一桌吃一床睡從小兒一處長大

的他是纔來的豈有箇爲他遠你的呢黛玉啐道我難道叫你遠他我成了什麽人了呢我爲的是我的心寶玉道我也爲的是我的心你難道就知道你的心不知道我的心不成黛玉聽了低頭不語半日說道你只怨人行動嗔怪你你再不知道你慪的人難受就拿今日天氣比分明冷些怎麽你倒脫了青肷披風呢寶玉笑道何嘗没穿見你一惱我一暴燥就脫了黛玉歎道回來傷了風又該訛着吵吃的了二人正說着只見湘雲走來笑道愛哥哥林姐姐你們天天一處頑我好容易來了也不理我理兒黛玉笑道偏是咬舌子愛說話連個二哥哥也叫不上來只是愛哥哥愛哥哥的回來赶圍棋兒又該你鬧么愛

三了寶玉笑道你學慣了明兒連你還咬起來呢湘雲道他再不放人一點兒專會挑人就算你比世人好也不犯見一個打趣一個我指出個人來你敢挑他我就服你黛玉便問是誰湘雲道你敢挑寶姐姐的短處就算你是個好的黛玉聽了冷笑道我當是誰原來是他我可那裡敢挑他呢寶玉不等說完忙用話分開湘雲笑道這一輩子我自然比不上你我只保佑着明兒得一個咬舌兒林姐夫時時刻刻你可聽愛呀厄的去阿彌陀佛那時纔現在我眼裡呢說的寶玉一笑湘雲忙回身跑了要知端詳且聽下回分解

紅樓夢第二十回終